Sein Königreich

Herrscher über Vegas
Buch 1

Kylie Kent

Übersetzt von
Sara Bottcher

ISBN:
Ebook : 978-1-923642-03-4
Paperback: 978-1-923642-04-1

Kapitel Eins

Sie kommt zurück. Sie wird mich holen kommen. Meine Mama. Sie kommt immer zurück, um mich zu holen. Ich weiß nicht, wie lange sie schon weg ist. Mein Bauch tut weh. Ich habe Hunger. Aber ich traue mich nicht, mich von der Stelle zu rühren, weil ich hier sein muss, wenn sie zurückkommt.

„Bleib hier, Louie. Ich komme zurück, sobald ich mit der Arbeit fertig bin, und dann holen wir uns einen riesigen Burger mit Pommes", sagte Mama.

Ich denke an diesen Burger. Ob Mama mir auch einen Milchshake mitbringt? Ich werde aber nicht danach fragen. Meine Mama wird traurig, wenn ich um etwas bitte und sie es mir nicht geben kann. Eines Tages werde ich genug Geld haben, um ihr alles zu kaufen, was sie sich wünscht, damit sie nie wieder traurig sein muss.

Eine Taschenlampe leuchtet am Ende der dunklen Gasse. Ich kauere mich weiter nach hinten. Meine Mama hat mich zwischen zwei Müllcontainern zurückgelassen. Sie meinte, ich hätte es wärmer, wenn ich mich vor dem Wind schütze. Las Vegas liegt in der Wüste. Deswegen ist es tagsüber immer warm und nachts kühl.

Schwere Schritte kommen näher und näher, bis mich der Lichtstrahl blendet und ich die Augen zusammenkneifen muss

„Ist schon gut. Du kannst rauskommen. Wir sind hier, um dir zu helfen", sagt eine Männerstimme.

Meine Mutter hat mir gesagt, ich solle keinem Mann außer mir selbst vertrauen. Sie sagte, sie seien alle Lügner und Betrüger. Also rühre ich mich nicht von der Stelle.

„Alles ist gut. Komm raus, kleiner Mann. Wir besorgen dir etwas zu essen." Beim Klang der Frauenstimme öffne ich die Augen. Einer Frau kann ich doch vertrauen, oder? Mama hat nicht gesagt, dass ich Frauen nicht vertrauen darf. Nur Männern.

„Ich kann hier nicht weg. Meine Mama kommt mich abholen", antworte ich.

„Weißt du, wie deine Mama heißt? Wir können dir helfen, sie zu suchen", sagt die Frau.

„Sie heißt Maria. Und ich muss nicht finden, weil sie zurückkommt."

„Okay, ich bringe dich zur Polizeistation, dann werden wir deine Mama schon finden." Die Frau scheint mich nicht zu verstehen.

„Wird meine Mutter Ärger bekommen?" Von wegen ‚dein Freund und Helfer'. Die Polizei bedeutet Ärger. Das weiß ich. Ich habe gesehen, wie viele Freunde meiner Mutter von der Polizei mitgenommen wurden.

„Nein, sie wird keinen Ärger bekommen."

Ich stehe auf und gehe auf die Frau zu. Ich bin schwach. Ich weiß nicht, wie lange ich schon hier gehockt habe. Ich bin immer wieder eingeschlafen und aufgewacht.

„Braver Junge. Wir wärmen dich erst einmal auf und besorgen dir dann etwas zu essen", sagt die Frau zu mir.

Ich schrecke aus meinem wiederkehrenden Albtraum auf. Ich bin hungrig, könnte ein ganzes Pferd verspeisen. Genau wie damals an diesem einen Tag und an vielen Tagen danach auch. Also stehe ich auf und gehe in die Küche. Der Kühlschrank ist voll mit vorgekochtem Essen. Meine Haushälterin sorgt dafür, dass er immer gut gefüllt ist.

In dem Moment, in dem ich verstand, dass meine Mutter nie zu mir zurückkommen würde, schwor ich mir, eines Tages so viel Geld zu haben, um mir ein eigenes Haus und einen stets vollen Kühlschrank zu leisten. Ich schwor mir, nie wieder Hunger zu leiden. Und trotzdem wache ich jeden verdammten Tag mit knurrendem Magen auf, als hätte ich eine Woche lang nichts gegessen.

Ich nehme eine Tupperdose Nudeln raus und stelle sie in die Mikrowelle. Während sie warm wird, gehe ich zurück in mein Zimmer und hole mein Handy. Ich öffne die App, mit der ich die Jalousien steuern kann, und drücke auf den Knopf, damit Licht ins Penthouse strömt. Es ist drei Uhr nachmittags. Wer nachts arbeitet, schläft tagsüber. Oder versucht es zumindest.

Die Mikrowelle piept. Ich nehme die Nudeln heraus und stelle sie auf die Arbeitsplatte, während ich die ersten paar unwichtigen Nachrichten lösche. Ich habe keine Zeit für Unsinn. Diese Stadt zu regieren, nimmt meine ganze Zeit in Anspruch. König zu sein ist nichts für Schwache – so viel steht fest. Und in dieser Stadt, Las Vegas, der Stadt der Sünde, bin ich der König.

Ich regiere mit eiserner Faust. Nichts passiert, ohne dass ich davon erfahre. Ich habe mir den Arsch aufgerissen, um an die Spitze der Nahrungskette zu gelangen, und ich habe nicht vor, mich von meinem Thron stoßen zu lassen.

Ich öffne eine Nachricht von Sammie, einem der beiden Männer, die ich so nah an mich heranlasse, dass ich sie Freunde nennen kann. Schließlich regiert ein König nicht allein. Er hat einen Hofstaat, und wie jeder gute Herrscher habe ich die Männer, die für mich arbeiten, sorgfältig ausgewählt.

SAMMIE:

> Boss, gerade ist eine Lieferung für
> dich angekommen.

Ich muss lächeln, als ich seine Nachricht lese. Wenn Sammie eine Lieferung für mich im Wild Card hat, bedeutet das normalerweise, dass er ein paar Frauen im VIP-Raum untergebracht hat. Ich besitze drei Casinos hier auf dem Strip: Royal Flush, Wild Card und Aces High. Sammie leitet das Wild Card und Carlo, der andere Glückspilz, den ich in meinen Kreis aufgenommen habe, kümmert sich um das Aces High.

ICH:

> Eine Lieferung? Hast du dafür
> bezahlt?

Ich lache und zähle die Sekunden bis zu Sammies Antwort. Er ist total dagegen, für Sex zu bezahlen, und sagt, er habe es nie getan und werde es auch nie tun. Keine Ahnung, was er gegen Prostituierte hat, aber er kann sie nicht ausstehen.

SAMMIE:

> Verdammt nein. Ich muss für Sex
> nicht bezahlen.

ICH:

> Ich muss hier noch ein paar
> Sachen erledigen. Bin in einer
> Stunde da.

Ich stehe auf, stecke mein Handy in die Tasche, schnappe mir meine Brieftasche und meine Schlüssel vom Schreibtisch und greife mit der Hand hinter meinen Rücken, bis meine Finger über meine Pistole gleiten. Ich weiß, dass sie da ist, aber das Überprüfen ist für mich mittlerweile so selbstverständlich wie Atmen. Dann verlasse ich mein Büro und gehe hinunter in den Casino-Bereich. Ich habe es mir zur Gewohnheit gemacht, jeden Abend durch den Saal zu gehen. Es ist gut, von den Angestellten gesehen zu werden. Das hilft ihnen, die Ehrfurcht vor Gott zu bewahren. Denn für sie bin ich genau das: ihr Gott.

Ich brauche fast eine Stunde, um mich durch die High Roller zu kämpfen, halte an, um mit Stammgästen und Geschäftspartnern zu reden. So sehr ich auch in der Unterwelt von Vegas zu Hause bin, habe ich doch auch ein echtes Interesse an den legalen Geschäften. Es ist wichtig, beide Seiten des Chips zu spielen ... und verdammt anstrengend. Deshalb gönne ich mir mindestens einmal pro Woche ein paar Stunden, um in eine heiße, willige Muschi einzutauchen. Und genau das habe ich auch heute Abend vor.

Normalerweise schenke ich dem allgemeinen Bereich des Casinos nicht allzu viel Aufmerksamkeit, aber etwas fällt mir ins Auge – oder besser gesagt, *jemand*. Ich bleibe stehen, um sie zu betrachten. Sie ist umwerfend. Lange, braune Locken fallen ihr locker über die Schultern. Ein hautenges schwarzes Spitzenkleid schmiegt sich an ihre Kurven. Kurven, in denen ich mich tagelang verlieren könnte. Und dann ist da noch ihr Gesicht. Wie das eines Engels. Volle Lippen und große, runde Augen, die irgendwie traurig dreinschauen. Aber es liegt nicht nur Traurigkeit in ihnen. Einsamkeit. Ich erkenne sie, weil ich sie jeden verdammten Tag beim Aufwachen spüre.

Meine Füße bewegen sich wie von selbst. Ich gehe auf sie zu. Ich halte eine der Kellnerinnen an. „Wie lange sitzt sie schon da?", frage ich, ohne meinen Blick von der Frau abzuwenden.

„Keine Ahnung. Sie war schon da, als ich vor vier Stunden angefangen habe. Brauchst du was, Boss?", fragt die Kellnerin.

„Ja, bring mir einen Whiskey und das, was sie trinkt."

„Wasser. Sie trinkt Wasser", sagt die Kellnerin, bevor sie weggeht.

Die Frau erschrickt, als ich mich ihr gegenübersetze. Sie sitzt in einer Nische im hinteren Teil einer der Bars im Erdgeschoss. Ich wette, sie dachte, in dieser dunklen Ecke würde sie nicht gesehen werden. Das Problem ist nur, dass ich in der Dunkelheit lebe. Ich blühe darin auf. Und ein Engel wie dieser gehört nicht hierher.

„War dieser Platz schon besetzt?", frage ich sie.

Sie schaut sich um, als würde sie nach demjenigen suchen, mit dem ich rede. „Nein", sagt sie schließlich und schaut wieder in meine Richtung. Und als sich unsere Blicke treffen, sehe ich so viel Schmerz in ihren Augen, dass es mir den Atem raubt. Schmerz, den ich ihr gerne nehmen würde. Was echt komisch ist. Ich weiß nicht mal, wie sie heißt.

„Ich bin Louie. Und du?" Ich strecke ihr meine Hand entgegen.

„Charlotte", sagt sie leise und legt ihre Hand in meine. In dem Moment, in dem meine Haut ihre berührt, durchfährt mich ein elektrischer Schlag, der meinen Arm hinaufschießt. Charlotte zieht ihre Hand zurück und starrt sie verwundert an.

Ja, das habe ich auch gespürt.

„Also, was führt dich nach Sin City, Charlotte?", frage ich und liebe es, wie ihr Name über meine Zunge rollt.

„Ich bin in Trauer", sagt sie mit einem leichten südlichen Akzent.

„Mein Beileid", antworte ich. Jeder geht anders mit Trauer um, aber nicht viele kommen dafür nach Vegas.

„Schon gut. Es ist wahrscheinlich das Beste so."

„Darf ich fragen, um wen du trauerst?"

„Ist das wichtig?", entgegnet sie.

„Nun, irgendwie schon. Weißt du, wenn es jemand Nahestehendes wäre, wie ein Ehepartner, ein Kind, ein Elternteil oder ein Bruder ... dann wäre tiefe Trauer angebracht, und die braucht Zeit. Wenn hingegen ein entfernter Verwandter oder ein Freund gestorben ist, dann wäre es angebracht, sich zu betrinken und sein Andenken zu ehren", sage ich ihr.

Charlotte schaut mich eineinhalb Minuten lang an, ohne zu blinzeln. Ich weiß das, weil ich die Sekunden zähle. „Was, wenn es sich um meinen Verlobten und meine Schwester handelt?", fragt sie schließlich.

„Du hast deinen Verlobten *und* deine Schwester verloren?" Kein Wunder, dass sie so verdammt traurig ist. „Was ist passiert?"

„,Verloren' ... Das Wort bedeutet, dass etwas weg ist, etwas einem genommen wurde, unwiederbringlich." Sie schaut für einen Moment weg, und ich warte. Als sie mich wieder ansieht, ist ihr Blick so voller Schmerz, dass ich ihn regelrecht spüre. „Mein Verlobter hat mir meine Schwester genommen."

„Was meinst du damit?", frage ich betont ruhig. Ich bin bereit, jedem, der diesem Mädchen wehgetan hat, den Kopf wegzuschießen.

„Damit meine ich, dass ich gestern meinen Verlobten und meine Schwester zusammen im Bett erwischt habe", sagt Charlotte. „Er hätte sich jede andere Frau aussuchen können, aber er hat sich meine Schwester ausgesucht. Warum hat er das getan?" Ihre Frage klingt so, als glaube sie wirklich, ich wüsste die Antwort darauf.

„Jeder Mann, der dich betrogen hat, Schatz, ist ein verdammter Idiot", sage ich, denn wenn ich eine Frau wie sie hätte, würde ich niemals fremdgehen.

„Wir wollten heute heiraten. Genau in diesem Moment sollte ich eigentlich auf der Hochzeitsfeier tanzen, für die mein Vater ein kleines Vermögen bezahlt hat. Stattdessen verstecke ich mich hier, weil ich mich der Wahrheit nicht stellen kann."

„Nun, du bist nicht besonders gut im Verstecken, Schatz, sonst hätte ich dich nicht gefunden."

„Boss, Whiskey und Wasser." Die Kellnerin kommt und stellt die Gläser vor mir ab.

„Danke." Ich gebe ihr einen Hunderter und sie geht weg. Ich schiebe Charlotte das Wasser hinüber und hebe mein eigenes Glas. „Es tut mir leid, dass du das durchmachen musst. Aber die Geschichte hat auch ihre gute Seite, Schatz. Du hast richtig Glück gehabt, die beiden zu erwischen, bevor du dich für ein Leben lang an den Wichser gebunden hast. Sonst hättest du die nächsten zehn Jahre damit verbracht, von der Person, mit der du verheiratet bist, betrogen zu werden. Jetzt kannst du von vorne anfangen. Finde dein Glück. Finde jemanden, der dich verdient."

„Boss? Warum hat sie dich *Boss* genannt?", fragt Charlotte.

„Mir gehört dieser Laden." Ich deute mit einer Handbewegung auf den Tresen.

„Die Bar? Das ist cool. Muss ein spannender Job sein."

„Das Casino. Was machst du so?", frage ich, und Charlotte lacht.

„Ich *war* persönliche Assistentin. Ich habe meinen Job gekündigt. Vor zwei Wochen. Owen wollte sofort nach der Hochzeit eine Familie gründen. Und er wollte, dass ich dafür zu Hause bleibe."

„Owen klingt wie ein Idiot", grunze ich.

Charlottes Augen füllen sich mit Tränen. Mit sichtbarer Mühe schluckt sie den Kloß in ihrem Hals hinunter. „Gehört dir wirklich das ganze Casino? Heißt das, du könntest mich in den Pool auf der Dachterrasse lassen, obwohl er geschlossen ist?"

„Du willst schwimmen gehen? Das kann ich arrangieren."

„Ich möchte lieber im Wasser ertrinken als vor Schmerz", flüstert sie, und ich kann nur hoffen, dass sie das nicht wörtlich meint.

Schnell trinke ich den Rest meines Whiskys aus, stehe auf und halte ihr meine Hand hin. „Komm, ich nehme dich mit zum Pool, aber ertrinken lasse ich dich nicht. *Weder* im Wasser *noch* an deinem Schmerz."

Kapitel Zwei

Charlotte

Vierundzwanzig Stunden zuvor

Egal, was ich tue, ich werde jemanden verletzen. Wenn ich den einen Weg einschlage, breche ich meinem Verlobten das Herz, meiner Familie und den Freunden, die uns während unserer gesamten Beziehung unterstützt haben. Denjenigen, die unseren Weg hierher mitverfolgt haben. Wenn ich den anderen Weg einschlage, schade ich mir selbst.

Ich habe gründlich das Für und Wider abgewogen. Wenn ich meinen Verlobten verlasse, wird er wahrscheinlich weiterziehen und mit jemand anderem sein Glück finden. Er ist kein schlechter Mensch. Er ist nur nicht der Richtige für mich. Auf der anderen Seite könnte ich die Hochzeit durchziehen, Owen heiraten und den Rest meines Lebens damit verbringen, jeden Tag ein bisschen mehr innerlich zu sterben.

Ich weiß nicht, wann es passiert ist, ob es plötzlich war oder sich mit der Zeit entwickelt hat. Vielleicht ist die Liebe dem Alltag gewichen, oder vielleicht war ich von Anfang an nie wirklich in ihn verliebt gewesen. Seit zwei Jahren bin ich mit Owen nun schon zusammen. Vor sechs Monaten hat er mir vor allen Leuten einen Heiratsantrag gemacht. Ich habe Ja gesagt, weil ich in diesem Moment dachte, dass es alles war, was ich mir jemals gewünscht hatte. Jetzt, am Abend vor meiner Hochzeit, bin ich mir da nicht mehr so sicher.

Ich habe mich entschieden. Ich habe beschlossen, *mich für mich selbst zu entscheiden.* Wenn mich das zur egoistischsten Frau auf dem

Planeten macht, dann sei es so. Aber mit jedem Schritt, den ich mache, zweifle ich mehr an meiner Entscheidung. Vielleicht muss ich ihn einfach nur sehen. Meine Gedanken werden sich klären, wenn wir uns einfach hinsetzen und ein Gespräch führen, das Problem gemeinsam anpacken.

Als ich sein Hotelzimmer erreiche, ziehe ich die Zugangskarte durch das Lesegerät und drücke die Tür auf. Sobald ich die Suite betrete, höre ich es. Das unverkennbare Geräusch von Sex. Das Herz rutscht mir in die Hose, aber meine Füße ... sie bewegen sich weiter in Richtung Schlafzimmer.

Bis ich an der Türschwelle ankomme und entsetzt zusehe, wie mein Verlobter meine Schwester vögelt. Ich weiß nicht, wie lange ich hier schon stehe. Sie merken nicht einmal, dass ich sie beobachte. Ohne nachzudenken, nehme ich mein Handy und drücke auf den roten Knopf. Niemand wird mir glauben, wenn ich keinen Beweis habe.

Nachdem ich genug Material aufgenommen habe, verlasse ich das Zimmer. Verlasse das Hotel. Ich weiß nicht, wohin ich gehe, aber plötzlich sitze ich in meinem Auto und bin am Flughafen.

Ich muss allein sein. Ich muss irgendwohin, wo mich niemand findet.

Ich starre auf die Flugtafel und gehe die Liste

der Städte durch. Las Vegas. Ich war noch nie dort, aber wenn das, was in den Filmen gezeigt wird, stimmt, wird mich dort niemand finden. Außerdem ist es der letzte Ort, an dem meine Familie nach mir suchen würde.

Ich gehe zum Schalter und setze mein breitestes Lächeln auf. Es ist nicht die Schuld dieser armen Damen, dass ich einen beschissenen Tag habe. „Hallo, gibt es eine Chance, dass ich den Flug nach Vegas bekomme?", frage ich sie.

„Lassen Sie mich mal nachsehen", sagt sie und tippt auf ihrer Tastatur herum.

„Danke. Ich weiß das echt zu schätzen", sage ich zu ihr.

Sie schaut auf und lächelt mich an. „Wir haben noch einen Platz. Ist Economy okay?"

„Mehr als okay. Vielen Dank." Ich atme erleichtert auf und gebe ihr meine Kreditkarte und meinen Ausweis.

„Kein Problem." Sie nimmt meine Karte und gibt mir fünf Minuten später meine Bordkarte. „Möchten Sie Gepäck aufgeben?"

„Äh, nein, ich habe nichts dabei." *Mist, das klingt lahm.* Wer verreist schon ohne Gepäck?

„Lassen Sie mich bitte noch einmal die Bordkarte sehen. Ich habe einen Fehler gemacht." Die

Dame nimmt mir das Ticket aus der Hand, widmet sich wieder ihrem Computer und druckt eine neue Bordkarte aus. „Na, sieh mal einer an! Sie haben ein kostenloses Upgrade erhalten, Miss Armstrong", sagt sie, bevor sie mir die neue Bordkarte gibt. „Sie sehen aus, als könnten Sie es gebrauchen."

„Danke", stoße ich hervor und versuche, nicht zu weinen. *Ich werde nicht weinen.*

Es ist nicht so, dass ich Owen unbedingt heiraten wollte. Aber ich wollte unbedingt mit meiner Schwester alt werden. Wie soll ich ihr jemals wieder in die Augen schauen können? Wie soll ich ihr jemals wieder vertrauen können? Was für eine Schwester macht so etwas?

Als ich im Flugzeug sitze, lehne ich mich zurück. *Ich werde nicht weinen,* sage ich mir wieder. Ich habe es nicht verdient zu weinen. Ich bin dorthin gefahren, um mit ihm Schluss zu machen ... glaube ich zumindest. Das Komische daran ist, dass mich der Verrat meiner Schwester mehr verletzt als der von Owen. Ich weiß nicht, was ich tun soll. Ich schaue auf mein Handy. Ich sollte es jemandem sagen. Vielleicht meinen Eltern eine Nachricht schicken, um ihnen mitzuteilen, dass es keine Hochzeit geben wird ...

Stattdessen tue ich etwas, das mir überhaupt nicht ähnlich ist. Es ist rachsüchtig und unüberlegt.

Ich schreibe meiner Schwester, dass ich einen großen Überraschungsauftritt plane, dass ich mich alleine in einem anderen Hotel fertig mache und dass ich sie erst an der Kirchentür treffen werde. Ich habe mir den ganzen Tag Owens Gesicht vorgestellt, wenn er merkt, dass ich nicht auftauche. Dass er vor dem Altar stehen gelassen wurde. Ich weiß, wie peinlich ihm das sein wird, und das bringt mich ein wenig zum Lächeln.

Scheiß auf diesen betrügerischen, Schwester-vögelnden Mistkerl. Ich wünschte nur, ich könnte dabei sein, um diese Blamage zu sehen.

Leider sehe ich so aus, wie ich mich fühle. Ich habe nicht geschlafen und die Nacht damit verbracht, zu weinen und den hypothetischen Tod meines Ex-Verlobten zu planen. Die Liste der möglichst blutigen und schmerzhaften Methoden, die ich mir ausgedacht habe, um ihn loszuwerden, ist lang. Natürlich würde ich nie eine davon in die Tat umsetzen. Wie gesagt, es war alles nur hypothetisch.

Sobald ich gelandet war, nahm ich mir ein Uber und kam hierher ins Royal Flush. Ich habe mir nicht allzu viele Gedanken darüber gemacht, wo ich übernachten könnte und das erste Casino auf dem Strip ausgewählt, das bei der Google-Suche auftauchte. Und das bringt mich zu diesem Moment, in dem ich vor einem Mann sitze, der behauptet, dass ihm dieses Casino gehört. Nicht nur ein Mann. Ein Gott. Wahnsinnig gutaussehend. Markante Kieferpartie, dunkelgrüne Augen, braunes Haar, kurz geschnitten und ordentlich gestylt. Er trägt einen Anzug, der teuer aussieht, wenn man bedenkt, wie sich der Stoff an seinen Körper schmiegt. Ein Körper, der sicher hart und durchtrainiert wäre, wenn ich ihn berühren würde. Nicht, dass ich die Absicht hätte, ihn anzufassen. Aber ich werde auch nicht ablehnen, wenn er mich wirklich in den geschlossenen Pool lassen kann.

„Wirklich? Wir können in den Pool?" Baden hat für mich schon immer etwas Therapeutisches gehabt. Sich im Wasser schwerelos zu fühlen, ist einfach befreiend. Im Moment könnte ich das mehr als alles andere gebrauchen.

Louie steht auf und streckt mir seine Hand entgegen. „Lass uns schwimmen gehen."

Ich lege meine Hand in seine und rutsche aus der Sitzecke. Wider Erwarten lässt meine Hand nicht sofort wieder los. Nein, er hält sie weiterhin fest, während er mich durch das Casino zu den Aufzügen führt. Er drückt den Knopf für das Dachgeschoss und zieht eine Karte durch. Ich schaue auf unsere ineinander verschränkten Hände hinunter. Seine Berührung hat etwas Beruhigendes an sich, das ich nicht verstehe. Wahrscheinlich bilde ich mir das nur ein. Ich habe kaum geschlafen und viel zu viel Kaffee getrunken. Es ist unmöglich, dass ich Trost bei einem völlig Fremden finde.

„Du bist doch kein Serienmörder, oder?", frage ich ihn.

Louie hustet, während er auf mich herabblickt. „Soweit ich weiß, nicht. Du etwa?"

„Nein." Ich schüttle den Kopf. „Ich werde ohnmächtig, wenn ich Blut und Gedärme sehe, also selbst wenn ich wollte, wäre ich schlecht in dem Job."

„Es gibt viele Möglichkeiten, jemanden zu töten, ohne dass er blutet", sagt Louie leichthin.

„Zum Beispiel?"

„Hast du vor, mich umzubringen, Charlotte?", fragt er mit einem Lächeln.

„Nein, *dich* nicht", antworte ich.

Louie schaut mich an – zweifellos versucht er, aus mir schlau zu werden –, bis sich die Türen öffnen und uns aus unserem kleinen Wettstarren reißen. „Lass uns schwimmen gehen", sagt er.

Sobald wir auf das Dach treten, schlägt mir der Geruch von Chlor entgegen,. Die Luft ist warm, und außer uns ist niemand hier. Das Wasser glitzert im Schein der Lichter der Stadt. „Das ist unglaublich. Bist du sicher, dass wir keinen Ärger bekommen, wenn wir hier oben sind?"

„Von wem denn? Niemand kann mir etwas verbieten, Charlotte." Louie legt seine Jacke und seine Krawatte ab und drapiert sie ordentlich über einen der Liegestühle. Dann öffnet er seine Manschettenknöpfe, steckt sie in seine Tasche und krempelt die Ärmel seines Hemdes bis zu den Ellbogen hoch. „Wolltest du nicht baden?", fragt er, bevor er sich auf einen der Liegestühle am Rand des Pools setzt.

„Kommst du etwa nicht mit rein?", entgegne ich.

Er schüttelt den Kopf. „Ich bin nur hier, um sicherzugehen, dass du nicht ertrinkst, Charlotte. Los, hüpf rein."

Ich schaue auf das schlichte Kleid hinunter, das ich trage. Ich habe keinen Badeanzug dabei. Ich war vorhin in einem Laden und habe mir ein paar grundlegende Sachen gekauft, um für ein paar Tage über die Runden zu kommen. „Unterwäsche ist im Grunde dasselbe wie ein Bikini, oder?", murmele ich und ziehe mir das Kleid über den Kopf. Dann schlüpfe ich aus meinen Schuhen und kicke sie beiseite.

Louies Blick wandert über meinen Körper. Ich trage einen Spitzen-BH und einen dazu passenden Slip. Ich hätte mir das wahrscheinlich etwas besser überlegen sollen, aber ich will unbedingt ins Wasser und das Fehlen eines Badeanzugs wird mich nicht davon abhalten. Dann binde ich meine Haare zu einem unordentlichen Dutt auf meinem Kopf zusammen, setze mich an den Rand des Pools und lasse mich ins Wasser fallen.

Ich drehe mich zu Louie um und stelle fest, dass er mich unverhohlen anstarrt. „Das Wasser ist wirklich angenehm. Bist du sicher, dass du nicht reinkommen willst?", frage ich ihn.

„Nein, danke", sagt er.

„Wie du willst, aber du verpasst echt was." Ich schließe die Augen und tauche ab. Ich bleibe so lange wie möglich unter Wasser. Als ich wieder auftauche, um Luft zu holen, hockt Louie am Beckenrand.

„Was soll das, Charlotte? Ich wollte gerade reinspringen und dich hochziehen", grummelt er.

„Warum?" Ich runzele die Stirn.

„Weil ich dachte, du würdest dich ... Mach das einfach nicht noch mal. Von jetzt an bleibst du mit dem Kopf über Wasser." Er steht auf und setzt sich wieder auf seinen Platz.

„Sorry", murmele ich. „Ich wollte dich nicht erschrecken."

„Hast du auch nicht", sagt er und schaut weg.

„Nein, überhaupt nicht, ist klar."

Das Richtige wäre jetzt, aus dem Pool zu steigen und diesen Mann wieder das tun zu lassen, was er getan hat, bevor er sich an meinen Tisch setzte. Aber das mache ich nicht. Stattdessen drehe ich mich um und beginne, ein paar Bahnen zu schwimmen.

Kapitel Drei

Diese Frau hat etwas unglaublich Anziehendes an sich. Mein Verstand sagt mir, ich soll aufstehen und weggehen. Ich soll sie nach Herzenslust schwimmen und sie in Ruhe lassen. Mein Körper jedoch will alles andere als das.

Ich kann es kaum erwarten, in den Pool zu springen, sie gegen die Wand zu drücken und meinen Schwanz so tief in ihre Muschi zu versenken, dass sie vergisst, dass sie heute heiraten wollte. Was für ein verdammter Idiot betrügt so eine Frau wie sie? *Eine Frau wie sie.* Ich kann es nicht verstehen. Wenn sie mir gehören würde, müsste sie sich keine Sorgen machen, dass ich auch nur eine andere Frau anschaue.

Aber sie kann nicht mir gehören. Sie ist zu süß, zu unschuldig, zu nett. Sie passt nicht in die Welt, in der ich lebe. Meine Feinde würden sie bei lebendigem Leibe fressen. Sie würde zu einem Ziel werden – zu etwas, das man gegen mich verwenden könnte.

Einer der Gründe, warum ich noch nie in einer Beziehung war, ist, dass ich keine Schwächen haben will. Außerdem habe ich noch nie eine Frau getroffen, die ich länger als eine Nacht behalten wollte. Ich sage nicht, dass das mit Charlotte anders ist, aber ich bin mir auch nicht sicher, ob ich sie nicht *nicht* behalten möchte.

In meiner Hosentasche vibriert mein Handy. Ich hole es heraus, ohne den Blick von ihr abzuwenden. Sie schwimmt ihre Bahnen, eine nach der anderen. Sicherlich wird sie bald erschöpft sein. Ich schaue nach unten und öffne die Nachricht auf meinem Bildschirm.

SAMMIE:

> Boss, lebst du noch? Wenn nicht, sollte ich besser in deinem Testament stehen. Wo zum Teufel bist du?

Verdammt, ich hätte mich vor einer Stunde mit ihm treffen sollen. Ich wurde abgelenkt. Und Charlotte ist eine Ablenkung, die ich noch nicht loswerden will.

ICH:

> Auf der Dachterrasse. Ich muss dich leider heute Abend versetzen.

Ich stecke mein Handy weg und schaue wieder zu Charlotte hinüber. Sie war überhaupt nicht schüchtern, als es darum ging, sich vor mir auszuziehen. Ihr Bedürfnis zu schwimmen war anscheinend stärker als alle Bedenken, die sie vielleicht hatte, sich vor einem Fremden fast nackt zu zeigen.

Als sie zum flachen Ende des Pools zurückkommt, bleibt sie stehen und schaut zu mir hoch, ihre Brust hebt und senkt sich, während sie einen Moment lang nach Luft schnappt. „Du solltest es mal probieren. Du siehst angespannt aus, und Schwimmen baut bei mir immer Stress ab", sagt sie.

„Nein, danke." Dass ich deshalb angespannt bin, weil ich darüber nachdenke, ob ich es schaffen könnte, die Traurigkeit aus ihren Augen zu ficken, verrate ich ihr nicht.

„Du musst mich nicht babysitten, weißt du. Ich bin sicher, du hast andere Dinge zu tun." Sie schaut weg, und ich folge ihrem Blick hinunter zum Strip.

Die ganze verdammte Stadt gehört mir. Trotzdem habe ich mir noch nie die Zeit genommen, am Pool zu sitzen. Und doch bin ich hier.

„Heute Abend habe ich zufällig frei. Ich habe keine anderen Pläne." Ich lächle. „Außerdem sitze ich gerne hier und genieße die Aussicht."

„Sie ist schön", sagt sie und starrt auf all die Lichter.

„Sie ist atemberaubend", antworte ich und schaue sie direkt an.

Charlottes Wangen färben sich rosa. Es ist eine kaum wahrnehmbare Veränderung, und ich bin mir sicher, dass ich die Röte deutlicher sehen könnte, wenn ich dichter am Beckenrand säße. Die Tür zur Dachterrasse öffnet sich quiekend und ich springe auf, bereit, mich um den Idioten zu kümmern, der es ohne Ausweis hier hochgeschafft hat.

Und dann schlendert Sammie herüber. „Boss, es sieht dir gar nicht ähnlich, mitten in der Nacht baden zu gehen." Er lächelt und schaut hinter mich. Zu Charlotte. „Ah, ich glaube, ich verstehe, was daran so reizvoll ist."

Ich gehe zu ihm hinüber und grunze so leise, dass nur er mich hören kann. „Gaff sie nicht so dreckig an." Dann gehe ich um ihn herum, sodass er sich zu mir umdrehen muss. „Was machst du hier?", frage ich ihn.

„Du warst verschwunden. Ich wollte nach dir schauen", sagt er.

„Nun, jetzt, wo du gesehen hast, dass es mir gut geht, kannst du gehen." Ich nicke in Richtung Tür.

„Klar." Sammie grinst. „Gleich nachdem ich deine Freundin kennengelernt habe." Er dreht sich auf dem Absatz um und schlendert zum Pool.

Wie sehr würde es Charlotte wohl stören, wenn ich diesen Idioten direkt neben ihr im Wasser ertränken würde?

„Hey, ich bin Sammie, und du bist?" Mein bald verstorbener Freund hält ihr die Hand hin.

Bevor Charlotte sie ergreifen kann, gehe ich hinüber und stoße Sammie ins Wasser. Dann bücke ich mich, packe Charlotte und ziehe sie aus dem

Pool. „Tut mir leid. Er sah aus, als wollte er sich kurz frisch machen." Ich grinse.

„Arschloch." Lachend streckt Sammie den Kopf aus dem Wasser, um Luft zu holen. Sein Blick klebt an Charlotte, die nichts als nasse Unterwäsche trägt.

„Dreh dich verdammt noch mal um", fauche ich ihn an.

„Okay. Sagt mir Bescheid, wenn ihr beide wieder angezogen seid", sagt Sammie und hebt kapitulierend die Hände.

Ich schnappe mir meine Jacke und lege sie Charlotte um die Schultern, bevor ich eines der Handtücher nehme und ihr das Haargummi aus den Haaren ziehe. Lange, nasse Locken fallen ihr über den Rücken. Ich wickle das Handtuch um ihr Haar und trockne es so gut es geht.

Charlotte steht stocksteif da. Ich schaue auf sie herab und hebe ihr Kinn an, damit sie mir in die Augen sehen muss. „Alles okay?", frage ich, während ich mit der Ecke des Handtuchs sanft die Wassertropfen von ihrem Gesicht tupfe.

„Mhmm. Ich sollte zurück auf mein Zimmer gehen. Danke, dass ich in den Pool durfte", sagt sie.

„Ich bringe dich hin", sage ich ihr, bevor ich über die Schulter rufe: „Sammie, komm aus dem Pool."

„Du musst mich wirklich nicht zu meinem Zimmer begleiten", widerspricht Charlotte.

„Doch, das muss ich", beharre ich. „Diese Stadt ist voller Betrunkener und, ehrlich gesagt, unerwünschter Männer, die dich so ansehen würden und ... Nun, du verstehst schon."

„Ähm, danke. Tut mir leid, dass ich deine Zeit in Anspruch genommen habe", antwortet sie, als sich die Aufzugstüren schließen.

„Welche Etage?", frage ich sie und ziehe meine Zugangskarte über das Lesegerät.

„Fünf."

Schweigend fahren wir in den fünften Stock hinunter. Die Türen öffnen sich wieder und ich folge Charlotte, bis sie vor Zimmer 527 stehen bleibt. Sie schließt die Tür auf, und ich warte, bis sie sich umdreht. „Kommst du zurecht?", frage ich sie.

„Natürlich. Ich bin ein Mädchen aus dem Süden. Nichts kann uns unterkriegen. Heute Abend werde ich um den Verlust meiner Schwester trauern. Aber morgen werde ich den Lippenstift nachziehen, die Schultern straffen und weitermachen, als wäre nichts passiert", sagt sie.

„Ich verstehe, dass alles noch frisch ist. Dein Schmerz ist ... allesverzehrend. Aber deine

Schwester ist nicht tot, Charlotte. Das ist natürlich scheiße. Aber sie ist nicht tot."

„Für mich ist sie es." Charlotte zuckt mit den Schultern. „Oh, deine Jacke."

Als sie sie ausziehen will, lege ich eine Hand auf ihre Schulter, um sie aufzuhalten. „Behalte sie. Und nur damit du es weißt: Dein Ex ist ein verdammter Idiot."

„Danke."

„Gute Nacht, Charlotte."

„Gute Nacht, Louie", sagt sie und schließt die Tür.

Ich ziehe mein Handy aus der Tasche und rufe in der Lobby an. „Guten Abend, Mr. Giuliani. Wie kann ich Ihnen helfen?", meldet sich eine junge Frau.

„In Zimmer 527 ist eine Frau ... Geben Sie ihr ein Upgrade auf das Penthouse Zwei, auf Kosten des Hauses. Für zwei Wochen. Sagen Sie ihr, dass sie eine Verlängerung mit allen Kosten übernommen gewonnen hat", weise ich die Frau an.

„Alles klar, wann soll sie umziehen?"

„Sofort." Ich beende das Gespräch und gehe zum Aufzug. Als ich meine eigene Suite betrete, wartet Sammie schon auf mich. Er hat nichts als ein

Handtuch um die Hüften. „Warum zum Teufel hockst du nackt in meiner Wohnung?", frage ich ihn.

„Weil so ein schlecht gelaunter Idiot mich in den Pool geschubst hat." Er zeigt auf mich.

„Das hast du verdient." Ich gehe an ihm vorbei zur Bar am Fenster. Das Penthouse bietet einen Blick über den Strip, und die raumhohen Fenster sind jetzt voller Leben. Ich habe die Hektik dieser Stadt schon immer geliebt.

„Also, Charlotte, ja?" Woher kommt sie und warum versteckst du sie?", fragt Sammie.

„Sie ist bloß eine Bekannte, und ich verstecke niemanden." Ich drehe mich um und schaue aus dem Fenster.

„Eine Bekannte, ja? Es hat dich doch sonst auch nie gestört, wenn ich eine fast nackte *Bekannte* gesehen habe", entgegnet er.

„Ich war respektvoll. Das solltest du auch mal ausprobieren." Ich setze das Glas an die Lippen, während Sammies Lachen von den Wänden widerhallt.

„Ja, respektvoll, der war gut. Wann wolltest du jemals einer Frau gegenüber respektvoll sein?" Er klopft mir auf die Schulter.

„Fass mich nicht an, wenn du nackt bist." Ich

schubse ihn beiseite, drehe mich wieder zur Bar um und fülle mein Glas nach.

„Ich wäre nicht nackt, wenn ich nicht in den verdammten Pool gestoßen worden wäre", grunzt er.

„Gibt es einen Grund, warum du hier bist?", frage ich ihn.

„Ja, Arschloch, das nennt man Freundschaft. *Das solltest du auch mal ausprobieren*", faucht er.

Wenn jemand anderes so mit mir reden würde, hätte er eine Kugel im Kopf, bevor er blinzeln könnte. Zum Glück für Sammie ist er einer der wenigen Menschen, die ich tatsächlich toleriere.

„Ich habe gehört, dass die überbewertet wird", sinniere ich laut.

„Ja, klar. Willst du die ganze Nacht hier rumhängen oder kommst du mit raus?"

„Ich hänge nicht rum und ich gehe heute Abend auch nicht raus", sage ich.

„Wie du willst." Sammie zuckt mit den Schultern, und ich glaube schon, dass er aufgegeben hat und mich in Ruhe lässt. Falsch gedacht. „Also, woher kommt Charlotte?"

Ich hebe die Augenbrauen. „Warum interessiert dich Charlotte so?"

„Weil sie dich interessiert. Wo hast du sie kennengelernt?"

„Unten. Sie saß alleine an der Bar. Ich habe sie angesprochen und sie wollte schwimmen gehen. Keine große Sache."

„Keine große Sache? Okay, du sprichst jetzt also einfach x-beliebige Gäste an und gehst mit ihnen baden?"

„Es ist mein Pool. Wenn ich jemanden reinlassen will, dann tue ich das. Und außerdem schulde ich dir keine Rechenschaft." Ich zeige mit dem Finger auf ihn und der Whiskey in meinem Glas schwappt gegen den Rand des Kristallglases.

„Nochmal, das nennt man Freundschaft." Sammie schüttelt den Kopf. „Ich leihe mir ein paar Klamotten aus, da du meine zerstört hast." Er geht in Richtung meines Schlafzimmers, während ich mich auf den Weg in mein Büro mache.

Ich weiß nicht, wer diese Charlotte ist, aber ich bin neugierig genug, um es herauszufinden. Also klappe ich meinen Laptop auf, logge mich in die Gästedaten ein und suche ihre Reservierung. Es ist einfach, Informationen über Menschen zu finden, aber es ist noch einfacher, wenn man ihren vollständigen Namen, ihr Geburtsdatum und ihre Privatadresse zur Hand hat.

Kapitel Vier

Drei glückselige Sekunden. So lange dauerte die Atempause, bevor mir nach dem Aufwachen wieder alles einfiel. Für drei kurze Sekunden vergaß ich, wo ich war. Ich vergaß, warum ich hier bin, und ich vergaß das Bild meines Verlobten, der am Vorabend unserer Hochzeit meine Schwester fickte.

Meine Augen brennen vor Tränen, die ich nicht zulassen will. Ich werde nicht zulassen, dass er mich zu diesem Mädchen macht. Ich werde mir das Wochenende nehmen und dann mit hoch erhobenem Kopf nach Hause fliegen.

Vielleicht ... Nun, nach Kanada zu fliehen ist ebenfalls immer eine Option.

In gewisser Weise sollte ich Owen dankbar sein. Er hat meine Entscheidung, die Hochzeit abzusagen, nicht so egoistisch erscheinen lassen. Ich dachte wirklich, ich würde ihm das Herz brechen, ebenso wie die Herzen unserer Familie und Freunde, die uns während unserer gesamten Beziehung unterstützt haben. Eine Beziehung, von der ich jetzt weiß, dass sie nichts als eine Lüge war.

Wie lange schläft er schon mit Melanie? Und warum muss er es ausgerechnet mit *ihr* treiben? Meine Schwester. Von allen Frauen in der Stadt hat er sich meine Schwester ausgesucht, um mich zu betrügen. Die letzte Person, von der ich gedacht hätte, dass sie mir jemals wehtun würde. Ich kann mich an keine Zeit erinnern, in der Melanie und ich nicht gemeinsam gegen den Rest der Welt gekämpft haben. Wir standen uns so nah, wie zwei

Schwestern nur sein können. Meine Seelenverwandte und allerbeste Freundin. Zumindest dachte ich das ...

Es tut furchtbar weh. Ihr Verrat.

Ich lege eine Hand auf meine Brust und reibe sie, um den Schmerz zu lindern. Es ist sinnlos. Dieser Schmerz ist zu tief. Nichts kann ihn lindern.

Es klopft an der Tür und ich zucke zusammen. Ich drehe mich um und schaue mich im Raum um. Es ist nicht dasselbe Zimmer, das ich gebucht und bezahlt habe. Dieses hier ist schicker, als ich es mir jemals leisten könnte.

Kurz nachdem ich gestern Abend in mein *eigentliches* Zimmer zurückgekommen war, wurde mir gesagt, dass ich ein kostenloses Upgrade gewonnen hätte. Ich habe den Mitarbeiter gefragt, wie ich etwas gewinnen konnte, ohne an einem Wettbewerb teilgenommen zu haben. Und sie sagten nur, dass *es meine Glücksnacht gewesen sei.*

Als ich versuchte, das Upgrade abzulehnen, sah die arme Frau aus, als würde sie sich gleich übergeben. Sie flehte mich an, es anzunehmen. Ich fühlte mich schrecklich. Und ehrlich gesagt wollte ich einfach nur schlafen, und das ist der einzige Grund, warum ich nachgab und das Zimmer nahm, das ich *nicht* gewonnen hatte.

Ich muss allerdings zugeben, dass es eine wirklich schöne Suite ist.

Es klopft erneut. Also schleppe ich mich aus dem Bett, wickle den Bademantel, den ich gestern Abend am Ende der Matratze liegen gelassen habe, um mich und gehe zur Tür. Dort werde ich von einem Hotelmitarbeiter und einem Servierwagen empfangen. Der Geruch von Speck steigt mir in die Nase und mein Magen knurrt. Ich habe gestern fast nichts gegessen.

„Ähm, hallo?", grüße ich.

„Guten Morgen, Ma'am. Ich habe Ihr Frühstück. Wo darf ich es hinstellen?", fragt der junge Mann.

„Äh ... ich habe nichts bestellt. Ich glaube, Sie sind im falschen Zimmer."

„Es ist kostenlos, Teil des Pakets, das Sie gewonnen haben." Er lächelt mich erwartungsvoll an.

„Sind Sie sicher?" Wie gesagt, ich weiß nicht, wie ich etwas gewonnen habe, ohne mich für ein Gewinnspiel angemeldet zu haben, und die Dame von gestern Abend konnte oder wollte mir auch nicht sagen, wie. Es ist seltsam, aber der Geruch, der von diesem Wagen kommt, ist zu verlockend, um ihm zu widerstehen.

„Ganz sicher, Ma'am. Wo möchten Sie es haben?", fragt der Mann erneut.

„Ähm, okay. Egal wo, denke ich. Kommen Sie rein, ich hole mein Portemonnaie für Ihr Trinkgeld", antworte ich und trete zur Seite, damit er eintreten kann.

„Nicht nötig, Ma'am." Er stellt die mit silbernen Hauben bedeckten Teller auf den Esstisch und legt dann eine Tischunterlage, einen Teller, Besteck und Gläser bereit.

„Danke."

Mit einem Nicken geht der Typ und ich bin allein. In diesem luxuriösen Zimmer. Mit einem gedeckten Tisch, der für Könige geeignet scheint. Ich frage mich, ob Alice sich so gefühlt hat, als sie im Wunderland war. Denn das ist nicht normal. Jedenfalls nicht in meiner Welt.

Die Stille ist ohrenbetäubend. Momentan kann ich es gar nicht gebrauchen, mit meinen Gedanken allein zu sein. Ich will nicht darüber nachdenken, wovor ich fliehe. Ich will mich in einer anderen Welt verlieren – der Welt einer anderen. Ich will meiner Realität entfliehen. Aber zuerst will ich essen. Die Gerüche, die vom Tisch herüberwehen, sind zu verlockend, um sie zu ignorieren.

Nachdem ich mich mit so viel Essen vollgestopft hatte, wie ich konnte, duschte ich und zog ein Shirt und eine kurze Hose an, die ich gestern gekauft hatte. Ich bin nur mit den Klamotten, die ich am Leib trug, hierhergekommen. Als Erstes habe ich mir ein paar wichtige Sachen gekauft. Gerade genug für ein paar Tage. Ich kann nicht ewig in denselben Klamotten in einem Hotelzimmer hocken.

Ich nehme mein Handy und schalte es ein. Ich muss meinen Eltern sagen, dass es mir gut geht. Ich bin überrascht, dass mein Gesicht bislang nicht in den Nachrichten zu sehen ist. In dem Moment, in dem mein Bildschirm aufleuchtet, strömen die Benachrichtigungen herein. Verpasste Anrufe, Nachrichten, E-Mails. Ich überspringe Owen und Melanie und klicke zuerst auf die Nachricht meiner Mutter.

Ich wollte ihr eigentlich schon gestern sagen, dass es mir gut geht, wollte aber auch nicht mit jemandem von zu Hause sprechen. Ich sollte sie anrufen und ihr alles erklären. Aber selbst wenn ich es ihr erzähle, wird sie mir nicht glauben, es sei denn, sie sieht es mit eigenen Augen. Deshalb schicke ich ihr stattdessen eine Nachricht.

ICH:

> Es tut mir leid, dass ich dir und Dad Sorgen bereitet habe. Mir geht es gut. Ich brauche nur etwas Zeit für mich. Bitte sucht mich nicht und versucht nicht, mir zu folgen. Ich komme bald nach Hause. Versprochen. Ich musste gehen. Owen und Melanie haben mir keine Wahl gelassen. Nachdem ich das gesehen habe, konnte ich ihn nicht mehr heiraten.

Sobald ich auf „Senden" geklickt habe, öffne ich das Video, das ich von meinem Verlobten und meiner Schwester aufgenommen habe, und leite es an meine Mutter weiter. Es ist definitiv nichts, was eine Mutter sehen möchte: ihre Tochter beim Sex. Aber wenn sie es nicht selbst sieht, werden Owen und Melanie versuchen, die Situation zu ihren Gunsten zu manipulieren oder darauf zu bestehen, dass ich mich irre.

Offensichtlich sind sie gut im Lügen. Ich frage mich, wie lange sie das schon hinter meinem Rücken machen. Ich habe meiner Schwester nie von meinen Zweifeln erzählt. Ich habe überhaupt niemandem gesagt, dass ich Zweifel hatte, Owen zu heiraten. Ich dachte ehrlich gesagt, es seien nur kalte Füße und dass es am Tag der Hochzeit schon gut gehen würde.

Jetzt weiß ich, dass ich ihn nicht geliebt habe. Ich bin nicht untröstlich wegen seines Betrugs. Verärgert, ja. Aber mein Herz ist nicht wegen Owen gebrochen. Es ist gebrochen, weil ich meine beste Freundin, meine Schwester, verloren habe. Wie kann ich ihr nach all dem jemals wieder vertrauen? Wie kann ich ihr mit dem gleichen Respekt wie noch vor ein paar Tagen in die Augen schauen?

Mit dem Verlust meines Verlobten kann ich umgehen. Ich war bereit, selbst Schluss zu machen. Aber Melanie ... Ich weiß nicht, wie ich den Rest meines Lebens ohne sie überstehen soll. Sie war immer für mich da. Bei jedem Meilenstein, bei jeder Errungenschaft war sie an meiner Seite. Bei jedem Herzschmerz und jeder Not war sie diejenige, die mir beistand, die mich immer wieder aufrichtete.

Sie ist diejenige, die jetzt hier bei mir sein sollte. Um mir zu sagen, was ich tun soll, nachdem ich herausgefunden habe, dass mein Verlobter mich betrogen hat. Nachdem ich von meiner eigenen Hochzeit geflohen bin.

Wer wird jetzt diese Person sein?

Mein Handy leuchtet auf, weil ein Anruf reinkommt. Es ist meine Mutter. Ich drücke den Knopf an der Seite und schalte das Gerät aus. Ich kann gerade mit niemandem reden. Ich werde nicht weinen. Und ich weiß, wenn ich mit meiner Mutter rede, werde ich *doch* weinen.

Ich werfe mein Handy auf das Bett, nehme die Zimmerkarte und stecke sie in meine Gesäßtasche. Dann gehe ich hinaus auf den Flur und zum Aufzug. Ich habe keine Ahnung, wohin ich gehe, aber ich habe das Gefühl, dass heute Vodka Cranberry auf dem Programm steht. Es ist schließlich Vegas. Hier muss man nicht bis 17 Uhr warten, um mit dem Trinken anzufangen, oder?

Außerdem kennt mich hier absolut niemand, also ist es egal, wenn mich jemand vor Mittag mit einem Cocktail in der Hand sieht. Das kann meinen Ruf nicht ruinieren. Zu Hause werde ich allerdings sicher für immer als die Braut, die sich nicht traut, bekannt sein. Die Frau, die Owens Herz gebrochen hat.

Vielleicht ist das besser als die Alternative. Die Version, in der die ganze Stadt weiß, dass mein Verlobter mich mit meiner Schwester betrogen hat. In diesem Casino kann ich allerdings nicht trinken. Ich will nicht riskieren, *ihm* wieder zu begegnen. Louie. Ich habe mein Bestes getan, um nicht an den großen, dunklen und *viel* zu gutaussehenden Mann zu denken, der mich gestern Abend spät im geschlossenen Pool schwimmen ließ.

Wie er sich hingesetzt und mir zugehört hat ... Und er sah nicht so aus, als würde er mich verurteilen. Angeblich gehört ihm das Casino. Wenn das stimmt, ist er sicher irgendwo in der Nähe. Deshalb betrinke ich mich *woanders*.

Ich gehe die Straße entlang und weiche den Menschenmassen aus, die schon Party machen. Ganz eindeutig ist es nicht zu früh, das Gleiche zu tun.

Ich will mich nicht zu weit weg wagen. Ein paar Blocks weiter fällt mir eine große Leuchtreklame in Form einer Spielkarte ins Auge. Wild Card Casino. Sieht so aus, als wäre das heute ein ebenso guter Ort wie jeder andere, um meine Sorgen zu ertränken.

Kapitel Fünf

Besessenheit. Eine Idee oder ein Gedanke, der einen Menschen ständig beschäftigt. Ich war in meinem Leben von zwei Dingen besessen: Geld zu verdienen und diese Stadt zu regieren. Und jetzt habe ich wohl eine dritte Besessenheit gefunden, die mir ständig durch den Kopf geht. Charlotte.

Ich habe die ganze Nacht damit verbracht, alles über sie herauszufinden, was ich in Erfahrung bringen konnte. Ich weiß, wo sie aufgewachsen ist. Ich weiß, welche Schule sie besucht hat und dass sie Jahrgangsbeste war. Ich weiß, dass sie eine Schwester namens Melanie hat und noch am vergangenen Wochenende mit Owen Aiken verlobt war, dem Sheriff der kleinen Stadt im Süden, aus der sie stammt.

Ich weiß, dass sie sich in der achten Klasse beim Cheerleader-Training den Knöchel gebrochen hat. Ich weiß auch, dass sie vor einem Jahr ins Krankenhaus kam, als sie in der sechsten Woche eine Fehlgeburt erlitten hatte. Mit fünf hatte sie Windpocken und mit sieben wurden ihr die Mandeln entfernt.

Ich habe so tief wie möglich gegraben. Sie ist blitzsauber. Nicht ein einziger Strafzettel ist mit ihrem Namen verbunden. Charlotte Armstrong ist der Inbegriff des amerikanischen Mädchens von nebenan. Die Art, die man seiner Mutter vorstellt. Die gleiche Art, die ich niemals in die Nähe meiner eigenen Mutter gelassen hätte.

Als ich älter wurde, verwandelten sich meine Erinnerungen an diese Frau von lustig, liebevoll und verspielt in die Realität dessen, wer und was sie wirklich war. Eine Prostituierte. Eine Süchtige, die ihren Sohn allein in einer Gasse zurückließ, während sie sich eine Überdosis Drogen spritzte. Ich habe so lange um sie getrauert. Und dann beschloss ich eines Tages, dass ich damit fertig war. Sie hat mich nicht geliebt. Wenn sie das getan hätte, wäre sie nie gegangen.

Allerdings wäre ich ohne meine Kindheit wahrscheinlich nicht da, wo ich heute bin. Ihr Weggang war also nicht das Schlimmste, was hätte passieren können. Allein zu sein ist nichts Schlimmes. Man gewöhnt sich daran und lernt es zu schätzen. Wenn man niemanden hat, der einem etwas bedeutet, kann man auch nicht verletzt werden.

Deshalb muss ich mich von meiner aktuellen Besessenheit von Charlotte befreien. Ich weiß nicht, was mich an dieser Frau so fasziniert. Ja, sie ist wunderschön, aber wir sind hier in Vegas. Die Stadt ist voller wunderschöner Frauen. Charlotte ist einfach ... unschuldiger. Vielleicht ist das der Reiz. Ihre Unschuld.

Das Einzige, was ein Mann wie ich mit einer Frau wie ihr tun kann, ist, sie zu zerstören. Alles Gute, das sie verkörpert, kaputtzumachen. Ich weiß nicht, woher ich weiß, dass sie gut ist. Ich weiß es einfach. In meiner Position wird man sehr geschickt darin, Menschen zu lesen, und ich hatte Charlotte innerhalb weniger Minuten, nachdem ich mich gestern Abend an ihren Tisch gesetzt hatte, durchschaut.

Da hätte ich aufstehen und weggehen sollen. Aber ich konnte es nicht. Wie gesagt, ich fühle mich verdammt nochmal zu dieser Frau hingezogen, bin fast schon besessen von ihr. Ich weiß, dass sie nicht im Casino ist. Ich habe sie hinausgehen sehen und mich gezwungen, ihr nicht zu folgen.

Seit drei Stunden sitze ich in meinem Büro und versuche, meine Arbeit zu erledigen, *ohne* an sie zu denken. Das klappt natürlich so gut wie Blut aus einem Stein zu pressen. Ich habe aber nicht noch einmal online nach ihr gesucht. Ich bezweifle allerdings sowieso, dass es noch viel mehr über sie zu erfahren gibt.

Ich brauche einen Drink. Ich kann nicht ständig an eine Frau denken, die ich erst einmal getroffen habe. Noch nie hat eine Frau so viel von meiner Zeit in Anspruch genommen.

Das Summen meines Handys lenkt mich von Charlotte ab, als Sammies Name auf meinem Display aufblinkt. „Ja?", antworte ich.

„Boss. Du kennst doch das Sprichwort: *Erschieß nicht den Boten*, oder?", fragt er mich.

„Was ist passiert?", frage ich, stehe auf und schnappe mir meine Schlüssel und meine Brieftasche vom Schreibtisch.

„Äh ... ja, vielleicht solltest du einfach ins Wild Card kommen und es dir selbst ansehen. Die Four Suits Bar", sagt er.

„Was zum Teufel ist los, Sammie?", grunze ich, während ich bereits aus meinem Büro laufe und die Tür zuschlage.

„Komm einfach her." Er beendet das Gespräch, bevor ich noch etwas sagen kann.

Es gibt zwei Menschen auf dieser Welt, die es sich erlauben können, einfach aufzulegen: Sammie und Carlo. Dieselben beiden Männer sehe ich, als ich zehn Minuten später das Four Suits betrete. Beide nippen an einem Glas mit bernsteinfarbener Flüssigkeit und scheinen nicht besonders alarmiert zu sein. Weshalb ich mich wiederum frage, warum zum Teufel ich herkommen sollte.

„Was ist los?", frage ich Sammie.

„Die Frau von gestern Abend ... Wie hieß sie noch mal?", fragt er und legt den Kopf schief.

„Charlotte. Was ist mit ihr?" Es kostet mich mehr

Mühe, als ich zugeben möchte, neutral zu klingen. Ich kann es nicht gebrauchen, dass diese Typen mich damit nerven, dass ich mich in eine Frau verliebt habe.

„Hast du nicht gesagt, sie bedeute dir nichts?" Sammie grinst.

„Ich kenne sie nicht. Warum sollte sie mir etwas bedeuten? Ich kenne euch beiden Idioten seit fünfzehn Jahren und würde euch beiden ohne zu zögern eine Kugel verpassen. Warum glaubt ihr, dass eine Frau, die ich fünf Minuten lang gesehen habe, mir etwas bedeutet?" Ich verschränke die Arme vor der Brust und starre die zwei finster an.

„Schön zu wissen, dass du dich um uns sorgst", lacht Carlo, und ich zucke mit einer Schulter.

„Also stört es dich überhaupt nicht, dass Charlotte da drüben total betrunken sitzt und von einer Gruppe Typen umgeben ist, die ihr mehr Alkohol einflößen, als ihr gut tut?" Sammie nickt mit dem Kopf nach links.

Betont langsam drehe ich mich um und nehme die Szene in Augenschein. Und tatsächlich sitzt Charlotte mit drei Männern in einer Nische. „Warum sollte mich das stören? Ich kenne sie nicht", antworte ich, ohne meinen Blick von ihnen abzuwenden.

„Das habe ich mir gedacht", sagt er. „Willst du was trinken?"

Ich drehe mich um und starre ihn an. „Nein, ich will keinen verdammten Drink", grunze ich.

„Oh, Scheiße. Boss, denk dran ... *Leute.* In dieser Bar sind *viele Leute* und du siehst gerade ziemlich blutrünstig aus." Carlo wedelt mit einer Hand vor meinem Gesicht herum.

Ich schüttle den Kopf, drehe mich um und gehe zu Charlotte hinüber, bevor ich es mir anders überlegen kann. Ich bleibe an ihrem Tisch stehen, räuspere mich und ziehe die Aufmerksamkeit der drei Männer auf mich, die sie umgeben. Ich starre denjenigen an, der neben ihr sitzt. Er versperrt ihr den Weg aus der Sitzecke. Er versperrt *mir* den Weg zu ihr.

„Mach Platz", sage ich zu ihm.

„Wir sind hier gut aufgehoben", antwortet der Mistkerl.

„Oh Mann, du solltest lieber gehorchen", höre ich Sammies Stimme hinter mir.

Ich packe den Arsch am Kragen und ziehe ihn aus der Sitzecke. „Ich sagte, mach Platz", zische ich dem Typen zu, bevor ich ihn nach hinten schubse. Dann drehe ich mich um und halte Charlotte meine Hand hin. „Ich habe dich gesucht", lüge ich.

„Wirklich? Warum?“

„Wir wollten doch zusammen in den Pool.“ Noch eine Lüge. Aber ich werde alles tun, damit sie bereitwillig mit mir kommt. Obwohl ich nichts dagegen hätte, sie mir über die Schulter zu werfen und loszumarschieren. Es ist ja nicht so, als würde mich jemand daran hindern.

„In den Pool? Echt? Kommst du diesmal mit rein?“, fragt sie aufgeregt.

„Natürlich.“

„Charlotte, kennst du diesen Kerl?“, fragt einer der anderen Idioten am Tisch.

„Ja, das ist Louie. Er ist nett. Und heiß, oder? Wie kann ein Mann nur so gut aussehen? Wenn man ihm den Anzug auszieht, steht wahrscheinlich eine Herstellerwarnung auf seiner Haut“, plappert sie.

„Eine Herstellerwarnung?“, fragt Carlo amüsiert.

„Ja, so was wie ... *Achtung! Nicht zu lange hinschauen, sonst brennt dir eine Sicherung durch.* Oder vielleicht ... *Berühren auf eigene Gefahr.* Weil er, na ja, so heiß ist.“ Charlottes Blick wandert weiter über meinen Körper.

„Louie, deine Freundin ist einmalig“, lacht Carlo.

„Charlotte, lass uns gehen." Ich greife nach ihrer Hand und sie rutscht bereitwillig aus der Sitzecke.

„Okay, aber wir gehen schwimmen, richtig?", fragt sie und schaut zu mir hoch, während sie beim Aufstehen schwankt.

Ich lege meinen Arm um ihre Taille, um sie zu stützen. „Mhmm." Ich nicke, obwohl ich nicht die Absicht habe, sie auch nur in die Nähe eines verdammten Pools zu lassen, wenn sie so betrunken ist.

Charlottes Hand landet auf meiner Brust. Sie tätschelt mich und gleichzeitig breitet sich ein Lächeln auf ihrem Gesicht aus. „Du trainierst viel", sagt sie.

„Komm, lass uns von hier verschwinden." Ich drehe mich um und will auf den Ausgang zugehen, als ich meine beiden Freunde bemerke. Sie lachen.

„Bloß eine Bekannte, ja? So, so." Sammie zieht die Augenbrauen hoch.

„Halt die Klappe", zische ich ihn an.

„Brauchst du Hilfe?", fragt Carlo.

„Ja, schaff diese Arschlöcher weg." Ich nicke in Richtung der Sitzecke und lasse Charlotte nicht los, während wir langsam zu den Aufzügen gehen.

„Schwimmen wir hier?", fragt sie mich. „Oh, ich habe meinen Badeanzug nicht dabei! Und ich trage keinen BH", flüstert sie. Zumindest glaube ich, dass *sie glaubt,* sie würde flüstern.

Mein Blick wandert zu ihrer Brust, wo sich ihre Brustwarzen durch den Stoff ihres Shirts abzeichnen. *Verdammt, ich hätte nicht hinsehen sollen.* Ich drehe mich um und schirme sie vor den Blicken der anderen Idioten in Sichtweite ab. *Scheiß auf die. Die dürfen sie so nicht sehen.*

Ich will zurück zur Bar gehen und diesen Idioten, die ihr so viel eingeflößt haben, die Augen aus dem Kopf stechen. Das ist ein irrationaler Gedanke. Und ich weiß nicht, warum es mich so stört, aber das tut es.

Als sich die Türen des Aufzugs öffnen, führe ich Charlotte hinein und drücke den Knopf für das Penthouse.

„Steht P für Pool?", fragt sie mich.

„Penthouse", antworte ich, und ihre Augen werden groß wie Untertassen.

„Es gibt einen Pool im Penthouse?"

„Ja." *Aber in den wird sie nicht steigen.*

„Wie kommt es, dass du einfach hingehen kannst, wohin du willst? Weil du heiß bist, oder? Ich habe gehört, dass gutaussehende Menschen mit allem durchkommen", plappert sie drauflos.

„Weißt du, wenn wir Menschen nach ihrem

Aussehen bewerten würden, stündest du ganz vorne an der Nahrungskette, Charlotte", grinse ich.

Sie schüttelt den Kopf. „Nein, das stimmt nicht. Wenn das wahr wäre, hätte mein Verlobter mich nicht mit meiner Schwester betrogen", murmelt sie.

„Dein *Ex* ist ein verdammter Idiot", antworte ich und betone das Wort „Ex", weil der Trottel Geschichte ist und ich sie nicht gehen lassen werde. Zumindest nicht, bevor ich herausgefunden habe, warum ich so auf sie fixiert bin und was das für mich bedeutet. Für uns.

Kapitel Sechs

Kennst du das, wenn etwas so lecker und verlockend ist, dass es ganz klar nicht gut für einen ist? Wie ein Eisbecher oder eine große Tafel Schokolade. Klar, im Moment schmeckt es gut. Aber dann wachst du auf und musst dich zwingen, im Fitnessstudio auf das Laufband zu steigen. Und dann überkommt dich das schlechte Gewissen und du wünschst dir, du hättest der Versuchung nicht nachgegeben.

Das ist Louie. Eine Versuchung. Eine schöne, große, sexy, muskulöse Versuchung. Auch ihn sollte ich nicht wollen. Aber so ist das mit Wünschen. Man *braucht* sie nicht. Man *will* sie einfach nur. Und im Moment will ich diesen Mann *wirklich*.

„Es ist schon sehr lange her, seit ich einen Orgasmus hatte." Sobald die Worte ausgesprochen sind, merke ich, dass meine inneren Gedanken gerade nach außen gedrungen sind. Ich lege meine Hand auf meinen Mund, um meine Verräterei zu verdecken, und meine Augen weiten sich.

Vielleicht hat er mich nicht gehört. Es besteht die Möglichkeit, dass er mich nicht gehört hat, oder?

„Das ist ... Wie lange genau?", fragt Louie und durchbohrt mich mit seinem Blick.

„Vergiss das bitte, ich wollte das nicht laut aussprechen", platze ich heraus.

„Wie lange?", hakt er nach.

„Lange genug, dass ich mich nicht einmal mehr daran erinnern kann, wie gut es war. Ich meine, ich weiß, dass es gut war ... glaube ich ..." Ich lasse meine Gedanken verstummen. Deshalb trinke ich normalerweise nicht. Wenn ich trinke, habe ich keinen Filter mehr.

„Du glaubst? Charlotte, wenn du bloß *glaubst*, dass es gut war, dann hattest du noch nie einen richtigen Orgasmus. Denn wenn du *mit mir* geschlafen hättest, wenn *ich* dich zum Höhepunkt gebracht hätte, würdest du dich daran erinnern, dass ich deine ganze verdammte Welt auf den Kopf gestellt hätte. Und ich hätte nicht aufgehört, bis ich mir dessen sicher gewesen wäre." Louies Stimme wird eine Oktave tiefer. Seine Hand um meiner Taille wird fester, und ich schwöre, ich schmelze dahin. Als wäre ich gerade nichts weiter als Wachs in den Händen dieses Mannes.

Dann öffnen sich die Türen des Aufzugs. Und ohne ein Wort führt Louie mich in das, was wohl das Penthouse sein muss. Ich versuche mein Bestes, um zu ignorieren, was er gerade gesagt hat, und als ich weiter in den Raum hineingehe und durch eine Glastür den Pool sehe, gehe ich dorthin. Wenn ich mich ertränke, hätte diese Peinlichkeit ein Ende.

„Wohin gehst du?", fragt Louie, als ich meinen Arm aus seinem Griff befreie.

„Schwimmen", antworte ich ihm.

„Du gehst nicht schwimmen, Charlotte. Du bist

betrunken“, sagt er und stapft mit schweren Schritten hinter mir her.

Warum erschaudere ich beim Klang meines Namens aus seinem Mund?

„Deshalb sind wir hierhergekommen. Du hast es versprochen.“ Ich drehe mich um und setze meinen besten Schmollmund auf.

„Das habe ich nicht versprochen. Und du kannst schwimmen, wenn du nicht betrunken bist“, sagt er zu mir.

„Nun, es ist gut, dass du nicht mein Vater bist, oder mein Freund, oder mein Verlobter, oder … Nun, der Punkt ist, du kannst mir nicht vorschreiben, was ich tun darf und was nicht. Und jetzt springe ich in diesen Pool.“ Ich schiebe die Tür auf, mache einen Schritt nach draußen, bevor ich spüre, wie Louies Arm sich um meine Taille legt und mich zurück an seine Brust zieht.

„Nein, das wirst du nicht. Du wirst ertrinken“, sagt er.

Ich zucke mit den Schultern. „Es ist ja nicht so, als würde mich jemand vermissen“, sage ich und befreie mich aus seinem Griff. Ohne mich darum zu scheren, dass ich keinen BH trage, ziehe ich mein Oberteil aus.

„Verdammt“, zischt Louie.

Als Nächstes sind meine Shorts dran. Sie flattern zu Boden, während ich Louie über die Schulter hinweg ansehe. „Wenn du nicht willst, dass ich ertrinke, musst du wohl mit mir ins Wasser kommen." Ich lächle ihn an und springe dann ins kühle Nass.

„Meinst du das ernst? Komm aus dem Pool, Charlotte", knurrt Louie.

„Zwing mich doch." Ich schöpfe etwas Wasser mit meiner Hand und spritze es in seine Richtung. „Oh nein, jetzt bist du nass. Da kannst du auch gleich reinspringen."

Louie starrt mich an, während er schweigend seine Jacke, dann seine Krawatte und sein Hemd auszieht.

Heilige Mutter Gottes, ich habe das nicht richtig durchdacht. Was habe ich bloß getan?

Louie zieht seine Schuhe aus, bückt sich und greift nach seinen Socken. Als seine Hände seinen Gürtel erreichen, schlucke ich. Das ist zu viel. *Er* ist zu viel. Diese Brust, diese Bauchmuskeln. Männer wie ihn habe ich bisher nur auf Calvin-Klein-Werbetafeln gesehen. Seine Arme und seine Brust sind voller Tattoos. Komplizierte Linien und Kurven. Ich bin wie erstarrt. Zum Glück kann ich den Boden erreichen, sonst wäre ich sicher untergegangen.

Louie hat nur noch eine schwarze Boxershorts an, die die Umrisse seines Glieds nicht verbergen kann. *Das kann nicht echt sein. Der ist ja riesig.* Dann setzt er sich auf den Beckenrand und gleitet ins Wasser. Ich rühre mich nicht, als er auf mich zukommt.

„Du hättest gehorchen sollen, Charlotte", sagt er mit leiser, knurrender Stimme.

„Warum?", frage ich ihn.

„Weil du jetzt praktisch nackt vor mir stehst", antwortet er. Er hat weder versucht, mich zu berühren, noch schicke ich mich an, meine nackten Brüste vor seinen Blicken zu verbergen.

„Was hast du mit mir vor?"

„Was willst du denn, dass ich mache?", fragt Louie und kommt einen Schritt näher.

Was will ich, dass er macht? Ich spüre immer noch die Wirkung des Alkohols. Wenn ich völlig nüchtern wäre, würde ich mich niemals nackt vor ihm zeigen. Es gibt viele Dinge, die ich nicht tun würde, wenn ich nicht ein wenig beschwipst wäre. „Ich will, dass du es mir zeigst", sage ich zu ihm.

„Was zeigen?"

„Zeig mir, wie du meine ganze Welt auf den Kopf stellen würdest", flüstere ich. Ich kann nicht glauben, dass ich einen Fremden bitte, mich zum

Kommen zu bringen. So bin ich sonst nicht. Ich hatte noch nie einen One-Night-Stand. Aber wir sind hier in Vegas. *What happens in Vegas, stays in Vegas,* und so.

„Du bist betrunken." Louies Augen verdunkeln sich, als er seinen Arm um meine Taille legt.

„So betrunken nun auch wieder nicht." Ich schlinge meine Beine um seine Hüften und meine Arme um seinen Hals. „Lass mich vergessen", flehe ich ihn an und hoffe insgeheim, dass er mich nicht abweist.

„Du wirst es bereuen, wenn du wieder nüchtern bist", sagt er.

„Werde ich nicht. Es sei denn, du kannst deine Worte nicht in die Tat umsetzen. Vielleicht hast du bloß eine große Klappe." Ich bezweifle es, aber ich kenne ihn nicht. Vielleicht ist er im Schlafzimmer ja doch ein Reinfall.

Seine Mundwinkel heben sich. „Willst du das wirklich?"

Ich nicke etwas zu enthusiastisch. „Ich will das wirklich." *Und das tue ich auch.*

„Du warst vor zwei Tagen noch mit einem anderen Mann verlobt, Charlotte", erinnert mich Louie.

„Ich war auf dem Weg zu seinem Zimmer, um

die Hochzeit abzusagen. Ich hatte mich bereits entschieden, dass ich das nicht durchziehen konnte. Ich bin nicht traurig, weil mein Verlobter mich betrogen hat", erkläre ich.

Louies Fingerspitzen streichen über meine Wange. „Warum bist du dann traurig?"

„Weil er mir meine Schwester genommen hat", sage ich. „Ich habe nur eine. Ich kann sie nicht ersetzen." Ich atme tief ein. „Und ich habe die letzten zwei Jahre meines Lebens mit mittelmäßigem Sex und vorgetäuschten Orgasmen verbracht. Ich will guten Sex."

Louie lächelt. „Das ist eine lange Zeit, um schlechten Sex zu ertragen." Er geht zum Rand des Pools. Mein Rücken drückt gegen die kalten Fliesen und sein Schwanz drückt gegen meinen Unterleib, was etwas in mir entfacht, von dem ich dachte, es sei längst tot.

„Bitte", flehe ich.

„*Bitte* was?", fragt Louie und streicht mit seinem Schwanz erneut über meinen Unterleib.

„Stelle meine ganze Welt auf den Kopf." Meine Stimme ist leise, fast ein Flüstern.

„Denk dran, du hast darum gebeten", sagt Louie zu mir, und dann werde ich aus dem Wasser gehoben. Mein Hintern landet auf dem Beckenrand. „Leg dich hin."

Ich gehorche, ohne zu zögern, und dann greifen seine Finger nach den Seiten meines Slips.

„Ich frage nicht noch einmal, Charlotte. Du willst, dass ich deine Welt auf den Kopf stelle? Ich werde dich in eine andere Dimension versetzen." Er zieht den Stoff meine Beine hinunter und wirft ihn zur Seite. Louies Hände landen auf meinen Oberschenkeln, und meine Beine spreizen sich langsam. „Du gehörst mir", sagt er, bevor ich seine Zunge an meinen empfindlichsten Stellen spüre.

Meine Oberschenkel versuchen sich zu schließen. Ich weiß nicht warum, aber das ist intimer, als ich gedacht hätte. Owen hat mich nie oral befriedigt. Er mochte das nicht.

„Mach die Beine breit", grunzt Louie, während seine Zunge nach oben gleitet. Sein Mund schließt sich um meine Klitoris und dann saugt er daran.

„Oh Gott." Meine Hände ballen sich zu Fäusten. „Scheiße!", schreie ich, als er meine Knie auseinanderdrückt und seine Finger sich in meine Oberschenkel graben.

Louie leckt mich nicht nur. Er vernascht mich, als wäre ich seine letzte Mahlzeit. Und verdammt noch mal, mein Magen zieht sich zusammen. Ich spüre, wie sich ein Orgasmus aufbaut.

„Hör nicht auf!", stöhne ich.

„Ich höre nicht auf", sagt Louie und leckt, saugt und knabbert weiter an mir. Innerhalb von Sekunden fliege ich über den Rand in den Abgrund. Mein ganzer Körper zittert vor dem Orgasmus, der mich durchfährt.

Als dieser Mann sagte, er würde meine Welt auf den Kopf stellen, hat er nicht gelogen.

Kapitel Sieben

Ich bin es gewohnt, zu sehen, wie eine Frau unter mir kommt. Aber das hier? Charlotte, die sich gehen lässt und vor Ekstase schreit ... Das ist etwas ganz anderes. Ich war noch nie so hart für jemanden wie gerade für sie. Ich will meinen

Schwanz nicht nur in ihre warme Hitze rammen. *Ich muss es tun.* Mehr als ich Luft zum Atmen brauche.

Ich klettere aus dem Pool und hebe ihren schlaffen Körper hoch. „Das war nur die Vorspeise. Wir haben noch das Hauptgericht und das Dessert vor uns, Baby", sage ich ihr, bevor ich mit ihr in das Penthouse gehe, in Richtung Hauptschlafzimmer.

„Das war die Vorspeise?", echot Charlotte, den Kopf an meine Schulter gelehnt. „Was ist dann das Hauptgericht?"

Ich kann das Lachen, das in meiner Brust brodelt, nicht unterdrücken. „Du wirst schon sehen", sage ich und werfe sie aufs Bett.

„Oh, nein, wir machen die Laken ganz nass!", quietscht sie.

„In mehr als einer Hinsicht, hoffe ich." Ich ziehe meine Boxershorts bis zu den Knöcheln runter und steige aus ihnen heraus. Als ich mich wieder aufrichte, stützt sich Charlotte auf die Ellbogen. Ihre Augen sind weit aufgerissen, ihr Mund steht offen und sie starrt auf meinen Schwanz. Meine Faust umschließt die Wurzel, bevor ich leicht daran ziehe.

„Was ... was ist das?", fragt sie, ohne den Blick von meinem Schwanz abzuwenden.

„Das ist das Ding, was dich so sehr schreien

lassen wird, dass dir morgen die Kehle wehtut", erkläre ich ihr.

„Das ... Tut das weh?" Ihr schockierter Gesichtsausdruck verwandelt sich in Neugier.

„Bist du noch Jungfrau?" Es ist mir egal. Ich muss in sie eindringen. Es ist mir egal, ob ich dafür Barrieren überwinden muss. Nichts kann mich davon abhalten, ihre Muschi von innen zu spüren.

„Nein. Tut es weh?", fragt sie erneut.

„Nein. Und ich verspreche dir, dass die nur zu deinem Vergnügen da sind." Mein Daumen fährt über die vielen Piercings, die meinen Schaft zieren.

„Wie nennt man das? Es gibt doch einen Namen dafür, oder?"

„Eine Jakobsleiter", erkläre ich. Meine Hände landen auf ihren Schenkeln und spreizen sie, bevor ich auf das Bett klettere. „Sag mir, dass du das willst, Charlotte. Sag mir, dass du willst, dass ich dich in die Vergessenheit ficke. Sag mir, dass du willst, dass ich dir ein Gefühl gebe, das dir noch niemand zuvor gegeben hat." Meine Fingerspitzen gleiten durch ihre feuchten Falten, und ihr Körper zuckt unter meiner Berührung.

„Ich will das. All das", sagt sie und lässt sich auf die Matratze fallen.

Meine Finger gleiten in ihre Öffnung. Ich

bewege sie in ihr hin und her, um sie aufzuwärmen. Sie ist verdammt eng. Ich habe behauptet, dass es nicht wehtun würde. Aber verdammt, es könnte doch wehtun.

„Du bist so eng." Ich beuge mich vor und meine Lippen schließen sich um eine ihrer Brüste. Ich sauge und knabbere an ihrer Brustwarze.

„Tut mir leid", sagt Charlotte und wölbt ihren Rücken vom Bett.

„Muss es nicht. Ich mach langsam. Ich will, dass du jede Sekunde davon genießt." Ich ziehe meine Finger raus, richte meinen Schwanz an ihrem Eingang aus und dringe langsam in sie ein. Charlotte versteift sich. Ihre Fingernägel graben sich in meine Arme. „Entspann dich. Du musst mich reinlassen."

„Er ist zu groß. Ich weiß, das klingt dumm und klischeehaft, aber das Ding passt nicht in mich rein, Louie", sagt sie und schüttelt den Kopf.

Ich gleite noch ein paar Millimeter weiter hinein und ziehe mich dann wieder zurück, bevor ich beim nächsten Mal noch ein Stück weiter eindringe. Mein Daumen kreist um ihre Klitoris. „Er wird passen, und das perfekt. Deine Muschi ist wie für mich gemacht. Sieh nur, wie gut du das machst, du nimmst alles, was ich dir gebe." Ich stütze mich auf einem Arm ab und schaue auf die Stelle, an der unsere Körper miteinander verbunden sind. „Verdammt, ist das heiß."

„Es fühlt sich so ... anders an ..."

„Anders im guten oder anders im schlechten Sinn?", frage ich und halte inne.

„Gut. Definitiv gut", sagt Charlotte schnell, und ich beginne wieder, mich in ihr zu bewegen. Langsam.

Sie hat recht. Es fühlt sich anders an. Ich habe noch nie eine Muschi wie diese gespürt. Es hat sich noch nie so gut angefühlt. Dann schaue ich auf meinen Schwanz und merke, warum. Ich habe das Kondom vergessen. Aber ich werde jetzt nicht aufhören. *Scheiß drauf.* Ich ziehe rechtzeitig raus. Das wird schon gut gehen.

Ich bin fast ganz drin. Mit einem letzten Stoß versenke ich mich bis zum Anschlag in ihrer Muschi. Charlotte schreit auf. Ich falle ganz auf sie, und ihre Arme legen sich um meinen Hals und ziehen mich näher zu ihr heran.

Ihre Lippen pressen sich auf meine. Ich halte kurz inne, bis ihre Zunge sich in meinen Mund drängt und ich nachgebe. Ich bin kein guter Küsser. Aber ich werde dieser Frau auch nicht etwas so Einfaches verweigern. Meine Hüften beginnen, in sie hinein- und herauszustoßen, werden schneller, während unsere Zungen miteinander kämpfen.

Charlotte stöhnt in meinen Mund, ihre Beine umschlingen meine Hüfte und ihre Hüften beginnen, sich im Takt meiner Stöße zu bewegen. „Hör nicht auf", sagt sie und löst sich von meinem Kuss.

„Ich höre nicht auf, bis ich spüre, wie du auf meinem Schwanz kommst", sage ich ihr. Ich stoße härter und schneller zu.

„Oh ... ja!", schreit sie und krallt ihre Fingernägel in meinen Nacken. Ihre Muschi zieht sich um meinen Schwanz zusammen und drückt so verdammt fest zu, dass ich fürchte, er könnte tatsächlich absterben, wenn ihr Orgasmus noch viel länger andauert.

Ich ziehe mich zurück, umfasse meinen Schwanz und pumpe ein paar Mal, bevor ich meinen Samen über ihren Bauch spritze. „Gott, bist du heiß." Dann beuge ich mich vor und erobere ihre Lippen.

Jetzt küsse ich sie? Was macht diese Frau mit mir?

„Mmm, und was gibt's zum Nachtisch?", fragt Charlotte.

„Gib mir ein paar Minuten, dann können wir uns direkt auf den Nachtisch stürzen", stöhne ich und lasse mich neben ihr auf das Bett fallen. Ich lege einen Arm um ihre Taille und ziehe sie auf mich. „Verdammt, du bist wunderschön." Ich streiche ihr das nasse Haar aus dem Gesicht. „Ich habe noch nie etwas Schöneres gesehen."

„Du hast mich doch schon in dein Bett gelockt. Jetzt kannst du die Sprüche sein lassen", sagt sie und versucht, sich von mir zu winden.

Ich ziehe sie fester an mich und schaue ihr direkt in die Augen. „Das sind keine Sprüche. Ich verschwende meine Zeit nicht damit, Dinge zu sagen, die ich nicht so meine, Charlotte."

Sie starrt mich ausdruckslos an, blinzelt ein paar Mal und schließt dann die Augen. „Bin ich so schlecht im Bett?"

„Warum zum Teufel denkst du, dass du schlecht im Bett bist?", frage ich sie. „Mach die Augen auf und sieh mich an."

Ihre Wimpern flattern, bevor sie meinem Blick begegnet. Da bemerke ich, dass sich Tränen in ihren Augen bilden. „Sag mir einfach die Wahrheit. Bin ich schlecht?"

„Verdammt nein. Du könntest nicht schlecht darin sein, selbst wenn du es versuchen würdest", versichere ich ihr. „In dir zu sein, war so schön, wie ich es noch nie zuvor erlebt habe. Es ist unglaublich.

Zweifle niemals an dir selbst." Meine Lippen berühren ihre Stirn. „Wir sollten ein Bad nehmen."

„Ein Bad? Warum?"

„Weil dort das Dessert serviert wird." Ich setze mich auf, bevor ich aufstehe und sie hochhebe.

„Ich kann laufen", protestiert sie und versucht, sich wieder aus meinem Griff zu winden.

„Das kannst du, aber ich kann dich auch tragen. Und deinen nackten Körper an meinem zu spüren, ist keine Strafe." Tatsächlich bin ich mir ziemlich sicher, dass ich mich daran gewöhnen könnte.

Kapitel Acht

M ein Kopf pocht und mein Körper schmerzt, als wäre ich tausend Meilen gelaufen. Noch bevor ich die Augen öffne, kommen mir bereits Erinnerungsfetzen von dem, was ich getan habe, in den Sinn. Vielleicht ist es nicht real, wenn ich mich nicht bewege? Diese weichen Laken, die ich auf meiner Haut spüre – meiner nackten Haut – sind nicht real.

Mist ... meine *nackte* Haut.

Ich reiße die Augen auf, schaue mich im Zimmer um und atme erleichtert auf, als ich niemanden außer mir hier finde. Ich bin allein. Es war ein Traum, oder? Nur dass das nicht das Zimmer ist, in dem ich übernachtet habe. Es ist dasselbe Zimmer aus meinem Traum.

„Oh mein Gott!" Ich ziehe mir die Decke über das Gesicht. Es war kein Traum. Es war echt. Er war echt. Wie? Die Dinge, die dieser Mann mit mir gemacht hat, sein Körper, sein ... Schwanz. Das kann unmöglich echt gewesen sein. Nichts, was so gut ist, kann es wirklich geben.

Die Bilder, die mir durch den Kopf gehen, sind jedoch sehr real. Und oh mein Gott, ich hätte mir in meinen kühnsten Träumen nie vorstellen können, dass ich zu so einem Moment fähig wäre – nein, nicht zu einem Moment. Zu stundenlanger ... Leidenschaft.

Louie. Ich sage seinen Namen in meinem Kopf. Nicht, dass ich ihn nicht schon oft genug geschrien hätte. Ich erinnere mich vage daran, dass er gesagt hat, mein Hals würde wehtun. Und tatsächlich tut es weh, wenn ich schlucke. Ich brauche Wasser. Ich muss hier weg, bevor dieser leere Raum *nicht mehr leer* ist.

Ich sollte mich schämen, dass ich alleine aufwache, aber das tue ich nicht. Ich bin erleichtert. Kein unangenehmer Morgen danach. Oder in diesem Fall *Nacht* danach. Als ich aus dem Fenster schaue, blinken die Lichter der Stadt vor dem dunklen Himmel.

Alles tut mir weh, als ich mich aus dem Bett quäle. Wer braucht schon ein Fitnessstudio, um zu trainieren? Ein paar Stunden im Bett mit Louie reichen.

Hm, ich frage mich, warum noch niemand Sex als Mittel zum Abnehmen vermarktet hat? Wahrscheinlich, weil Sex normalerweise nicht so ist, zumindest nicht meiner Erfahrung nach.

Ich finde meine Kleidung ordentlich gefaltet auf einem Stuhl am Fenster. Wer faltet schon die Kleidung von jemand anderem? Psychopathen, genau die. Toll, ich hatte Sex mit einem verdammten Psycho. Zumindest hat er meinen Körper unversehrt gelassen, und ich liege derzeit nicht in einem flachen Grab irgendwo in der Wüste von Nevada. Gott sei Dank für kleine Wunder.

Andererseits, wenn ich jetzt tot wäre, würden Owen und meine Schwester sich selbst die Schuld geben und mit dem schlechten Gewissen leben müssen. Nun, es gibt immer eine positive Seite an schlimmen Situationen. Nicht, dass ich vorhabe zu sterben. Allerdings würden sich nicht viele Leute freuen, von einem Psychopathen in Stücke geschnitten zu werden.

Ich schnappe mir meinen Kleiderhaufen und lege ihn auf das Bett. Mein Oberteil und meine Shorts sind da, aber meine Unterwäsche ist nirgends zu finden. Dann erinnere ich mich ... Louie hat sie mir am Pool ausgezogen. Ich ziehe meine Shorts hoch, ziehe mein Oberteil über den Kopf und renne schnell ins Badezimmer, um mich so gut es geht ohne Zahnbürste und Kamm frischzumachen. Dann schleich ich mich auf Zehenspitzen aus dem Schlafzimmer und schaue mich im kleinen Flur um. Ich höre kein einziges Geräusch. Ich muss allein im Penthouse sein.

Ich gehe zu den Glastüren, die zum Pool führen, und schiebe sie vorsichtig auf. Falls Louie irgendwo hier herumschleicht, will ich keinen Lärm machen. Ich möchte ihn im Moment lieber nicht sehen. Ich schaue am Rand des Pools nach meiner Unterwäsche, aber da ist nichts. Toll, wahrscheinlich wird irgendeine arme Putzfrau mein Höschen irgendwo finden. Da meine Mission gescheitert ist, gehe ich wieder ins Penthouse und bin schon halb durch das kleine Wohnzimmer gelaufen, als ein Mann aus dem Nichts auftaucht. Ein riesiger, muskelbepackter Monsterkerl.

„Willst du dich etwa davonschleichen?", fragt Sammie. Ich erinnere mich an ihn von gestern Abend. Er ist einer von Louies Freunden.

Oh Gott, bitte sag mir, dass das nicht eine dieser Situationen ist, in denen Männer mich teilen wollen oder *denken*, sie könnten mich teilen. Ich habe heute vielleicht mit Louie experimentiert, aber damit ist mein Abenteuer auch schon zu Ende.

„Äh ... Ja, ich wollte gerade gehen", sage ich und versuche, selbstbewusst zu klingen.

„Du solltest dir vielleicht zuerst deine Schuhe anziehen. Die Straßen da draußen sind dreckig", sagt Sammie zu mir.

„Stimmt." Ich schaue mich um. *Wo habe ich meine Schuhe gelassen?*

„Sie stehen neben der Tür. Der Boss hat gesagt, ich soll hier warten, bis du aufwachst. Er wollte nicht, dass du alleine aufwachst."

„Der Boss?", wiederhole ich.

„Louie", erklärt Sammie.

„Warum nennst du ihn *Boss*?", frage ich,

während ich versuche, an dem Mann vor mir vorbeizukommen, um zur Tür zu gelangen.

„Weil er der Boss ist. Wo willst du eigentlich hin?“

„Ins nächste Krankenhaus“, platze ich heraus. Mist. Manche Gedanken sollten besser in meinem Kopf bleiben. Gedanken laut auszusprechen, passiert mir leider öfter. Ich weiß, wie unverantwortlich ich mit Louie war, deshalb ist meine erste Station, wenn ich diesen Raum verlasse, eine Klinik und ein Test auf Sexualkrankheiten.

Sammies Augen weiten sich und dann huscht ein seltsamer, besorgter Ausdruck über sein Gesicht. „Mist, bist du krank? Ich kann den Arzt holen, damit er dich untersucht“, sagt er, während er sein Handy herauszieht.

„Ich bin nicht krank. Zumindest hoffe ich das. Es ist ... persönlich. Ich ... Wie auch immer, sag Louie, dass ich mich bedanke – oder sag ihm das lieber nicht. Ich gehe jetzt einfach.“ Ich öffne die Tür, gehe zu den Aufzügen und drücke schnell den Knopf.

Sammie folgt mir. „Ich bringe dich hin“, sagt er.

„Wie bitte?“

„Ich bring dich ins Krankenhaus. In welches willst du?“, fragt er mich.

„Ich kann selbst fahren.“ Ich habe absolut keine

Lust, dass einer von Louies Freunden ... Mitarbeitern ... was auch immer ... mich zu einem Test ins Krankenhaus fährt. Kann mein Leben noch peinlicher werden?

„Hör mal, wenn du dich nicht von mir fahren lasst, werde ich gefeuert oder noch schlimmer. Also lass mich dich *bitte* einfach dorthin fahren, wo du hin musst", bittet er mich.

„Du wirst deswegen doch sicher nicht gleich gefeuert. Sag deinem Boss einfach, dass ich deine Hilfe abgelehnt habe." Ich zucke mit den Schultern und steige in den Aufzug, als sich die Türen öffnen, nur um festzustellen, dass Sammie mir wieder folgt.

„Ja, du kennst den Boss nur leider nicht so gut. Glaub mir, wenn ich sage, dass es in meinem besten Interesse ist, dich hinzubringen." Sammie lächelt mich an. Die Situation ist unangenehm – obwohl ich glaube, dass er versucht, *charmant* zu sein.

„Du hast recht. Ich kenne deinen Boss nicht, und genau deshalb muss ich in eine Klinik, um mich auf alles Mögliche testen zu lassen, nachdem ich stundenlang ungeschützten Sex mit ihm hatte. Und nein, ich bin nicht gerade stolz darauf. Und ehrlich gesagt brauche ich kein Publikum, das meine Peinlichkeit aus nächster Nähe mitverfolgt." Ich weiß nicht, warum ich im Moment so ungefiltert bin. Vielleicht sind es die Nachwirkungen des Alkohols? Oder ich bin einfach nur müde und emotional ausgelaugt.

Ich sehe, wie Sammies Lippen zucken, als würde er sich verdammt noch mal bemühen, nicht zu lachen. Und das sollte er auch besser nicht, denn im Moment bin ich ziemlich wütend. Ich weiß, dass ich es nicht mit ihm aufnehmen kann, aber ich würde alles geben.

„Ungeschützt? Bist du dir da sicher?", fragt er mit gerunzelter Stirn.

Ich blinzele ihn an. *Fragt er mich das ernsthaft?* „Oh, toll, er hat tatsächlich eine schreckliche Geschlechtskrankheit, oder? Und ich dachte, das Schlimmste, was passieren könnte, wäre, dass er ein Psycho ist und mich in kleine Stücke hackt."

„Mit deiner Theorie, dass er ein Psycho ist, liegst du ziemlich nah an der Wahrheit. Aber ich bin mir sicher, dass der Boss sauber ist. Ich weiß von keinen Geschlechtskrankheiten. Ich bezweifle auch sehr, dass er dich in kleine Stücke hacken würde." Sammie lacht. Der Arsch lacht tatsächlich.

„Trotzdem werde ich mich vergewissern und ein paar Tests machen lassen." Endlich öffnen sich die Türen und ich steige aus. Ich brauche eine Weile, um mich zu orientieren und das Schild mit der

Aufschrift „*Taxi*" zu finden. Ich versuche zu ignorieren, dass Sammie mir immer noch folgt und dass die Leute mir aus dem Weg gehen, wenn ich vorbeigehe.

Wissen sie es alle? Steht es mir ins Gesicht geschrieben? Dass ich mir wahrscheinlich eine Geschlechtskrankheit eingefangen habe, die mein Untergang sein wird? Das wäre typisch für mein Glück. Den besten Sex meines Lebens zu haben, nur damit er mich am Ende umbringt.

Ich greife nach meinem Handy, das zum Glück noch in der Gesäßtasche meiner Shorts steckt, und bestelle mir ein Uber. „Du musst mir wirklich nicht folgen", sage ich zu Sammie.

„Doch, das muss ich", sagt er, während er etwas in sein Handy tippt.

„Mein Taxi ist in zwei Minuten da. Ich komme klar, ehrlich", versichere ich ihm.

„Mmhmm", brummt er und starrt weiter auf das Display.

Als das Auto vorfährt, ist Sammie schneller als ich und hält mir die Tür auf. „Danke", sage ich und runzele die Stirn.

Warum ist er so hartnäckig? Jetzt, wo das Auto da ist, kann ich endlich allein sein – naja, abgesehen vom Fahrer. Meine Hoffnungen werden sofort zunichte gemacht, als Sammie sich zu mir auf den Rücksitz setzt.

„Was soll das werden?", frage ich ihn.

„Ich habe es dir doch gesagt. Ich komme mit", sagt er. „Ich lege Wert auf mein Leben, deshalb gehe ich kein Risiko ein."

„Ich kann dir eine SMS schicken oder so, wenn ich herausfinde, dass dein Boss eine Krankheit hat, von der du wissen musst."

Der Typ auf dem Fahrersitz verschluckt sich und starrt uns über den Rückspiegel an. „Fahr los. Und tu so, als hättest du kein Wort in diesem Auto gehört", sagt Sammie zu ihm in einem viel strengeren Ton, als ich es bisher von ihm gehört habe.

„Ja, Sir." Der Mann wird blass und fädelt sich schnell in den Verkehr ein.

Hey, Erdboden, wenn du dich jemals auftun und mich verschlucken wolltest, dann bitte jetzt.

„Gibt es in Nevada Erdlöcher, die sich plötzlich auftun?", frage ich Sammie.

„In einigen Gegenden, aber nicht hier. Warum?", antwortet er.

„Schade", stöhne ich, lehne den Kopf gegen den Sitz und schließe die Augen.

Kapitel Neun

Ich kann nicht glauben, dass ich eine schöne Frau im Bett zurückgelassen habe, um mich mit dieser Scheiße zu beschäftigen. Und nicht irgendeine schöne Frau. Charlotte. Ihr Gesicht hat sich in mein Gedächtnis gebrannt. Ich habe vielleicht eine Stunde damit verbracht, sie beim

Schlafen zu beobachten und jedes einzelne ihrer Merkmale zu katalogisieren.

Bislang habe ich immer Fehler an Menschen finden können. Aber egal, wie sehr ich mich auch anstrenge, ich kann an dieser Frau keinen einzigen verdammten Makel entdecken.

Ihre Schreie spielen sich wie ein Lied in meinem Kopf ab. Ich war bereit, zu warten, bis sie aufwacht, und es noch einmal mit ihr zu treiben, doch es scheint, als hätte die Welt sich heute Nacht dazu entschlossen, meine Pläne zu vermasseln. Oder besser gesagt, der Idiot, der gerade vor mir an einen Holzstuhl gefesselt ist.

Meine rechte Faust schwingt nach vorne und trifft ihn am Kiefer. Sein Kopf schnellt zur Seite und Blut spritzt ihm aus dem Mund. Macht es mir Spaß, ihn zu schlagen? *Ja, verdammt,* das tut *es.* Seinetwegen liege ich gerade nicht mit Charlotte im Bett. Und dann ist da noch die Tatsache, dass er so dumm war, mich zu verraten ...

„Hast du wirklich geglaubt, ich würde dich nicht finden?"

„Ich habe nicht ..." Seine Stimme bricht ab, als meine Faust erneut seinen Kiefer trifft.

Dieser Arsch dachte, er könnte Details über unsere Operation an einen niederträchtigen

Schläger weitergeben, der beschlossen hatte, sich das zu nehmen, was mir gehörte. Es war nicht das erste Mal und ich weiß, dass es auch nicht das letzte Mal sein wird. Wenn man an der Spitze der Nahrungskette steht, will jeder das, was einem rechtmäßig zusteht.

Der Idiot, der den bald toten Mann auf meinem Stuhl für Informationen bezahlt hat, wurde auf frischer Tat ertappt. „Du hast was nicht? Dachtest du, ich würde es nicht herausfinden?", frage ich. Ich drehe mich um und gehe zur anderen Seite des Raumes. Carlo beobachtet mich mit einem Grinsen im Gesicht. Er weiß, was jetzt kommt.

Ich könnte das hier und jetzt beenden, aber wo bliebe da der Spaß? Keinem Trottel, der mich verrät, wird die Gnade eines schnellen, schmerzlosen Todes gewährt.

„Bitte, Louie, ich wusste nicht, was er vorhatte. Ich brauchte das Geld. Meine Mutter muss operiert werden", schreit der Idiot.

„Wenn du Geld gebraucht hast, hättest du mich um mehr Arbeit bitten sollen, anstatt mich zu bestehlen", sage ich, obwohl ich genau weiß, dass dieser Arsch keine Mutter hat.

Ich habe Akten über jedes einzelne Mitglied meiner Organisation angelegt. Ich lasse niemanden ohne gründliche Hintergrundüberprüfung zu. Und dieser Typ? Justin? Er hat keine Familie. Er ist im Heim aufgewachsen und mit achtzehn auf die Straße gesetzt worden.

Ich nehme das Brandeisen, gehe zum Feuer und halte das Ende über die Flammen. Die flache Seite hat die Form einer Spielkarte, in deren Mitte das Wort „Verräter" eingraviert ist. Jeder, der gegen die Gesetze verstößt, die ich in dieser Stadt aufgestellt habe, wird gebrandmarkt. Das zeigt allen anderen, was passiert, wenn sie versuchen, sich gegen mich zu stellen.

Ich werde dafür sorgen, dass die Leiche dieses Arschlochs gefunden wird – ab und zu muss man ein Exempel statuieren.

„Siehst du, du wirst anderen helfen, nicht denselben Fehler zu machen wie du, Justin." Ich beobachte, wie sich das Metall erhitzt, bis es rot glüht. „Wenn sie dieses Mal auf dir sehen, werden sie es sich zweimal überlegen, bevor sie mich hintergehen."

Als ich finde, dass das Metall heiß genug ist, um seine Aufgabe zu erfüllen, gehe ich langsam zu dem jetzt schreienden Justin hinüber. Er wehrt sich gegen seine Fesseln. Ich hebe einen Fuß und trete ihm direkt in die Brust, sodass er und der Stuhl umfallen und er flach auf dem Rücken liegt. Ich drücke ihn mit meinem Fuß nieder, während ich das Brandzeichen genau in der Mitte seines Oberkörpers aufsetze. Der Geruch von verbranntem Fleisch steigt mir in die Nase. Justins Schreie verstummen und sein Körper hört auf, sich zu bewegen.

„Er ist ohnmächtig geworden. Hat nicht lange gedauert." Carlo kommt herüber, schaut auf Justin hinunter und dann wieder zu mir hoch. „Du solltest vielleicht dein Handy checken, Boss. Sammie versucht, dich zu erreichen."

Ich halte inne. Die Metallstange klappert neben Justins Kopf mit einem lauten Klirren zu Boden. Ich habe Sammie bei Charlotte gelassen. Ich wollte nicht, dass sie alleine aufwacht und denkt, ich hätte sie im Stich gelassen.

Ich ziehe schnell mein Handy heraus und finde drei Nachrichten.

SAMMIE:

Boss, deine Freundin will sich im Krankenhaus testen lassen. Irgendwas mit ungeschütztem Sex?

SAMMIE:

Ungeschützt? Echt, hast du den Verstand verloren?

SAMMIE:

> Sitze gerade mit ihr im Auto. Sie hat mir übrigens angeboten, mich darüber zu informieren, ob du irgendwelche Geschlechtskrankheiten hast.

Wie bitte?

Ich wähle seine Nummer und Sammie nimmt nach zwei Klingelzeichen ab. „Boss."

„Wo zum Teufel ist sie?", grunze ich. *Und warum glaubt sie, dass sie ins Krankenhaus muss? Ist ihr nicht wohl?*

„Sie sitzt direkt neben mir. Willst du mit ihr sprechen?", fragt Sammie mit einem deutlichen Augenzwinkern in der Stimme.

„Ja."

„Hallo?" Eine süße Südstaatenstimme erfüllt meine Ohren.

„Charlotte, geht's dir gut? Bist du krank?", frage ich sie.

„Nein, ich bin nicht *krank*", sagt sie.

„Warum willst du dann ins Krankenhaus?"

„Weil wir ... na ja, du weißt schon. Woher soll ich wissen, welche Krankheiten du vielleicht hast", flüstert sie ins Telefon.

„Ich habe keine", entgegne ich entrüstet.

„Danke, aber ich denke, ich lasse mich trotzdem testen." Sie seufzt. „Hör mal, ich hatte Spaß. Es *hat* Spaß gemacht, aber du kannst deinem Wachhund hier sagen, dass er mich jetzt in Ruhe lassen soll."

„Gib Sammie das Telefon zurück." Ich bin nicht sauer, dass sie sich nach dem ungeschützten Sex untersuchen lassen will. Das ist klug von ihr. Aber das sollte sie nicht alleine machen müssen.

„Boss?", fragt Sammie.

„Bleib bei ihr. Schick mir die Adresse per SMS, dann komme ich dorthin." Ich beende das Gespräch, gehe zum Waschbecken, ziehe mein Hemd aus und wasche mir die Hände. Das Wasser färbt sich rot vom Blut dieses Arschlochs. „Beende das. Ich habe was zu erledigen", rufe ich Carlo zu.

„Ja, weißt du, was schlimmer ist als eine Geschlechtskrankheit? Ein Kind. Ohne Gummi? Das sieht dir gar nicht ähnlich", antwortet er.

„Woher willst du wissen, wie ich ficke?" Ich hebe fragend eine Augenbraue in seine Richtung.

„Ich weiß es nicht. Aber du bist schlau, und keins zu benutzen ist nicht schlau." Er zuckt mit den Schultern.

Es ist mir egal, was diese Idioten denken. War es klug? *Nein.* Bereue ich es? *Auch nein.* In Charlotte zu sein, ist wahrscheinlich das Beste, was ich je gefühlt habe. Und es ist etwas, das ich so schnell wie möglich wieder fühlen möchte.

Ein paar Minuten, nachdem Sammie mir die Adresse geschickt hat, biege ich auf den Parkplatz der Klinik. Als ich reingehe, sehe ich Charlotte im Wartebereich sitzen. Sobald Sammie mich sieht, steht er auf und kommt rüber.

„Soll ich hierbleiben?", fragt er.

„Nein, schon gut. Geh und hilf Carlo", sage ich ihm.

„Gerne", lächelt Sammie. Ich schätze, eine Leiche zu entsorgen ist ihm lieber, als bei einem Test auf Geschlechtskrankheiten dabei zu sein. Jedenfalls, was ihn angeht. Für mich hingegen gibt es im Moment keinen Ort, an dem ich lieber wäre als hier, um diese Frau zu unterstützen.

Ich setz mich auf den Stuhl, den mein Freund gerade verlassen hat, und Charlotte schaut mich an. „Du hättest nicht herkommen müssen."

„Du hättest auf mich warten sollen. Ich hätte

einen Arzt für alle Tests, die du wolltest, ins Penthouse bestellt", antworte ich.

Charlotte blinzelt mich an. „Warum bist du hier?"

„Weil du hier bist", zucke ich mit den Schultern.

„Hast du nichts zu tun?", fragt sie.

„Was ist wichtiger, als sicherzustellen, dass keiner von uns eine Krankheit hat?", entgegne ich. „Wenn du dich testen lässt, ist es nur fair, dass ich das auch mache."

„Ja? Willst du sie auch bitten, mir die Pille danach zu verschreiben?" Sie zieht eine Augenbraue hoch.

„Die was?" Ich weiß, was die Pille danach ist. Ich bin nur nicht damit einverstanden, dass sie eine nimmt. Irgendetwas daran passt mir nicht.

„Die Pille danach. Das ist diese kleine Wunderpille, die hoffentlich dafür sorgt, dass ich nicht schwanger werde", erklärt sie.

„Willst du etwa keine Kinder?"

„Doch, eigentlich schon. Aber ich wäre lieber zuerst mit ihrem Vater verheiratet. Alleinerziehende zu sein, lässt sich vielleicht nicht ganz vermeiden – denn wer weiß? Vielleicht heirate ich am Ende einen nichtsnutzigen Arsch. Aber das ist nichts, was ich mir zum Ziel gesetzt habe", sagt sie.

„Nimm die Pille nicht", sage ich ihr, und Charlotte dreht sich blitzschnell zu mir um.

„Wie bitte?"

„Hör mal, ich verstehe schon. Dein Körper, deine Entscheidung. Und ich bin hundertprozentig damit einverstanden. Aber wenn du die Pille nur nimmst, weil du denkst, dass du als alleinerziehende Mutter mit einem Versager als Vater deines Kindes endest, dann will ich dir versichern, dass das nicht passieren wird. Ich würde dich oder ein Kind, an dessen Zeugung ich beteiligt war, niemals im Stich lassen."

Charlotte schüttelt den Kopf. „Du kennst mich doch gar nicht."

„Ich kenne dich gut genug." Ich beuge mich zu ihr hinüber. „Ich weiß, wie du schmeckst. Ich weiß, wie du klingst, wenn du kommst, und ich weiß, wie sich deine Augenbrauen zusammenziehen, wenn du einen Orgasmus hast. Ich weiß, dass du im Schlaf redest, und ich weiß, dass du klug bist. Wahrscheinlich zu klug, um dich auf jemandem wie mich einzulassen."

„Oh Gott, was habe ich im Schlaf gesagt?", keucht sie.

„Das hast du daraus geschlossen?" Ich lächle sie

an. Ich schwöre, diese Frau überrascht mich immer wieder.

„Naja, nein, aber im Ernst, was auch immer ich gesagt habe, ich habe geschlafen und das kann man mir nicht vorwerfen." Sie schaut weg, während ihre Wangen eine tiefere rosa Farbe annehmen.

„Keine Sorge. Du hast nichts Schlimmes gesagt. Nur, dass du mit mir den besten Sex deines Lebens hattest und dass du es kaum erwarten kannst, es wieder zu tun." Ich grinse.

„Das habe ich nicht gesagt." Sie dreht sich wieder zu mir um.

„Nein, hast du nicht, aber liege ich falsch?" Ich ziehe eine Augenbraue hoch, und sie schüttelt den Kopf. Sie ahnt nicht, dass ich vorhabe, sie, sobald wir hier fertig sind, mit zu mir nach Hause zu nehmen und sie mindestens eine Woche lang nicht aus dem Bett zu lassen.

Kapitel Zehn

Mir schwirrt der Kopf. Das kann doch unmöglich mein Leben sein. Wie ist das passiert? Ich sitze beim Arzt mit dem Mann, der mich vor wenigen Stunden noch um den Verstand gebracht hat. Das bin ich nicht. Ich bin nicht die Frau, die One-Night-Stands oder One-Day-Stands oder was auch immer das war, hat. Ich bin auch nicht die Frau, die darüber nachdenkt, auf einen völlig Fremden zu hören, wenn er mir sagt, dass ich die Pille danach nicht brauche.

„Wenn es dich beruhigt, ich habe jedes Mal rechtzeitig rausgezogen", sagt er so leise, dass nur ich ihn hören kann.

Ich spüre, wie mir die Hitze ins Gesicht steigt. „Das tut es nicht", antworte ich knapp.

„Miss Armstrong." Ein Mann in einem weißen Arztkittel ruft nach mir.

Ich stehe auf und atme tief durch. Es ist keine große Sache. Viele Leute machen das. Glaube ich zumindest. Ich bin nicht die Erste und sicher auch nicht die Letzte, die nach ungeschütztem Sex in diese Klinik kommt. Es war großartiger Sex, aber ich glaube nicht, dass der Arzt sich sonderlich für Louies Leistung interessiert.

Louie steht neben mir. Seine Hand legt sich auf meinen unteren Rücken, und ich bleibe stehen. „Was soll das werden?", frage ich ihn.

„Ich komme mit", sagt er mit zusammengezogenen Augenbrauen. „Du gehst nicht mit einem Typen mit, den du nicht kennst."

„Oh, so wie ich mit dir in dieses Penthouse gegangen bin?“, frage ich ihn. „Und es ist nicht irgendein Typ. Er ist Arzt.“

„Wir haben das zusammen gemacht, also machen wir das hier auch zusammen.“ Louie drückt auf meinen unteren Rücken und drängt mich, weiterzugehen.

„Ich finde wirklich nicht, dass du mit reinkommen musst. Du kannst dir einen eigenen Termin geben lassen“, sage ich zu ihm.

Louie grinst. „Da bin ich anderer Meinung. Ich finde, ich muss unbedingt mit reinkommen.“

„Gibt es ein Problem, Miss Armstrong?“, fragt der Arzt.

„Nein“, antwortet Louie, bevor ich es tun kann, und streckt mir die Hand entgegen, um sich vorzustellen. „Entschuldigung, Doc, Louie Giuliani.“

„Mr. Giuliani, willkommen. Komm rein, Sir“, sagt der Arzt mit steifer Haltung und etwas blassem Gesicht, während er uns die Tür aufhält.

Ich schaue vom Arzt zu Louie. *Was zum Teufel?* Ich weiß, dass er behauptet, ein Casino zu besitzen, aber warum wirkt er, als wäre er noch wichtiger als das?

Ohne dass Louie seine Hand wegnimmt,

betreten wir den Untersuchungsraum. Er setzt sich neben mich und ergreift meine Hand. „Wir sind hier, um uns testen zu lassen. Auf jede Geschlechtskrankheit, die man sich vorstellen kann."

Erdboden, tu dich auf und verschlucke mich. „Die Standardtests, die man macht, wenn jemand ungeschützten Sex mit einem Fremden hatte, reichen völlig aus. Und ich bräuchte ein Rezept für die Pille danach", stelle ich klar.

Ich spüre, wie Louies Hand sich bei diesem letzten Satz um meine Finger zusammenzieht. Ich ignoriere ihn und richte meinen Blick auf den Arzt, der Louie fragend anschaut. Warum, ist mir schleierhaft.

„Was immer sie will", sagt Louie zu ihm.

„Okay. Ziehen Sie sich bitte einen Kittel an und legen Sie sich für mich auf das Bett, Miss Armstrong", sagt der Arzt.

„Warum?", fragt Louie.

„Damit ich Sie untersuchen kann."

„Auf keinen Fall", knurrt Louie. „Können Sie nicht einfach einen Bluttest machen?"

„Natürlich, klar." Der Arzt nickt schnell zustimmend, und ich werfe ein:

„Moment mal ... Können Sie mich überhaupt

gründlich untersuchen, wenn Sie da unten nicht nachgucken?"

Der Arzt räuspert sich und schluckt, bevor er antwortet. „Das ist nicht nötig, es sei denn, Sie haben ungewöhnlichen Ausfluss oder irgendwas anderes, das nicht normal ist."

„Das ist nicht der Fall", sagt Louie.

„Ich kann für mich selbst sprechen", sage ich ihm.

„Deine Vagina ist absolut perfekt. Es ist alles in Ordnung mit ihr", grunzt er.

Meine Augen werden groß. Ich glaube, er will mich vor Verlegenheit umbringen. „Oh mein Gott!", zische ich ihn an und wende mich dann wieder dem Arzt zu. „Es tut mir so leid. Machen wir bitte den Bluttest und verschreiben Sie mir die Pille."

„Was ist los?", fragt Louie. Nach dem Arztbesuch hat er mich zu seinem Auto begleitet. Dann hat er bei einer Apotheke angehalten, mir das Rezept aus der Hand genommen und ist reingegangen, um mir die kleine Wunderpille zu holen, die ich wollte.

Die Sache ist nur: Jetzt, wo ich sie habe, bin ich mir nicht mehr sicher, ob ich sie nehmen will. Ich weiß, dass ich wahrscheinlich nicht von ihm schwanger werde, vor allem, weil er sich so sicher ist, dass er rechtzeitig rausgezogen hat. Aber darum geht es mir gar nicht. Ich wollte schon immer ein Kind, nur nicht mit einem Fremden.

Ich meine, was würde ich meinem Kind sagen? *Tut mir leid, dass du keinen Vater hast. Ich bin schwanger geworden, als ich einmal nach Vegas abgehauen bin.*

„Ich bin mir nicht sicher", seufze ich. „Das bin einfach nicht ich."

„Was bist du nicht?", hakt Louie nach.

„Der One-Night-Stand, die Pille danach, Vegas ... All das bin ich nicht." Ich schüttle den Kopf. Irgendwie kann ich mich nicht gut ausdrücken.

„Was, wenn es kein One-Night-Stand war?", fragt er mich.

„Was?"

„Was, wenn das mit uns nach heute nicht aufhört? Was, wenn es morgen und übermorgen weitergeht?"

„Ich habe gerade meinen Verlobten vor dem Altar stehen lassen. Ich glaube nicht, dass ich mich so schnell in eine neue Beziehung stürzen sollte."

„Du hast einen untreuen Mistkerl verlassen, der dich nicht verdient hat, Charlotte, und es gibt keinen festen Zeitplan dafür, wann du anfangen darfst, dein Leben für dich zu leben. Du musst doch Träume haben. Es muss doch etwas geben, das du schon immer machen wolltest", sagt Louie, während er sich in den Verkehr einfädelt.

Was will ich machen? Ich dachte, ich wüsste es. Ich dachte, ich wollte heiraten. Ich dachte, ich wäre bereit für das Leben mit weißem Gartenzaun. Nur nicht mit Owen. Das wusste ich schon, *bevor* ich ihn mit meiner Schwester im Bett erwischt habe.

„Ich weiß nicht, was ich will", gebe ich laut zu.

„Willst du ein Geheimnis wissen?", fragt Louie mich.

„Was denn?"

„Das musst du auch nicht wissen. Du kannst dir so viel Zeit nehmen, wie du brauchst, um herauszufinden, was du als Nächstes machen willst."

„Irgendwann muss ich nach Hause und mich der Realität stellen." Ich kann es mir nicht leisten, in Vegas zu bleiben.

„Du kannst so lange in deinem Penthouse-Zimmer im Royal Flush bleiben, wie du willst", sagt Louie, als hätte er meine Gedanken gelesen.

„Das warst du, oder? Ich habe nichts gewonnen,

richtig?" Ich wusste, dass es zu schön war, um wahr zu sein.

„Du hast meine Aufmerksamkeit gewonnen. Ob das gut ist, ist fraglich." Er grinst frech.

Meiner Erfahrung nach ist die Aufmerksamkeit dieses Mannes eine sehr gute Sache – regelrecht *orgasmisch*.

Kapitel Elf

Ich fahre mit Charlotte zurück in die Penthouse-Etage. Sie wirkt ein wenig verloren. Mir ist klar, dass ich wahrscheinlich zu aufdringlich bin. Ich kann nichts dafür. Wenn ich etwas will, dann setze ich alles daran, es zu bekommen. Und im Moment will ich sie.

Charlotte wird entweder mitmachen oder mitmachen. Denn ich gebe nicht auf. Nichts wird mich davon abhalten, sie zu bekommen. Mit Haut und Haar. Ich weiß nicht, wann es passiert ist. Aber irgendwann zwischen dem Moment, als ich sie schlafend in ihrem Bett zurückgelassen habe, und dem Arztbesuch habe ich mich entschieden. Für sie.

Diese Frau gehört mir.

Ich wollte sie in mein Penthouse bringen. Stattdessen führe ich sie zu dem Zimmer, in dem sie nächtigt. Das ist ein kleiner Kompromiss meinerseits. Damit sie sich wohler fühlt. „Danke, dass du mich zurückgebracht hast", sagt sie.

„Klar. Brauchst du was? Hast du Hunger?", frage ich, während ich weiter in die Suite reingehe.

„Äh, nein. Mir geht es gut. Danke." Charlotte zupft nervös an ihrem Hemd herum.

Ich öffne den Mund, um etwas zu sagen, das sie beruhigt, doch dann klingelt mein Handy. Es ist Sammie. *Mist.* „Entschuldige, ich muss da rangehen."

„Ist schon okay. Ich geh duschen. Danke für … alles." Charlotte geht ins Schlafzimmer.

„Charlotte?"

„Ja?" Sie bleibt stehen und dreht sich wieder zu mir um.

„Das ist noch nicht vorbei. Ich komme wieder", sage ich ihr.

„Das musst du nicht."

„Ich will aber", sage ich und drücke auf die Taste, um den Anruf anzunehmen. „Das sollte besser wichtig sein", brumme ich, während ich das Penthouse verlasse und zurück zu den Aufzügen gehe.

„Irgendein Polizist nervt unten die Angestellten. Er sucht deine Freundin", sagt Sammie.

„Ich komme gleich runter", sage ich ihm, bevor ich auflege.

Ich habe mich schon gefragt, wie lange es dauern würde, bis Charlottes Ex sie suchen kommt. Er war schneller als gedacht. Ich hätte auf mindestens eine Woche gewettet. Meine Leute wissen, dass sie nichts über unsere Gäste sagen dürfen. Das heißt, egal ob mit oder ohne Ausweis, von ihnen kriegt der Typ keine Infos.

Als ich an der Rezeption ankomme, höre ich schon den Tumult. „Gibt es hier ein Problem?", frage ich.

Sammie steht hinter dem Check-in-Schalter vor einem jungen Mädchen, das aussieht, als würde es gleich weinen. Mein Kumpel hingegen sieht so aus, als würde er gleich über den Tresen springen und diesen Mistkerl vor allen Leuten zusammenfalten.

Interessant. Normalerweise ist er der Gelassenste von uns dreien.

„Ja, ich will mit dem Manager sprechen", sagt Charlottes blöder Ex. *Owen*, wenn ich mich recht erinnere. Und ich habe immer recht.

„Und Sie sind?", frage ich ihn.

„Detective Aiken. Ich suche eine Frau, die vor zwei Tagen in diesem Hotel eingecheckt hat", sagt er und zeigt mir seine Marke.

Ich stecke die Hände in die Hosentaschen und starre ihn an. „Haben Sie einen Durchsuchungsbefehl?"

„Brauche ich einen?", fragt er zurück.

„Ja. Wir geben keine Gästedaten raus, wenn Sie keinen Durchsuchungsbefehl besitzen", erkläre ich.

„Hören Sie, sie ist meine Verlobte. Sie ist verschwunden. Ich versuche nur, die Frau zu finden, die ich heiraten will, und ich weiß, dass sie hier war. Sagen Sie mir einfach, ob sie noch hier ist", fleht er mich an.

Ich grinse. „Noch mal: Besorgen Sie sich einen Durchsuchungsbefehl. Bis dahin verlassen Sie bitte unverzüglich mein Casino. Und wenn ich Sie hier wieder erwische, wie Sie meine Mitarbeiter belästigen, werde ich Anzeige erstatten. Es ist mir scheißegal, welche Marke Sie mir unter die Nase halten." Ich weiß, dass er die erforderlichen Papiere nicht bekommen wird. Kein Richter in dieser Stadt wird eine Durchsuchung eines meiner Casinos genehmigen. Ich nicke den beiden Sicherheitsleuten zu. „Begleitet Mr. Aikens hinaus und lasst ihn nicht wieder rein, es sei denn, er hat einen Durchsuchungsbefehl."

„Ja, Boss."

Dann wende ich mich an die Frau an der Rezeption. „Hast du ihm gesagt, dass sie hier ist?"

„Nein", flüstert sie und schüttelt den Kopf.

„Gut." Ich muss wieder nach oben. Aber zuerst muss ich mit meinen Freunden reden. „Hol Carlo. Wir treffen uns in meinem Büro", sage ich zu Sammie.

„Du hast dich also auf eine entlaufene Braut eingelassen?", lacht Sammie.

„Schnauze", grunze ich ihn ungehalten an, bevor ich mein Whiskyglas austrinke.

„Also hat dieser Polizist sie betrogen? Verdammter Idiot." Carlo pfeift. „Das Mädchen ist eine glatte Zehn."

Ich hebe eine Augenbraue. Ich hätte nichts dagegen, ihm eine Kugel zwischen die Augen zu jagen, wenn er Charlotte falsch ansieht. Wie gesagt, ich schrecke vor nichts zurück, um zu bekommen, was ich will, und es zu behalten.

„Objektiv gesehen", fügt er hinzu und hebt die Hände. „Vertrau mir, Boss, sie gehört ganz dir."

„Das geht nur, wenn er sie halten kann. Die ist schlau, die Kleine", wirft Sammie ein.

„Du glaubst, ich könne sie nicht halten?", frage ich, wirklich neugierig, warum zum Teufel er glaubt, dass sie mich nicht wollen würde.

„Weiß sie, wer du bist?", kontert er. „Sie ist ein braves Mädchen. Sie passt nicht in unsere Welt."

„Sie passt rein, wenn ich sage, dass sie reinpasst", antworte ich, bevor ich das Thema wechsle. „Wie lief es mit Justin?"

„Es ist alles erledigt. Ich gehe davon aus, dass es jeden Moment in den Medien landet. Ich habe ihn in einer Gasse hinter einem der Garcia-Restaurants liegen lassen", sagt Carlo.

Die Garcias sind mir ein Dorn im Auge. Ihr Imperium wächst unaufhaltsam. Es ist zwar nicht so groß wie meines, aber sie geben ihr Bestes.

„Hast du noch was aus ihm rausbekommen?" Ich weiß, dass Justin Insider-Infos verkauft hat, und das war sicher nicht wegen einer kranken Mutter, die es gar nicht gibt.

„Nein. Aber ich habe meine Vermutungen. Ich habe ein paar Leute heute Nacht auf die Straße geschickt. Sobald sie ihn finden, werden die Leute anfangen zu reden, und unsere Leute werden da sein, um ihnen zuzuhören."

„Gut. Halt mich auf dem Laufenden. Ich habe noch was zu erledigen." Um diese Zeit bin ich normalerweise unterwegs, mische mich unter die High Roller und mache meine Anwesenheit bemerkbar. Im Moment will ich nur zurück nach oben zu Charlotte.

Sobald ich die Tür zum Penthouse öffne, höre ich es. Ihr Weinen. Ich renne durch das Wohnzimmer und finde Charlotte zusammengerollt auf dem Bett. Schluchzend. Das Geräusch – das Bild von ihr, so aufgebracht – verursacht mir Schmerzen in der Brust.

„Charlotte? Was ist passiert?", frage ich, während ich auf das Bett klettere und sie hochhebe.

Ich ziehe sie auf meinen Schoß und drücke sie an meine Brust. Ihr Schluchzen wird heftiger, lauter, und meine Hände sind bereit, sich mit dem Blut dessen zu beflecken, der diese Frau zum Weinen gebracht hat.

Kapitel Zwölf

In dem Moment, als Louies Arme mich umschlingen, verliere ich jedwede Zurückhaltung, die ich vielleicht noch hatte. Mein Weinen wird zu einem heftigen Schluchzen. Meine Tränen benetzen sein Hemd. Ich bin völlig durcheinander. Ich weiß nicht, was los ist. Nachdem er gegangen war, habe ich die Pille geschluckt, geduscht, einen Bademantel angezogen und mich auf das Bett gesetzt. Und plötzlich habe ich geweint.

„Was ist passiert?", fragt Louie erneut und streichelt mir mit den Fingern über das Haar.

„Mein Leben ist ein Scherbenhaufen", stoße ich unter Schluchzen hervor. Ich versuche, mich zusammenzureißen. Ich sollte nicht Trost bei einem Fremden suchen.

„Ist es wirklich ein Scherbenhaufen oder fängt es gerade erst an?", fragt Louie.

„Was meinst du damit?" Ich schiebe mich von ihm weg und setze mich mit gekreuzten Beinen auf das Bett. Ich putze mir mit dem Ärmel des Bademantels die Nase. Es ist eklig, aber es ist alles, was ich habe.

„Ich meine, was wäre, wenn dein Leben gar kein Scherbenhaufen wäre? Das könnte das Beste sein, was dir je passiert ist, Charlotte. Du bekommst einen Neuanfang. Eine Chance, dich neu zu erfinden, zu der Version von dir zu werden, die du sein möchtest. Nicht mehr die Version sein zu müssen, die andere von dir erwarten."

Hat er recht? Habe ich mein ganzes Leben damit verbracht, etwas vorzutäuschen, obwohl ich in Wirk-

lichkeit jemand anderes bin? Ich glaube nicht. Ich mag mich selbst. Ich mochte mein Leben ... meistens.

„Ich war bereit, meine Hochzeit abzusagen. Ich weiß nicht warum, aber ich wusste, dass ich ihn nicht genug liebte, um ihn zu heiraten."

„Das hat viel Mut von dir verlangt", sagt Louie zu mir.

„Aber anstatt mich von Owen zu trennen, habe ich ihn dabei erwischt, wie er mit meiner Schwester geschlafen hat, und bin weggerannt."

„Ich will ehrlich sein. Ich bin froh, dass du hierher geflohen bist. Dass ich dich getroffen habe. Ich bin froh, dass du hier bist." Louie nimmt meine Hände.

„Danke", flüstere ich. „Es tut mir leid."

„Was?" Er runzelt die Stirn.

„Dass ich dich vollgeheult habe. Dein Hemd ist ruiniert. Du kennst mich nicht einmal und sitzt hier und tröstest mich."

„Ich kenne dich noch nicht. Aber kennst *du* dich denn, Charlotte?", fragt Louie.

„Ich dachte, ich würde mich kennen", gebe ich zu.

„Ich möchte, dass du dir Zeit nimmst. Denk wirklich darüber nach, was du vom Leben willst. Und während du das tust, wäre es meiner Meinung nach eine gute Idee, wenn wir uns besser kennenlernen würden", sagt er.

Ich lächle. Ich mag diesen Mann. Er ist ganz anders als alle, die ich kenne. „Ja, wie beim Dating? Oder als Freunde? Oder ..." Ich lasse den Satz unvollendet.

„Ausgehen. Wir sollten auf jeden Fall miteinander ausgehen", sagt Louie. „Tatsächlich beginnt das erste Date genau jetzt." Er steht auf und streckt mir seine Hand entgegen. „Komm schon."

„Warte! Jetzt? Wohin? Ich bin nicht angezogen." Meine Augen weiten sich. *Ist er verrückt?* Ich kann jetzt nicht rausgehen. Ich sehe furchtbar aus. Ich brauche nicht mal einen Spiegel, um das zu bestätigen.

„Mir gefällt, wenn du nicht angezogen bist", sagt Louie mit einem Grinsen. „Und du musst dich nicht umziehen für das, was wir vorhaben. Vertrau mir." Er hält mir immer noch seine Hand hin und wartet darauf, dass ich sie ergreife.

Warum habe ich das Gefühl, dass dies einer dieser Momente ist? Ein Scheideweg in meinem Leben? So etwas wie die rote oder die blaue Pille. Ich kann hierbleiben und mich in Selbstmitleid suhlen, oder ich kann Louies Hand nehmen und mein Leben ändern.

Es könnte sich zum Guten oder zum Schlechten wenden, aber es gibt nur einen Weg, das herauszufinden.

Ich lege meine Hand in seine. „Okay, aber ich gehe nicht im Bademantel durch das Casino."

„Ich würde dich nirgendwo in der Öffentlichkeit ohne Kleidung herumlaufen lassen", sagt Louie, während er mich aus dem Zimmer führt.

Wir landen vor einer Tür im selben Flur. Louie öffnet sie und führt mich hinein. Der Raum ähnelt dem, den wir gerade verlassen haben. Aber er wirkt weniger wie ein *Hotelzimmer*, sondern eher wie ein *bewohntes Zimmer*.

„Wohnst du hier?", frage ich ihn.

„Ja." Er nickt einmal und fügt dann hinzu: „Fühl dich wie zu Hause. Ich bin gleich zurück." Und dann verschwindet er den Flur hinunter.

Ich soll mich wie zu Hause fühlen, ja? Heißt das, ich darf mich umsehen? Ich meine, es wäre doch klug, sich umzuschauen, oder? Um herauszufinden, wer dieser Typ ist, mit dem ich ... zusammen bin?

Obwohl ich mir nicht sicher bin, ob es klug ist, mit ihm auszugehen. Allerdings möchte ich ihn auch nicht abweisen. Wie gesagt, ich habe noch nie jemanden wie Louie getroffen. Und im Moment bin ich wirklich sehr daran interessiert, ihn besser kennenzulernen. Ihn und seinen Körper.

Oh Mann, ich bin seit vorgestern Single und habe mich bereits in eine Schlampe verwandelt. Oder liegt es daran, dass er meine ganze Welt mit Orgasmen auf den Kopf gestellt hat, von denen ich nicht wusste, dass sie so toll sein können? So oder so, ich will mehr.

Kapitel Dreizehn

Ich lasse Charlotte im Wohnzimmer zurück. Nachdem ich beim Zimmerservice etwas zu essen bestellt habe, husche ich durch das Schlafzimmer. Ich hole die Pistole unter dem Kopfkissen hervor, dann die, die hinter dem Sofakissen versteckt ist, und dann gehe ich ins Badezimmer und schnappe mir die, die ich an der Seite der Toilette festgeklebt habe.

Das klingt paranoid, aber ich bin lieber paranoid, als unvorbereitet und ohne Waffe erwischt zu werden.

Als Nächstes gehe ich in den Kleiderschrank, schließe den Safe auf und verstecke alles darin. Dann eile ich zurück ins Wohnzimmer, weil ich weiß, dass dort noch mehr herumliegen. Die meisten davon sind jedoch gut versteckt. Sie würde sie nicht finden. Es sei denn ...

„Charlotte?", frage ich, als ich sie dabei erwische, wie sie in eine Schublade starrt, die sie besser nicht geöffnet hätte.

„Mist. Tut mir leid. Ich habe herumgeschnüffelt. Aber zu meiner Verteidigung, du hast mich hier allein gelassen", sagt sie und knallt die Schublade wieder zu.

„Schnüffel ruhig rum", sage ich und hebe die Hände, als hätte ich nichts zu verbergen. Abgesehen von ein paar Waffen hier und da wird sie nichts Belastendes finden. Ich bin nicht dort, wo ich heute bin, weil ich Beweise hinterlasse, die jeder finden kann.

„Ich ... äh ... warum hast du so viele ...“ Sie verstummt.

„Wir sind hier in Vegas. Ich besitze drei Casinos auf dem Strip. Drei der größten Casinos im ganzen Bundesstaat, Charlotte. Es gibt, sagen wir mal, weniger nette Menschen, die mir gerne das wegnehmen würden, was ich habe“, erkläre ich.

Sie runzelt die Stirn. „Bist du in Gefahr?“

„Gefahr lauert überall, Schatz, besonders in der Wüste. Aber ich kann sehr gut auf mich selbst aufpassen. Glaub mir, mir tut schon keiner weh.“ Ich lächle und versuche, ihre Sorgen zu zerstreuen. Ich bin mir nicht sicher, ob sie sich um mich oder um sich selbst sorgt.

„Bei meinem Glück wäre es nur logisch, jemand Tolles wie dich zu finden und ihn dann gleich wieder zu verlieren“, murmelt sie, bevor sie schnell hinzufügt: „Mist. Nicht, dass ich eine Klette bin, oder so. Oder dass das hier, nun ja, mehr ist.“

„Es könnte mehr sein“, sage ich ihr.

Was zum Teufel mache ich hier eigentlich? Ich sollte sie rauswerfen und diese verdammte Besessenheit auf sie loswerden. Sie wird mir nur zur Last fallen. Jeder in meinem Beruf weiß, dass man niemanden in seiner Nähe behalten sollte, den man sich nicht leisten kann, zu verlieren. Deshalb war ich noch nie der Typ für Beziehungen.

„Du kennst mich doch gar nicht, und wie du gesehen hast, bin ich ein Wrack." Charlotte dreht sich zum Fenster, geht hinüber und schaut auf die Stadt unter uns hinunter. „Ist hier immer so viel los?"

„Immer", sage ich und stelle mich neben sie, die Hände in den Taschen, um mich davon abzuhalten, nach ihr zu greifen. Ich muss mich zurückhalten, ihr zuliebe. Normalerweise bin ich kein geduldiger Mensch. Es ist mir egal, was andere denken. Ich habe jedoch das Gefühl, dass diese Methode bei Charlotte nicht funktionieren wird. Und solange ich nicht weiß, ob diese Faszination nachlassen wird, oder sich nur noch verschlimmert, sollte ich mich zurückhalten. Es ist fast wie eine Krankheit. Je mehr Zeit ich mit ihr verbringe, desto mehr will ich sie.

„Es ist ganz anders als zu Hause", sagt Charlotte.

„Wie ist es zu Hause?" Ich drehe mich zu ihr um. Ich frage mich, ob sie schon Heimweh hat.

„Erstickend", sagt sie mit einem langen Seufzer. „Hier fühle ich mich nicht gefangen. Es hat etwas Befreiendes, einfach nur Teil der Menge zu sein, weißt du."

„Ich habe immer nur hier gelebt", gebe ich zu.

„Oh, sind deine Eltern auch hier?", fragt sie mich.

„Meine Eltern sind tot."

„Oh mein Gott, das tut mir so leid." Charlottes Gesicht verzieht sich vor Mitgefühl.

„Das muss es nicht. Ich kann mich nicht an sie erinnern", lüge ich. Ich kann mich nicht an *meinen Vater* erinnern. Ich habe nie erfahren, wer er war. Aber ich erinnere mich an meine Mutter. Darüber möchte ich im Moment jedoch nicht reden. Oder Charlotte damit belasten.

„Das tut mir leid. Du hast also keine Familie?"

„Ich habe Sammie und Carlo. Sie sind so etwas wie meine Familie", erkläre ich.

„Vielleicht hast du eines Tages deine eigene Familie", meint Charlotte.

Das Bild der leeren Tablettenpackung, die auf dem Waschtisch in ihrem Zimmer liegt, schießt mir durch den Kopf. Diese Familie wird wohl noch nicht so bald gegründet werden.

„Vielleicht", sage ich gerade als die Türklingel im Penthouse läutet. „Das ist das Abendessen. Komm, setz dich." Ich nehme Charlottes Hand und führe sie zum Tisch, bevor ich die Tür öffne.

„Sir." Der Kellner nickt mir zu. „Wo möchten Sie es haben?"

„Ins Esszimmer. Danke." Ich ziehe einen Hunderter aus meiner Tasche.

Ich behandle meine Mitarbeiter gut. Ich sorge dafür, dass sie angemessen bezahlt werden, und bemühe mich immer, höflich zu sein. Wenn sie gut behandelt werden, bleiben sie meist auch loyal. Versteh mich nicht falsch, ich sorge auch dafür, dass unter den Mitarbeitern ein gesundes Maß an Respekt herrscht. Sie wissen, wer ich bin. Sie wissen, wozu ich fähig bin.

Sobald der Kellner weg ist, nehme ich die silbernen Hauben von den Tellern. „Erwartest du noch mehr Leute?", fragt Charlotte.

„Ich habe dich hier. Warum zum Teufel sollte ich noch jemanden brauchen?", frage ich sie.

„Das ist eine Menge Essen, Louie." Sie lacht.

Ich halte inne und schaue sie an, während ich ihrem Lachen lausche. „Ich wusste nicht, was dir schmeckt", sage ich, als sie zu mir aufschaut.

„Okay, frag das nächste Mal vielleicht einfach. Wir werden das nämlich niemals alles aufessen können. Das scheint mir Verschwendung zu sein", sagt sie.

Das ist es auch, aber wenn man aus einer Situation kommt, in der man nichts zu essen hatte, ist es immer gut, zu viel zu haben. Das sage ich ihr aber nicht.

„Okay, nächstes Mal frage ich dich." Ich setze mich ihr gegenüber.

„Halt ich dich von deiner Arbeit ab? Ich komme auch alleine klar. Ich weiß, dass ich … Nun, bevor ich … Ich hätte einfach nicht gedacht, dass du zurückkommst. Hätte ich das gewusst, hätte ich mich mehr bemüht, mich zusammenzureißen."

„Ich will nicht, dass du dich zusammenreißt. Wenn du weinen willst, dann weine. Wenn du schreien und Sachen zerschlagen willst, dann tu das. Wenn du jemanden erstechen willst, dann pass auf, dass du ein lebenswichtiges Organ triffst, damit er nicht wieder aufsteht." Ich grinse.

„Äh, danke", sagt Charlotte.

„Willst du ihn sehen?", frage ich und versuche, lässig zu klingen, während ich ihr etwas gedünstetes Gemüse auf den Teller häufe.

„Wen?" Sie runzelt verwirrt die Stirn.

„Deinen Ex? Angenommen, er würde hier auftauchen und dich suchen, würdest du ihn sehen wollen?" Ich halte den Atem an und warte auf ihre Antwort. Ich weiß nicht, warum mir das wichtig ist.

Wenn sie ja sagt, sollte ich ihr sagen, dass er hier ist. Ich sollte ihr nicht im Weg stehen, oder?

Scheiß drauf. Ich werde nicht zulassen, dass dieser Arsch sie nach allem, was er getan hat, mit süßen Worten umgarnt. Wenn ich dafür sorgen muss, dass sie keine Gelegenheit hat, ihn zu treffen, dann werde ich das tun.

Kapitel Vierzehn

Will ich Owen wiedersehen? Nach dem Anblick der Pistole und all der Messer in der Schublade, die ich geöffnet habe, möchte ich Ja sagen. Ich würde ihn gerne sehen, ihn festhalten und ihm mit einem der Messer seinen nutzlosen Schwanz abschneiden. Nur bin ich nicht so jemand. Ich will, dass Owen sich in ein Loch verkriecht und nie wieder in meinem Leben auftaucht.

Die Realität sieht aber anders aus. Aber will ich ihn jetzt sehen?

„Auf keinen Fall", sage ich mit Bestimmtheit. „Ich meine, ich würde ihn gerne auf der Straße sehen und ihn mit meinem Auto überfahren. Vielleicht würde ich sogar noch einmal den Rückwärtsgang einlegen, um sicherzugehen, dass er wirklich tot ist, weißt du. Aber nein, ich will ihn nicht sehen."

Louie schaut mich einen Moment lang zögerlich an. „Wenn du willst, dass er für immer verschwindet, kann ich das arrangieren", sagt er mit unheimlicher Ernsthaftigkeit.

Ich lache, weil ich glauben will, dass er scherzt. „Tu das nicht. Außerdem ist er Polizist und hat Freunde, die auch Polizisten sind. Ich bezweifle, dass sie sein Verschwinden auf die leichte Schulter nehmen würden."

„Sag einfach Bescheid. Dein Wunsch sei mir Befehl." Louie zuckt mit den Schultern.

„Er war schon hier, oder?", frage ich.

Ich kenne Owen. Ich wusste, dass er nicht lange brauchen würde, um mich zu finden. Er muss es gehasst haben, in dieser Kirche zu stehen und auf eine Braut zu warten, die nicht auftaucht. Ich kann nur erahnen, welche Ausreden er sich ausgedacht und was er über mich erzählt hat, um sein Gesicht zu wahren.

„Er hat unten herumgefragt. Allerdings hat ihm niemand bestätigt, dass du tatsächlich hier bist", sagt Louie. „Außerdem kann er dieses Casino ohne einen Haftbefehl nicht wieder betreten, den er nicht bekommen wird."

„Okay, danke. Aber er wird diesen Haftbefehl bekommen. Ich sollte ihn wohl anrufen. Er wird nicht gehen, bevor er nicht versucht hat, mich zu überreden, nach Hause zu kommen und meine Fehler wieder gut zu machen."

„Du hast nichts getan", knurrt Louie. *Ja, er knurrt.*

„Ich habe ihn vor dem Altar stehen und auf mich warten lassen. Ich habe meiner Schwester gesagt, dass ich mir einen großen Auftritt wünsche und dass sie dafür sorgen soll, dass niemand nach mir sucht. Ich wollte, dass er in dieser Kirche steht. Ich wollte, dass er ein Zehntel der Demütigung spürt, die ich empfunden habe, als ich sie gesehen habe." Die Tränen brennen in meinen Augen. Aber ich werde sie nicht wieder fließen lassen. Ich atme tief durch, nehme das Glas Wasser vor mir und trinke die kühle Flüssigkeit in einem Zug aus.

Louie neigt den Kopf. „Ist er ... gewalttätig? Hast du Angst davor, was er tun wird, wenn du ihn siehst?"

Ich lache. „Owen? Nein, er war nie gewalttätig. Er ... ist sehr eigenwillig und hat ein Händchen dafür, mich zu Dingen zu überreden, die ich nicht unbedingt möchte. Ich war schwach. Ich weiß das, und ich weiß, dass mich das schwach erscheinen lässt."

„Du bist nicht schwach. Eine schwache Frau wäre vor den Traualtar getreten, Charlotte. Du hast dich für dich selbst entschieden. Das ist nicht schwach", sagt Louie zu mir.

„Warum bist du so gut darin?", frage ich ihn.

„Worin?", fragt er zurück.

„Im Reden? Warum fällt es mir so leicht, mit dir zu reden? Mich dir zu öffnen?" Ich verstehe nicht, wie ich hier sitzen und jemandem, den ich gerade erst kennengelernt habe, mein Herz ausschütte, während ich mich nicht einmal dazu bringen kann, zum Telefon zu greifen und einen meiner Freunde anzurufen.

„Du bist garantiert die einzige Person auf der

ganzen Welt, die findet, dass es leicht sei, mit mir zu reden", lacht Louie.

„Ich weiß es zu schätzen, dass du mir zuhörst", sage ich. „Was würdest du normalerweise machen? Zum Beispiel jetzt, wenn du nicht hier mit mir sitzen würdest?"

„Ich würde durch den Saal laufen, mit den High Rollern reden und dafür sorgen, dass sie so viel Geld wie möglich ausgeben."

„Klingt lustig." Ich lächle und versuche, positiv zu sein. Ehrlich gesagt könnte ich mir nichts Schlimmeres vorstellen, als mit einem Haufen reicher Leute zu reden, die so viel Geld haben, dass sie es beim Glücksspiel verprassen können.

Louie kichert. „Ich verdiene damit Geld. Ich würde es nicht als Spaß bezeichnen."

„Meinst du, du solltest jetzt unten sein? Ich möchte nicht, dass du Geld verlierst."

„Schon gut. Ich sitze viel lieber hier bei dir", sagt Louie, und dann klingelt sein Handy. „Mist. Ich muss da rangehen. Iss etwas. Du hast kaum etwas von deinem Essen angerührt." Er zeigt auf meinen fast vollen Teller, während er aufsteht und das Esszimmer verlässt.

Ich glaube, ich kann nichts mehr essen.

Irgendwie ist mir übel. Meine Gefühle spielen verrückt und meine Gedanken drehen sich im Kreis. Ich weiß nicht, was ich hier mache. Ich weiß, dass ich einige schwere Entscheidungen treffen muss. Ich weiß nur nicht, ob ich schon bereit bin, sie zu treffen.

„Es tut mir wirklich leid. Ich muss kurz rausgehen." Louie bleibt am Tisch stehen. „Kommst du klar? Ich kann einen der Jungs bitten, dir Gesellschaft zu leisten."

„Nein, schon gut. Ich gehe zurück in mein Zimmer. Ich glaube, ich will mich einfach nur ins Bett legen und irgendwelche blöden Fernsehsendungen gucken." Ich stehe auf und schiebe den Stuhl zurück. „Warte ... Soll ich etwas mit dem ganzen Zeug machen? Ich kann es wegpacken."

„Lass das stehen. Ich werde jemanden kommen lassen, der aufräumt, aber du musst nicht gehen. Komm." Louie nimmt meine Hand und führt mich einen Flur entlang. In ein Schlafzimmer. Sein Schlafzimmer. Ich erkenne es an dem Geruch seines Zitrus-Aftershaves. „Hier kannst du dir anschauen, was du willst. Fühl dich wie zu Hause", sagt er und zieht die Bettdecke zurück.

Ich starre auf das Bett und dann zu ihm hoch. „Du willst, dass ich hierbleibe? In deinem Bett?"

„Ich möchte zurückkommen und dich hier vorfinden. Also, ja, ich möchte, dass du in meinem Bett auf mich wartest", sagt Louie.

Mist. Haben meine Knie gerade gezittert? Ich glaube schon.

„Okay", flüstere ich und klettere auf die weiche Matratze.

„Ich bin so schnell wie möglich zurück. Wenn du irgendwas brauchst, ruf mich an." Louie küsst mich auf die Stirn und gibt mir dann ein Telefon. Mein Telefon.

„Wo hast du das her?", frage ich ihn.

„Aus deinem Zimmer. Ich habe es mitgenommen, bevor wir gegangen sind. Meine Nummer steht hier drauf", sagt er und gibt mir eine Visitenkarte.

„Danke." Ich sinke tiefer in eines der bequemsten Betten, in denen ich je gelegen habe.

„Hier." Louie gibt mir eine Fernbedienung, nachdem er auf einen Knopf gedrückt hat, der einen Bildschirm wie von Zauberhand von der Decke herunterfahren lässt. „Bis später."

„Ähm, ja. Nochmals danke", sage ich, als er hinausgeht.

Ich warte, bis ich höre, wie die Tür ins Schloss fällt. Und dieses Gefühl der völligen Einsamkeit kehrt zurück. Ich hasse es. Ich vergrabe mich unter der Decke, klicke auf die Netflix-App auf dem Fernseher und beginne zu scrollen.

Nachdem ich mich etwa dreißig Minuten lang nicht entscheiden kann, was ich mir ansehen soll, werfe ich die Fernbedienung frustriert auf die andere Seite des Bettes. Dann nehme ich mein Handy und schalte es zum ersten Mal seit meiner Nachricht an meine Mutter ein. Sobald sich der Homescreen einschaltet, blinken die ganzen Benachrichtigungen auf. Ich ignoriere wieder die von Owen und meiner Schwester und öffne die von meiner Mutter.

MAMA:

Charlotte, ruf mich an. Geh bitte ans Telefon. Wir können das klären. Wir müssen nur darüber reden.

MAMA:

Charlotte, du bist gerade echt egoistisch. Ruf mich an. Lass mich wissen, dass meine Tochter lebt.

Die Nachrichten gehen weiter. Ich merke, dass meine Mutter sich Sorgen um mich macht. Ich habe auch das Gefühl, dass sie mich überreden will, nach Hause zu kommen. Ich glaube aber nicht, dass ich das tun werde. Ich denke ernsthaft darüber nach,

Louies Angebot anzunehmen, hierzubleiben und über den nächsten Abschnitt meines Lebens nachzudenken.

Ich drücke auf den Namen meiner Mutter und das Klingeln ertönt aus dem Lautsprecher.

„Charlotte, bist du das?" Die Stimme meiner Mutter klingt aufgeregt.

„Ich bin's, Mama", flüstere ich.

„Oh, mein Gott. Gott sei Dank geht es dir gut. Dir geht es gut, oder? Wo bist du?", fragt meine Mutter.

„Mir geht es gut. Ich werde nur eine Weile wegbleiben. Ich brauche Zeit", sage ich ihr.

„Zeit wofür? Du musst nach Hause kommen und diese Sache klären, Charlotte. Deine Schwester hört nicht auf zu weinen. Sie hat versucht, dich anzurufen." Die Besorgnis meiner Mutter verwandelt sich schnell in einen Vorwurf.

„Das kann doch nicht dein Ernst sein, Mama. Melanie hat mit meinem Verlobten geschlafen. In der Nacht vor meiner Hochzeit. Und du bist auf ihrer Seite?", schreie ich in das Telefon, während mich Wut überkommt.

„Ich bin auf niemandes Seite. Ich möchte nur, dass du über Vergebung nachdenkst. Owen liebt dich. Er sucht dich gerade. Er ist ein guter Mann, Charlotte."

Ich traue meinen Ohren nicht. „Ich will nicht hören, für was für einen Mann du ihn hältst. Wenn er so gut ist und du ihn so dringend in unserer Familie haben willst, dann lass Melanie ihn heiraten, denn ich werde es nicht tun."

„Charlotte, bitte. Du bist aufgebracht ...", beginnt Mama.

„Nein. Ich bin mehr als aufgebracht. Ich bin wütend. Ich fühle mich gedemütigt und ich habe einfach genug, Mama. Ich komme noch nicht nach Hause. Ich melde mich, wenn ich bereit bin." Ich lege auf. Ich kann nicht glauben, dass sie die Frechheit besitzt, mir zu sagen, ich müsse den beiden vergeben.

Das wird so schnell nicht passieren. Wenn überhaupt jemals.

Ich scrolle durch die anderen Nachrichten auf meinem Handy und klicke auf den Gruppenchat mit meinen beiden besten Freundinnen. Abgesehen von meiner Schwester waren Rachel und Evie immer für mich da. Ich hätte sie schon längst anrufen sollen. Oder ihnen zumindest eine SMS schicken sollen.

Es gibt eine Menge verpasster Nachrichten und Anrufe von jeder von ihnen. Ich weiß nicht, was ich sagen soll, also schicke ich ihnen stattdessen das Video. Das gleiche, das ich meiner Mutter geschickt habe.

Es dauert nur eine Minute, bis mein Handy mit einer Video-Chat-Anfrage von Rachel aufleuchtet.

„Was zum Teufel? Ich bringe sie um. Beide. Ganz langsam. Ich wusste, dass etwas Schlimmes passiert ist. Warte! Wo bist du?" Endlich hört sie auf zu reden, und ich lächle.

Ja, ich hätte definitiv meinen Stolz beiseitelassen und meine Freunde früher anrufen sollen.

„Geht es dir gut? Sag mir, dass das ein krankes KI-Video und kein echtes ist." Als Nächstes erscheint Evies Gesicht auf dem Bildschirm.

„Mir geht es gut. Ich bin gedemütigt", sage ich ihnen. „Und es ist keine KI. Leider. Ich habe es selbst gefilmt."

„Oh mein Gott. Charlotte, das tut mir so leid. Was für ein mieser Mensch. Evie, hol die Schaufeln raus. Wir müssen zwei Löcher graben", sagt Rachel.

„Mach das nicht. Ich will einfach nur vergessen. Ich will ... Ich weiß nicht, was ich will. Aber ich will dieses Bild vergessen", flüstere ich.

„Oh, Schatz, das tut mir leid", sagt Evie. „Wo bist du? Wir können zu dir kommen. Mädels-Pyjamaparty?"

„Ich bin in Vegas", gestehe ich ihnen.

„Was machst du in Vegas?"

„Charlotte, ich habe etwas für dich." Louie tritt ins Zimmer und hält einen Badeanzug hoch. Ich hatte nicht erwartet, dass er so schnell zurückkommt.

„Wer ist das?", flüstert Rachel.

Louie kommt zum Bett und schaut um die Ecke. „Freunde?", fragt er mich, während er auf meinen Bildschirm schaut.

„Ja", nicke ich.

„Sorry. Ich wusste nicht, dass du telefonierst. Ich leg dir das hier hin. Wenn du fertig bist, bin ich in meinem Büro." Louie beugt sich vor und küsst mich auf die Stirn, und ich glaube, ich schmelze ein bisschen dahin. Dann geht er einfach weg und lässt mich mit dem Badeanzug auf dem Bett in seinem Zimmer zurück.

„Wer ist das? Charlotte?", fragt Evie.

„Ja, genau, *wer* ist das? Und hat er einen Bruder?", fügt Rachel hinzu.

„Äh, das war ... Louie. Ein Freund. Er lässt mich ein paar Tage bei ihm wohnen."

„Seit wann hast du einen Freund namens Louie? Einen heißen Freund namens Louie, der dich auf die Stirn küsst, als wärst du in einem kitschigen Weihnachtsfilm?"

„Seit ich ihn hier in Vegas getroffen habe. Ich muss los. Ich wollte euch nur wissen lassen, dass ich noch lebe. Ich rufe euch später zurück."

„Wir kommen dich suchen", sagt Rachel, bevor ich das Gespräch beende und mein Handy wieder ausschalte.

Kapitel Fünfzehn

Ich war sauer, dass ich Charlotte alleinlassen musste, obwohl sie so offensichtlich aufgebracht war. Ich hatte aber keine große Wahl. Ich kann es mir nicht leisten, abgelenkt oder in Gedanken versunken zu wirken. Sobald ich das tue, werden sich die Geier auf mich stürzen.

Ich machte kurzen Prozess und statuierte ein Exempel an dem Arschloch, das beim Blackjack beim Kartenzählen erwischt worden war. Niemand betrügt in meinem Casino und kommt ungeschoren davon.

Aber so sehr ich es auch wollte, habe ich ihn nicht umgebracht. Ich habe ihn gehen lassen. Blutverschmiert, voller blauer Flecken und mit einem Hinken, das alles sagte, was ich nicht wiederholen möchte. Er wird es nicht wagen, jemals wieder einen Fuß in eines meiner Etablissements zu setzen. Außerdem wird er eine Botschaft an alle anderen senden, die versuchen, mich zu betrügen.

Es stimmt, was man über Casinos sagt. Das Haus gewinnt immer. Klar, manche Gäste machen ein bisschen Geld. Es ist Glücksspiel. Nur deswegen kommen sie wieder zurück. Am Ende wissen wir aber alle, wer der wahre Gewinner ist. So war es schon immer und so wird es immer sein. Schließlich wurde Vegas nicht auf Verlusten aufgebaut.

Der kleine Scheißer hat heute Abend meine ganze Frustration zu spüren bekommen. Carlo musste mich irgendwann zurückhalten, damit ich den Jungen nicht umbringe. Danach bin ich gegangen und habe ihm gesagt, er solle sich um den Rest kümmern.

Auf dem Weg zurück kam mir die Idee, einen kleinen Umweg zu machen. Das Einzige, von dem ich weiß, dass es Charlotte aufmuntern wird, ist Schwimmen. Wenn sie im Wasser ist, wirkt sie so unbeschwert. Aber verdammt, ich werde sie nicht noch einmal ohne Badeanzug baden lassen. So kam es, dass ich mich in einer Boutique wiederfand und die Verkäuferin nach einem Badeanzug fragte. Ich lehnte die Zweiteiler ab, die sie mir zeigen wollten, und entschied mich für einen schwarzen Einteiler.

Ich sitze gerade in meinem Büro und tue so, als würde ich arbeiten, während ich darauf warte, dass sie aus dem Schlafzimmer kommt. Ich habe sie mit ihren Freunden plaudern lassen. Ich schätze, sie hat seit ihrer Flucht nicht mehr mit ihnen gesprochen. Solange sie sie nicht überreden, nach Hause zurückzukehren, kann sie weiter mit ihnen quatschen.

Jetzt, wo ich beschlossen habe, dass ich sie behalten will, werde ich alles tun, um das zu erreichen.

Es klopft leise an der Tür und ich blicke zu der einzigen Person auf, die ich tatsächlich sehen will. „Verdammt. Dieser Badeanzug sollte deinen Körper bedecken, nicht mich dazu bringen, dich über meinen Schreibtisch zu beugen und ihn dir vom Leib zu reißen", grunze ich. So viel zum Thema, dass der Einteiler weniger attraktiv aussieht. Er verbirgt ihre Kurven überhaupt nicht.

„Ähm, danke." Charlotte zuckt mit den Schultern und kommt auf mich zu. Ich schiebe meinen Stuhl zurück und mache ihr Platz, während sie aufspringt und sich auf meinen Schreibtisch setzt. Direkt vor mir. „Über diesen Schreibtisch hier?" Sie tippt mit der Hand auf die Stelle neben sich.

„Mh-hmm." Meine Hände spreizen ihre Beine, während ich aufstehe und zwischen sie trete. „Über diesen Schreibtisch hier", wiederhole ich.

„Mmm, so verlockend das auch klingt, ich möchte eigentlich lieber schwimmen gehen", sagt sie und legt ihre Handflächen auf meine Brust. „Aber wir könnten ja auch noch später in den Pool hüpfen, oder?"

„Könnten wir. Aber es ist schon spät, und wenn ich dich erst mal ausgezogen habe, möchte ich dich stundenlang so behalten. Lass uns zum Pool gehen und danach das hier fortsetzen ..." Meine Lippen gleiten über ihre nackte Schulter. „Später."

Verdammt. Stöhnend reiße ich mich von ihr los.

„Nur damit du es weißt, normalerweise habe ich viel mehr Selbstbeherrschung", sage ich zu Charlotte, während ich ihre Hand nehme und sie vom Schreibtisch herunterziehe.

„Du hast mich gerade abgewiesen. Ich würde sagen, deine Selbstbeherrschung ist völlig in Ordnung", entgegnet sie.

„Schatz, ich habe dich nicht abgewiesen. Ich habe dein Glück über mein eigenes gestellt", stelle ich klar. „Versteh mich nicht falsch, ich begehre dich mehr als ich jemals eine Frau begehrt habe."

„Oh...", sagt sie, und ich sehe die Überraschung auf ihrem Gesicht. Ich habe es schon wieder getan. Ich war viel zu direkt. „Warte... Was meinst du damit, dass du mein Glück über dein eigenes gestellt hättest?"

„Die wenigen Male, die ich dich schwimmen gesehen habe, sahst du glücklich, zufrieden und ausgeglichen aus. Das wünsche ich mir für dich", erkläre ich und führe Charlotte zur Tür. Ich bleibe am Kleiderständer stehen, nehme meinen Mantel und lege ihn ihr um die Schultern. „So toll du in diesem Badeanzug auch aussiehst, ich möchte nicht, dass jemand anderes dich so sieht."

„Okay", sagt sie. „Ich mag den Pool wirklich. Ich weiß nicht, was es mit dem Wasser auf sich hat, aber es hat eine beruhigende Wirkung." Charlotte folgt mir in den Aufzug. „Danke, dass du das für mich tust."

Ich sitze auf der Liege und beobachte, wie Charlotte durchs Wasser gleitet. Als ihr Kopf am anderen Ende des Pools auftaucht, lächelt sie. Ein echtes Lächeln. „Bist du sicher, dass du nicht reinkommen willst?", fragt sie mich.

„Ich genieße die Aussicht von hier", sage ich. Wenn ich ins Wasser gehe, werde ich sie gegen den Rand drücken und meinen Schwanz in sie stecken.

„Dein Pech." Sie zuckt mit den Schultern, stößt sich von der Wand ab und dreht sich auf den Rücken.

Ja, das ist tatsächlich großes Pech.

„Hey, Boss ..." Carlo und Sammie kommen herüber und setzen sich zu mir.

„Woher wusstet ihr, wo ich bin?", frage ich sie. „Und schaut sie gefälligst nicht an", knurre ich, als ich bemerke, wie ihre Blicke zum Pool wandern, wo Charlotte auf dem Rücken treibt.

„Hast du dich vor uns versteckt?", fragt Carlo.

Ich schüttle den Kopf.

„Wir dachten uns schon, dass du vielleicht hier oben rumhängst, wenn du nicht im Penthouse bist", sagt Sammie, und ich hebe neugierig eine Augenbraue.

„Gibt es einen Grund für diesen Besuch?"

„Können Freunde nicht einfach vorbeikommen und ein bisschen abhängen?", fragt Carlo und hält eine Flasche Whiskey hoch.

„Genau", sagt Sammie und schiebt Carlo ein Tablett hin. Ein Tablett mit *vier* Gläsern.

„Erwartest du jemanden?", frage ich ihn.

„Nein, aber wir haben geahnt, dass du deine Freundin mitbringst. Wir wären doch keine guten Freunde, wenn wir sie außen vorlassen würden, oder?" Carlo kichert.

Ich will gerade antworten, als Charlotte beschließt, aus dem Pool zu steigen. Ich springe auf, schnappe mir ein Handtuch und werfe meinen beiden Freunden einen bösen Blick zu, die sich viel zu sehr über meine Verärgerung über sie amüsieren.

„Ich ... ähm, ich kann gehen", sagt Charlotte leise.

„Du gehst nirgendwohin. Wenn jemand geht, dann diese beiden Idioten, nicht du", sage ich ihr, während ich ihr das Handtuch um die Schultern lege.

„Bist du sicher? Ich will dir nicht zur Last fallen", flüstert sie.

„Tust du nicht. Komm schon. Je eher ich sie mit dir reden lasse, desto eher sind sie uns aus den Augen." Ich führe Charlotte zu der Liege. Ich setze mich und ziehe sie zu mir herunter, während ich sie zwischen meinen Beinen positioniere. Mein Arm legt sich um ihre Taille, mein Gesicht vergräbt sich in ihrem Nacken und meine Zunge schießt hervor, um ein paar Wassertropfen abzulecken.

Charlotte windet sich in meiner Umarmung.

„Also, Charlotte, wie habt ihr euch kennengelernt?", fragt Carlo und deutet mit einer Handbewegung von mir zu meiner Freundin.

„Nun, ich saß unten an einer der Bars und ertrank in Selbstmitleid, da setzte er sich an meinen Tisch", sagt sie. „Wie habt ihr euch kennengelernt?"

„Wir sind zusammen auf der Straße aufgewachsen", antwortet Sammie.

„Auf der Straße?", wiederholt Charlotte.

„Er meint, wir kennen uns schon seit unserer Kindheit", korrigiere ich und werfe Sammie einen bösen Blick zu.

„Okay, ich für meinen Teil bin froh, dass du aufgetaucht bist. Ich hatte schon Angst, dass unser Freund hier dazu bestimmt war, für immer Junggeselle zu bleiben und als einsamer alter Mann zu sterben." Carlo schenkt Whiskey in vier Gläser ein und reicht Charlotte als Erste eines.

„Du musst das nicht trinken", sage ich zu ihr.

Charlotte schaut mich über die Schulter hinweg an und kippt ihr Glas in einem Zug hinunter. „Ich komme aus dem Süden. Wir wissen, wie man Whiskey trinkt." Sie lächelt mich an.

„Okay, na dann." Ich lache leise und nehme mein Glas von Carlo entgegen.

„Was machst du beruflich, Charlotte?", fragt Sammie.

„Ich bin persönliche Assistentin, oder war es zumindest", sagt sie.

„Hat dir dein Job gefallen?", mischt sich Carlo ein.

„Ich war gut darin. Ich habe es gemocht, Menschen zu helfen." Sie zuckt mit den Schultern.

„Zufällig bin ich gerade auf der Suche nach einer Assistentin, falls du hier Arbeit suchst", sagt Sammie zu Charlotte.

„Sie arbeitet nicht für dich, Arschloch. Ich habe sie schon eingestellt", unterbreche ich ihn.

„Du hattest noch nie eine Assistentin", stellt Carlo fest.

„Ich habe bis neulich auch noch nie jemanden getroffen, der klug genug für diese Stelle war", antworte ich. „Sie arbeitet für keinen von euch beiden Idioten.“

„Ich ... äh ...“

„Mach einfach mit“, flüstere ich ihr ins Ohr.

„Ja, tut mir leid, ich habe bereits eine Stelle bei Louie angenommen“, sagt sie ohne zu zögern.

„Aha, und was sollst du für ihn tun?“, fragt Sammie sie.

„Ihm dabei helfen, Leuten ihr Geld abzunehmen, dafür sorgen, dass die Besucher ... na ja ... so viel wie möglich spielen und so. Was macht man sonst in einem Casino?“, gibt Charlotte die Frage zurück.

„Okay, das war echt cool, aber es ist schon spät und wir haben noch was vor, wo ihr beide nicht dabei seid.“ Ich stehe auf und lege meinen Arm fest um Charlottes Taille, damit sie mit mir mitkommt. „Wir sehen uns später.“

Ich winke meinen Freunden zu und nehme Charlottes Hand in meine. Je schneller wir uns von diesen Idioten und ihren Fragen entfernen, desto besser. Ich vertraue ihnen zwar, aber ich möchte nicht riskieren, dass etwas gesagt wird, das diese Frau dazu bringen könnte, herauszufinden, wer ich wirklich bin.

Kapitel Sechzehn

L ouie bringt mich in sein Penthouse und direkt in sein Büro. „Hast du zu tun? Ich kann dich allein lassen", sage ich zu ihm. Aber so wie er meine Hand festhält, glaube ich nicht, dass er will, dass ich gehe.

„Bist du müde?", fragt er.

Ich schüttle den Kopf.

„Gut, denn ich habe dir versprochen, dass wir dort weitermachen, wo wir aufgehört haben. Ich halte mein Wort, Charlotte." Er greift hinter meinen Nacken und zieht an den Trägern meines Badeanzugs. Dann lässt er den nassen Stoff an meinem Körper heruntergleiten, bis ich völlig nackt vor ihm stehe. Und zu hundert Prozent bereit für alles, was er sich in seinem sexy Kopf ausgedacht hat. „Verdammt, bist du umwerfend", knurrt er. Es gibt keine andere Möglichkeit, das Geräusch zu beschreiben, das er von sich gibt. Louie dreht mich um, sodass ich mit dem Gesicht zum Schreibtisch stehe. „Ich werde mir Zeit nehmen, jeden Zentimeter von dir zu erkunden", flüstert er mir ins Ohr, während seine Lippen meinen Hals hinaufgleiten.

„Mmm ... das klingt nach einem guten Plan."

„Der beste Plan, den ich je hatte." Seine Hand landet zwischen meinen Schulterblättern und drückt mich vorn über, bis meine Brust auf dem Schreibtisch liegt.

„Äh ... vielleicht solltest du diese Papiere weglegen", schlage ich vor. Ich habe keine Ahnung, was das ist – soweit ich sehen kann, sind es irgendwelche Berichte.

„Scheiß auf die Papiere. Die kann man neu

ausdrucken." Die Wärme von Louies Körper verschwindet von meinem Rücken, und dann spüre ich seinen Griff an meinen Oberschenkeln, der meine Beine weiter auseinanderdrückt.

Ein Stöhnen entweicht mir, als er mit seinen Fingern über meine feuchte Spalte fährt, direkt von meiner Klitoris bis zu meinem Po, bevor er mein zusammengekniffenes Loch umkreist.

Was zum Teufel macht er da? Ich will den Kopf heben, aber Louie drückt mir eine Hand auf den Rücken und hält mich fest.

„Wurdest du hier schon mal gevögelt?", fragt er, während sein Finger weiter das verbotene Loch erkundet.

„N... nein...", meine Stimme zittert. Er wird doch nicht etwa...

„Gut. Dann werde ich der Erste sein", sagt er, und in seiner Stimme schwingt ein Hauch von ... *Freude* mit?

„Äh, Louie, ich glaube nicht, dass ..." Meine Worte verstummen, als seine Zunge meine Muschi von oben bis unten entlanggleitet.

„Vertrau mir, Charlotte, du wirst jede schmutzige, verbotene Sache lieben, die ich mit deinem Körper mache. Das garantiere ich dir", seufzt er.

„Oh Scheiße! Oh Gott!", stöhne ich, als seine

Zunge beginnt, mein Hinterteil zu lecken. Das ist nicht richtig. Aber verdammt, es fühlt sich gut an.

Bin ich so eine Frau?

Vor drei Tagen hätte ich definitiv Nein gesagt. Aber jetzt? Jetzt könnte Louie recht haben. Ich werde alles lieben, was er tut, und ich werde ihn meinen Körper auf eine Weise benutzen lassen, wie er noch nie zuvor benutzt wurde.

Sein Finger dringt in mich ein und ersetzt seine Zunge. Und ich erstarre, bis sein Mund zu meiner Klitoris wandert. „Oh mein Gott, ich glaube, du versuchst mich umzubringen", stöhne ich aus voller Kehle, als eine Welle der Lust durch jede meiner Nervenenden brandet.

„Ich will dich nicht umbringen. Aber ich will dich verschlingen, ja." Louie steht auf, und ich bleibe schlaff über den Schreibtisch gebeugt stehen, bevor er mich an der Taille packt und mich umdreht, sodass ich jetzt auf dem Rücken liege und zu seinem lächelnden Gesicht aufschaue. „Ich werde jeden verdammten Teil von dir besitzen, Charlotte. Es wird keinen Zentimeter deiner Haut oder deiner Seele geben, den ich nicht verschlingen werde."

„Einverstanden", flüstere ich. Ich bin mir ziemlich sicher, dass das keine kluge Entscheidung ist. Jemanden mich besitzen zu lassen, so wie dieser

Mann es will. Und in dem Moment, in dem sein Schwanz sich meinem Eingang nähert, erstarre ich erneut. „Kondom", erinnere ich ihn. Ich will nicht noch einen Test machen müssen.

„Stimmt, sorry", murmelt Louie und kramt in der Schublade neben sich herum, bis er findet, was er sucht. Zu meiner großen Erleichterung. Zunächst.

Warum hat er welche da? Oh Gott, bringt er andere Frauen hierher? Natürlich tut er das. Ein Mann wie Louie ist nicht der Typ, der sich bindet. Ich bin höchstwahrscheinlich eine von Millionen Muschis, die schon auf diesem Schreibtisch lagen. Ich rümpfe angewidert die Nase.

„Was denkst du gerade?", fragt Louie, während er das Kondom überrollt.

„Wie viele Tussis haben schon vor mir auf diesem Schreibtisch gesessen?", platze ich heraus.

Louie zieht die Augenbrauen hoch. „Keine." Er kichert. „Ich bringe normalerweise keine Frauen mit nach Hause."

„Wenn du sie nicht hierherbringst, wohin bringst du sie dann?", frage ich, meine Neugierde gewinnt die Oberhand. Eigentlich will ich es gar nicht wissen. Aber gleichzeitig will ich irgendwie doch.

„Ich besitze drei Hotels am Strip, Charlotte", erklärt Louie.

„Also nimmst du dir einfach ein Hotelzimmer? Warum bin *ich* dann hier?"

„Du bist anders", sagt er, während er sich wieder aufrichtet. Dann hält er inne und sieht mich an.

„Inwiefern?", frage ich ihn. „Inwiefern bin ich anders?"

„Das weiß ich noch nicht genau. Ich weiß nur, dass du anders bist." Er gleitet langsam in mich hinein, bis er ganz in mir steckt. „Verdammt", zischt er. „Alles okay?"

Ich schlinge meine Beine um seine Hüften und verdränge alle Gedanken an diejenigen, die *buchstäblich* vor mir hier waren. „Alles gut."

Louie zieht sich zurück und dringt wieder in mich ein. „Gut. Halt dich lieber fest. Jetzt wird es etwas heftiger", warnt er mich und stößt erneut in mich hinein. Härter als zuvor.

Mein Körper tut weh, aber das überrascht mich nicht. Nach der Nacht mit Louie war das zu erwarten. Ich bin wieder allein aufgewacht. Ich weiß nicht, ob ich genervt oder erleichtert bin. Ein wenig enttäuscht bin ich aber schon. Ich mag seine Gesellschaft. Ich unterhalte mich gerne mit ihm. Ich weiß aber auch, dass er sein eigenes Leben hat und nicht mein Vollzeit-Therapeut ist. Deshalb schleiche ich mich gerade auf Zehenspitzen zur Eingangstür seines Penthouses. Aber ich stehle mich nicht davon. Es ist eher ... *Rücksichtnahme.* Ich möchte ihn nicht stören, falls er noch hier ist.

„Wohin des Weges?“ Beim Klang der tiefen Stimme mit dem humorvollen Unterton zucke ich zusammen.

Ich drehe mich mit einer Hand auf meiner Brust um und starre Sammie an, der nur ein paar Meter von mir entfernt steht. „Wo zum Teufel kommst du denn her? Und mach das nicht“, sage ich zu ihm.

„Was denn?“, fragt er.

„Einfach so aus dem Nichts auftauchen.“ Ich schnippe mit den Fingern, um meine Aussage zu unterstreichen.

„Okay, erstens bin ich nicht einfach so aufgetaucht. Ich bin schon seit einer Stunde hier. Zweitens ... nun, ich habe kein Zweitens“, sagt er und schüttelt den Kopf. „Eigentlich doch. Wohin schleichst du dich denn?“

„Wo ist Louie?“, frage ich, anstatt ihm zu antworten.

„Er musste was erledigen", sagt Sammie.

„Und du bist hier, um auf mich aufzupassen?", vermute ich.

„Ich passe nicht auf dich auf. Nein, ich bin hier, um dir Gesellschaft zu leisten, bis er zurückkommt."

„Also passt du doch auf mich auf. Nein, danke. Sag Louie, er kann mich anrufen, wenn er zurück ist. Oder auch nicht. Egal." Ich zucke mit den Schultern und gehe zur Tür.

„Versteh das bitte nicht falsch, aber was genau ist deine Absicht?", fragt Sammie, während er mir aus dem Penthouse folgt.

„Meine Absicht?" Ich halte vor der nächsten Suite an und ziehe meine Zugangskarte durch.

„Ja, wie stehst du zu ihm? Denn ich muss ehrlich sein: Ich habe ihn noch nie so gesehen, und wenn du nicht so auf ihn stehst wie er auf dich, dann ..." Sammie verstummt. Aber er ist immer noch direkt hinter mir, als ich mein Hotelzimmer betrete.

„Warum folgst du mir? Und was meinst du damit, du hättest ihn noch nie so gesehen? Was soll *das*?" Ich deute mit den Händen auf die Suite, auf die ich ge-upgraded wurde.

„Er mag dich mehr als ich ihn jemals jemanden mögen gesehen habe. Brich ihm nicht das Herz,

Charlotte, denn ich glaube nicht, dass die Stadt das überleben würde", sagt Sammie zu mir.

„Ich will niemandem das Herz brechen. Und überhaupt, er kennt mich doch erst seit ein paar Tagen, nicht seit Jahren. So ernst ist es nicht." Ich ziehe fragend eine Augenbraue hoch. „Folgst du mir auch unter die Dusche?"

„Nein, ich mag mein Herz lieber in meiner Brust", sagt er, bevor er sich auf den Weg zum Sofa macht. „Ich warte hier."

„Wie du willst." Ich schüttle den Kopf und gehe ins Schlafzimmer. Ich glaube nicht, dass es viel Sinn macht, ihn loswerden zu wollen. Das habe ich schon einmal versucht und bin kläglich gescheitert.

Nachdem ich eine Stunde unter der Dusche verbracht habe – ja, eine Stunde –, beschließe ich, dass ich einkaufen gehen muss, wenn ich noch etwas länger in Vegas bleiben will. Ich brauche was zum Anziehen.

Mist, ich bleibe tatsächlich.

Ich ziehe mein Handy aus der Tasche und

schicke den Mädels eine Nachricht, wobei ich die verpassten Anrufe und SMS von allen anderen ignoriere.

ICH:

Ich bleibe noch ein bisschen in Vegas. Bin ich verrückt? Ich bin verrückt, oder?

RACHEL:

Überhaupt nicht. Du hast es verdient, dich einmal selbst zu wählen.

EVIE:

Genau. Außerdem buche ich gerade einen Flug. Du wirst nicht ohne uns Spaß haben.

ICH:

Mir geht's gut. Ehrlich, ihr müsst nicht hierherkommen.

Ich schalte mein Handy wieder aus. Das ist die einzige Möglichkeit, mit all den Nachrichten und Anrufen fertig zu werden. Indem ich sie ignoriere.

Ich bin nicht überrascht, dass Sammie noch im Wohnzimmer sitzt, als ich aus dem Schlafzimmer komme. „Ich muss einkaufen gehen. Willst du mitkommen?", frage ich ihn. Wenn ich so tue, als wäre er nur hier, um Zeit mit mir zu verbringen und ein neuer Freund zu sein – und nicht mein Baby-sitter –, kann ich viel besser mit seiner Anwesenheit umgehen.

„Klar. Was kaufen wir ein?"

„Kleidung", sage ich ihm. „Ich bin mit nichts hierhergekommen. Und wenn ich bleibe, brauche ich mehr als das, was ich habe." Ich habe ein paar Ersparnisse auf meinem Konto. Ich hatte vor, damit Babysachen zu kaufen, wenn Owen und ich eine Familie gründen würden. Ich schaudere bei dem Gedanken, dass ich mein Leben beinahe mit einem Fremdgeher verbracht hätte.

Der Gedanke, mit Owen verheiratet zu sein, seine Kinder zu bekommen, festzusitzen ... Ja, ich weiß, dass ich die richtige Entscheidung getroffen habe, als ich ihn in dieser Nacht besucht habe. Das bedeutet aber nicht, dass das, was er und meine Schwester getan haben, weniger wehtut.

Kapitel Siebzehn

Ich habe meine Arbeit *immer* geliebt. Ich lebe von den Geschäften, die im Verborgenen gemacht werden, von der Gefahr, von der Macht. Ich habe mich nie davor gescheut oder mir etwas anderes gewünscht. Darauf habe ich mein ganzes Leben lang hingearbeitet. Ich muss nicht weitermachen. Ich habe genug Geld, um mich jetzt zur Ruhe zu setzen und nie wieder zu arbeiten. Aber was zum Teufel sollte ich dann den lieben langen Tag tun?

Ich stehe auf einem unbefestigten Flugplatz, etwa drei Autostunden von der Stadt entfernt, und warte darauf, dass das Flugzeug landet. Ich bin hier, um Emmanuel Lopez abzuholen. Er ist der aktuelle Anführer des De La Sangre-Kartells und mein Kontakt für die Kokainlieferungen im Wert von mehreren Milliarden Dollar, die ich in meiner Stadt verteile.

„Du siehst aus, als würdest du lieber etwas anderes machen", sagt Carlo. „Du musst dich auf das Geschäft konzentrieren, Boss."

„Ich bin voll bei der Sache", grunze ich ihn an.

„Hey, ich sag's ja nur." Er hebt die Hände. „Was ist los mit dir? Du scheinst in letzter Zeit abgelenkt zu sein. Und du weißt, was passiert, wenn der Boss abgelenkt ist, oder?"

„Ich bin nicht abgelenkt." Ich lüge. Ich bin abgelenkt. Ich weiß es, und er weiß es auch. Aber verdammt, wenn dir ein Engel in die Hände *und ins Bett* fallen würde, wärst du auch abgelenkt.

„Dann wird er getötet. Das passiert dann, aber das weißt du ja."

„Ich werde mich nicht umbringen lassen, Carlo."

„Nicht absichtlich, nein. Aber du wirst trotzdem sterben, wenn du deinen Kopf nicht bald frei bekommst. Weißt du, was dann noch passiert? Was glaubst du, was sie mit seinen Angehörigen machen, wenn der Boss tot ist?"

„Ich habe keine Angehörigen."

„Autsch, ich werde versuchen, das nicht persönlich zu nehmen. Gut, was glaubst du, was mit seiner Freundin passiert?", fragt er. „Ich sag dir was. Entweder endet sie tot neben ihm, nachdem sie misshandelt und auf eine Weise missbraucht wurde, die du dir nicht vorstellen möchtest, oder sie zieht mit einem anderen Mann weiter."

Ich drehe mich um und starre ihn durch meine Sonnenbrille an. Will er sich gerade erschießen lassen? „Niemand außer dir und Sammie weiß überhaupt, dass sie existiert", erinnere ich ihn. Wenn ich sterbe, weiß ich, dass Sammie sich um sie kümmern wird.

Verdammt, ich sollte gar nicht so denken.

Erstens wird mich niemand umbringen. Zweitens ist das nichts Ernstes. „Das zwischen uns ist nichts Ernstes", wiederhole ich laut.

„Ach, nein? Das überrascht mich." Carlo zuckt mit den Schultern. „Dann ist es dir wohl egal, dass sie gerade mit Sammie bei Victorias Secret Unterwäsche kauft?", fragt Carlo und hält sein Handy hoch.

Ich sehe die SMS von Sammie, in der er sich darüber beschwert, dass er durch viel zu viele Geschäfte geschliffen wird.

Ich nehme Carlo das Handy aus der Hand und drücke auf „Anrufen". „Bring mich lieber gleich um", sagt Sammie.

„Gerne", sage ich ihm. „Wo ist sie?"

„Hallo, Boss. Sie ist in der Umkleidekabine", sagt er.

„Warum zum Teufel bist du mit meiner Freundin in einem verdammten Dessous-Laden? Meiner nackten Freundin. Scheiß drauf! Ich bringe dich um!", schreie ich.

„Sie hat mich hierhergeschleppt. Und du hast gesagt, ich dürfe nicht von ihrer Seite weichen. Außerdem bin ich nicht mit ihr in der Umkleidekabine. Ich bin kein verdammter Idiot", sagt er.

„Hol sie mir ans Telefon."

„Äh, Boss?", fragt Sammie.

„Was?"

„Dafür müsste ich in die Umkleide", sagt er vorsichtig.

„Schieb das Telefon unter der Tür durch und geh verdammt noch mal weg", weise ich ihn an, während mich Frustration wie ein Lauffeuer überkommt.

Es dauert eine Minute. Aber dann höre ich ihre süße Stimme und fühle mich sofort geerdet. „Hallo? Louie?"

„Charlotte, Schatz, was machst du gerade?", frage ich sie.

„Einkaufen. Was machst *du*?"

„Ich hole einen Geschäftspartner ab. Warum bist du mit einem Mann, der nicht ich bin, in einem Dessous-Geschäft?"

„Weil ich mich entschieden habe, dein Angebot anzunehmen, noch ein bisschen zu bleiben, und ich Kleidung brauche. Außerdem bin ich eine erwachsene Frau. Und soweit ich weiß, bist du nicht mein Vater. Ich muss dich nicht um Erlaubnis fragen, um irgendetwas zu tun."

„Charlotte, ich will nicht, dass andere Männer dich in verschiedenen Stadien der Entkleidung sehen", sage ich betont ruhig.

„Noch mal: Ich habe einen Vater, und das bist nicht du. Nettes Gespräch. Wir reden später." Die Verbindung wird unterbrochen.

Hat sie gerade ...? Ich schaue auf den Bildschirm. Ja, *das hat sie.*

„Sie hat aufgelegt, oder?" Carlo lacht.

„Halt die Klappe." Ich drücke die Wahlwiederholung und es klingelt. Ich warte.

„Boss? Was hast du gesagt?", fragt Sammie.

„Wo ist sie?"

„Sie zieht sich um. Sie hat etwas davon gesagt, dir zu zeigen, *wer hier das Sagen hat?* Das gefällt mir nicht. Du weißt doch, dass sie unheimlich ist, oder?", flüstert Sammie.

„Sie ist eine zierliche Frau."

„Mit viel Temperament", fügt er hinzu.

„Bring sie zurück ins Penthouse. Ich will nicht, dass sie in der Nähe des Casinos ist, wenn ich mit Emmanuel vorbeikomme."

„Verstanden. Ich halte sie vom Spielsaal fern. Das sollte einfach sein", sagt Sammie – obwohl ich den Sarkasmus in seiner Stimme höre.

Es wird laut und ein Flugzeug setzt auf der Landebahn auf. Ich schaue auf. *Endlich, verdammt.* „Ich muss los." Ich beende das Gespräch und gebe Carlo das Telefon zurück. „Erwähne Charlotte auf gar keinen Fall", sage ich zu ihm, während wir beobachten, wie das Flugzeug am Ende der Landebahn zum Stehen kommt.

„Ich bin nicht von gestern", antwortet er.

Die Luke öffnet sich und die Treppe wird heruntergelassen. Zuerst steigen zehn von Emmanuels

Leibwächtern aus und bilden eine Reihe mit einer Lücke in der Mitte. Dann folgt ihr Chef. „Louie, es ist viel zu lange her, mein Freund", sagt er mit einem Lächeln, während er mit ausgestreckten Armen auf mich zukommt.

„Ja, das stimmt. Wie war der Flug?", frage ich und erwidere seine Geste.

„Turbulent. Ich dachte schon, ich wäre erledigt", lacht er.

„Lass uns von hier verschwinden. Es ist verdammt heiß." Ich führe ihn zu den Autos, die ich bereitstehen habe. Für uns beide.

„Carlo, du siehst alt aus." Emmanuel umarmt ihn.

„Das kommt vom Arbeiten. Du solltest es mal probieren", erwidert Carlo, und Emmanuel lacht.

„Ich werde daran denken."

„Diese Stadt ändert sich nie." Emmanuel schaut zum Himmel hoch.

„Dein Wort in Gottes Ohr", antworte ich. Ich

will nicht, dass sich diese Stadt verändert. Ich mag sie so, wie sie ist.

„Wo ist Sammie? Wollte er mich nicht begrüßen kommen?", fragt Emmanuel. Auf diese Frage habe ich gewartet.

Emmanuel, Sammie, Carlo und ich kennen uns alle aus unserer verkorksten Kindheit. Emmanuel war der Erste, der die Karriereleiter erklommen hat. Wie sich herausstellte, war seine amerikanische Mutter von einem mexikanischen Drogenbaron geschwängert worden, der ihn später aufgespürt hat. Dann wurde unser Freund nach Mexiko verschifft und pendelt seitdem zwischen Vegas und Mexiko hin und her. Wenn man jemanden so lange kennt, kann das ein falsches Gefühl der Vertrautheit vermitteln. Sicherheit. Bei mir ist das aber nicht der Fall. Ich kenne Emmanuel und ich weiß, was für ein grausamer Mistkerl er ist. Sein Kartell handelt mit Zeug, das ich nicht anfassen würde. Aber die Drogen? Die sind echt gut. Ich würde sie nirgendwo anders kaufen.

„Er arbeitet", antworte ich.

„Okay. Na gut, dann feiern wir heute Abend ohne ihn. Wohin gehen wir?"

„Ins Aces." Das Casino, das Carlo für mich leitet.

Emmanuel schaut in meine Richtung. Ich weiß, was er denkt. Warum lade ich ihn nicht hierher ein? „Was ist mit dem Royal?", fragt er. „Bin ich es nicht wert, königlich behandelt zu werden?"

In Wahrheit wollte ich diese Idioten nicht in Charlottes Nähe haben. Am liebsten würde ich sie ganz vor Emmanuel verstecken. Ich mag den Typen. Ich mache Geschäfte mit ihm und unterhalte ihn, wenn er in der Stadt ist. Aber ich könnte nicht tatenlos zusehen, wie er meiner Freundin gegenüber etwas Unangemessenes tut oder sagt. Und er hat die Angewohnheit, Frauen wie Ware zu behandeln. Eine Eigenschaft, die er von seinem alten Herrn übernommen hat.

„Die neuen Stripperinnen sind im Aces", erzähle ich ihm. „Dort findet auch das Spiel heute Abend statt, falls du mitspielen willst." Das Spiel ist Poker. Und nicht irgendein Pokerspiel. Alle High Roller wollen dabei sein. Ich habe schon Männer gesehen, die ein Milliardenvermögen verloren haben. „Ich habe deine Koffer ins Aces liefern lassen."

„Werde ich auch dort übernachten?"

„Ja", bestätige ich. „Jetzt komm. Lass uns was trinken gehen."

Ich lege Emmanuel eine Hand auf die Schulter, während ich ihn ins Royal Flush führe. Nicht, weil ich das will. Sondern weil ich weiß, dass er umso mehr *rein* will, wenn er denkt, ich würde ihn draußen halten wollen. Und dann wird er nachforschen.

„Carlo, sag Sammie, dass wir da sind, und schick ihn in mein Büro", rufe ich.

Wir treten ein und Emmanuel setzt sich mir gegenüber. Sein Blick schweift durch den Raum, bevor er sich wieder auf mich richtet. „Kommen wir gleich zur Sache, damit wir uns dem Partyteil des Abends widmen können. Wir sind schließlich in Vegas", sagt er und beugt sich vor. „Was willst du, Louie? Warum hast du mich hierher bestellt?"

Er hat recht. Ich habe ihn hierherbestellt.

Ich schenke uns beiden ein Glas Whiskey ein und schiebe ihm eines über den Schreibtisch zu. „Ich brauche mehr Ware." Ich schaue ihm direkt in die Augen. Sein Gesicht ist eine Maske der Gleichgültigkeit. „Die Lieferungen gehen schneller weg als ich erwartet habe. Die Nachfrage ist riesig."

Emmanuel grinst und nimmt einen langsamen Schluck von seinem Drink. „Mehr Kokain, ja? Das habe ich mir schon gedacht. Um wie viel *mehr* geht es?", fragt er.

„Das Doppelte der letzten Bestellung", antworte ich und beobachte seine Reaktion.

Er lehnt sich in seinem Stuhl zurück und schwenkt nachdenklich den Whiskey in seinem Glas. „Du kennst die Risiken, Louie. Eine Verdopplung der Lieferung bedeutet eine Verdopplung des Drucks. Glaubst du wirklich, du kannst die doppelte Menge verkaufen?"

Ich nicke entschlossen. „Ich habe alles unter Kontrolle. Mein Netzwerk hier ist solide, und ich habe zusätzliche Vorsichtsmaßnahmen getroffen. Das ist eine wohlüberlegte Entscheidung."

Emmanuel kneift die Augen zusammen, während er über meine Bitte nachdenkt. „Okay. Ich werde die Vorkehrungen treffen. Aber sei dir bewusst: Wenn irgendetwas schiefgeht, rollt dein Kopf."

„Verstanden", versichere ich ihm. „Du bekommst deine Bezahlung wie immer im Voraus."

Er hebt sein Whiskyglas, und in seinen Augen blitzt Zustimmung auf. „Das steht außer Frage."

Wir stoßen an und besiegeln damit den Deal.

Als wir unsere Drinks austrinken, verspüre ich eine Mischung aus Vorfreude und Unbehagen. Es steht viel auf dem Spiel, aber die Belohnung ist noch größer. Ich habe ein viertes Casino im Visier und brauche mehr Geld, um es mir unter den Nagel reißen zu können. Das ist meine Methode, um schneller *ans Ziel* zu kommen.

„Lass uns zurück zur Party gehen", sagt Emmanuel und steht auf. „Wir haben heute Abend viel zu feiern."

Wir verlassen mein Büro und treten in das Wohnzimmer, wo Carlo und Sammie zusammen mit Emmanuels Männern warten. „Ich treffe euch im Aces. Ich muss hier noch ein paar Dinge erledigen", sage ich ihnen.

Emmanuel wirft mir wieder diesen fragenden Blick zu, sagt aber nichts. Stattdessen klopft er Sammie auf die Schulter und sie fangen an zu plaudern wie lang verlorene Freunde.

Ich atme erleichtert auf. *Warum mache ich Geschäfte mit diesen Arschlöchern, wenn ich sie nicht in der Nähe der Frau haben will, die ich mag?* Weil sie das beste Produkt auf dem Markt haben, und so widerwärtig ihr Kartell auch sein mag, andere sind noch viel schlimmer.

Kapitel Achtzehn

Das Geräusch der sich öffnenden Tür lässt mich mitten beim Bürsten meiner Haare innehalten. Sammie ist erst vor ein paar Minuten gegangen. Er kann unmöglich schon zurück sein. Bevor er ging, sagte er: *Unter keinen*

Umständen darfst du diesen Raum verlassen. Ich schenkte ihm mein süßestes Lächeln und antwortete: *Natürlich nicht.*

Ich habe das Gefühl, dass er genau wusste, dass ich das ironisch meine.

Ich komme aus dem Badezimmer und bleibe stehen, um zu beobachten, wie Louie das Schlafzimmer betritt. Sein Blick gleitet über meinen Körper. Ich trage ein schimmerndes schwarzes Kleid, das sich an jede meiner Kurven schmiegt. Ich habe es heute gekauft und finde es toll. Der Ausbuchtung in seiner Hose nach zu urteilen – die er nicht zu verbergen versucht – gefällt es Louie auch.

Allerdings ist das Feuer in seinen Augen, als er endlich zu mir aufblickt, nicht nur Lust. Da ist noch etwas anderes. Ich kann es nur nicht genau benennen.

„Charlotte." Er kommt auf mich zu. „Du siehst umwerfend aus. Aber findest du nicht, dass du ein bisschen zu schick angezogen bist, um die ganze Nacht im Bett zu liegen?"

„Oh, ich habe nicht vor, die ganze Nacht im Bett zu liegen. Ich möchte ausgehen. Ich möchte sehen, was diese Stadt mir zu bieten hat." Ich lächle ihn an.

„Alles, was diese Stadt zu bieten hat, ist Korruption, Drogen, Menschenhandel und eine Einbahnstraße in die Hölle. Das brauchst du nicht", sagt er zu mir.

„Das stimmt nicht. Sie hat dich, und du bist nicht schlecht." Ich zucke mit den Schultern.

Ein Ausdruck der Unsicherheit huscht über sein Gesicht. Er ist innerhalb von Sekunden verschwunden, aber ich bin mir sicher, dass er da war. „Ich bin vieles. Aber du bist mehr. Und ich kann heute Abend nicht mit dir ausgehen. Ich muss mich mit einem wichtigen Kunden treffen. Das bedeutet, dass du wirklich hierbleiben musst. Besser noch, bleib in meinem Bett."

„Louie, ich muss raus. Ich wurde mein ganzes Leben lang zurückgehalten. Endlich bin ich frei. Ich muss mich lebendig fühlen, tanzen, unter Menschen sein, die keine Ahnung haben, wer ich bin. Die mich nicht wegen dieser ganzen Sache mit der abgesagten Hochzeit verurteilen", versuche ich zu erklären.

Louie kommt näher, sein Gesichtsausdruck wird weicher, als er nach meiner Hand greift. „Ich verstehe das, aber da draußen ist es gefährlich, besonders für eine schöne Frau, die alleine unterwegs ist. Ich will nur, dass du in Sicherheit bist."

Er klingt aufrichtig, als würde er sich wirklich Sorgen um mich machen. Das ist ... seltsam. Aber auch süß. Ich will trotzdem ausgehen. Ich weiß seine

Sorge zu schätzen. Ich finde nur, dass er überreagiert.

„Was wäre, wenn ich dieses Treffen erledige und dich dann, wenn ich zurück bin, mitnehme? Wir tanzen. Wir verlieren uns in der Menge. Was immer du willst", schlägt er vor.

Ich schaue zu ihm auf. „Okay, aber versprichst du mir, dass du zurückkommst und mit mir ausgehst?"

„Versprochen. Warte einfach auf mich. Aber bei mir zu Hause. Komm."

Ich lasse mich von Louie an der Hand nehmen, während er mich aus dem Hotelzimmer und nebenan in seine Wohnung führt. „Kann ich mir vom Zimmerservice Wein bringen lassen?", frage ich ihn. „Und damit wir uns richtig verstehen: Das ist eine einmalige Sache. Ich werde meine Freiheit nicht einfach aufgeben, nur weil du ein Problem damit hast, dass ich alleine ausgehe."

„Du kannst dir vom Zimmerservice bringen lassen, was immer du willst", sagt er, beugt sich vor und küsst mich auf die Stirn, bevor er hinzufügt: „Danke. Ich verspreche dir, dass ich so schnell wie möglich zurückkomme. Behalte das Kleid an. Ich kann es kaum erwarten, es dir später auszuziehen."

Meine Oberschenkel zittern. Ich weiß nicht, ob

mein Körper noch eine weitere Nacht mit Louies Aufmerksamkeit aushält. *Alles* tut weh. Aber der Gedanke daran, was er alles kann ...? Ja, *das* lässt mich alle Schmerzen vergessen, die ich gerade habe. Es bringt mich auch dazu, den Mann sofort ins Schlafzimmer ziehen zu wollen. Sein Meeting kann doch ein paar Minuten oder Stunden warten, oder?

„Verdammt, du machst es mir schwer, wegzugehen", stöhnt Louie. Er presst seine Lippen auf meine. „Ich komme wieder. Bleib in der Suite."

„Viel Erfolg bei deinem Meeting", sage ich zu ihm.

Erfolg bei deinem Meeting? Wirklich, Charlotte, ist das alles, was dir einfällt? Gott, bin ich dumm.

Eine Stunde und drei Gläser Wein später sitze ich in Louies Wohnzimmer und langweile mich zu Tode. Ich beschließe, die Mädels anzurufen. Ich muss mit jemandem reden.

„Du lebst." Evie nimmt als Erste meinen Videoanruf an.

„Ja, das tue ich."

„Chick siehst du aus. Gehst du aus?", fragt sie.

„Bald. Hoffentlich. Was ist zu Hause los? Wie schlimm sind die Gerüchte über mich in der Stadt?" Ich erschaudere, nicht sicher, ob ich es wissen will.

„So schlimm sind die gar nicht. Wohin gehst du?" Evies Themenwechsel und ihre ausweichende Antwort verraten mir, dass die Gerüchte sehr schlimm sind.

„Tanzen. Ich warte darauf, dass Louie sein Meeting beendet."

„Warum?"

„Äh, weil er mit mir ausgehen wollte, aber ein Meeting hatte", erkläre ich ihr.

„Okay, wer hat denn so spät noch Meetings? Was macht dieser Louie denn so?", hakt Evie nach.

„Er hat hier ein paar Unternehmen", erkläre ich, lasse aber den Teil weg, dass er drei ganze Casinos besitzt. Ich bin mir nicht ganz sicher, aber ich will nicht, dass sie ihn verurteilen, bevor sie ihn kennenlernen. Auch wenn es unwahrscheinlich ist, dass sie ihn jemals treffen werden.

Diese Affäre wird ihre Zeit haben, und dann werde ich nach Hause zurückkehren. Es ist nichts Ernstes.

„Warum siehst du aus, als würdest du die Last der ganzen Welt auf deinen Schultern tragen?", fragt

Rachel, deren Gesicht auf dem Bildschirm erscheint.

„Sie trifft sich mit Louie, sobald er sein nächtliches Meeting beendet hat. Oh, und wir haben erfahren, dass Louie Unternehmen in Las Vegas besitzt. Aber Charlotte hält sich mit Details darüber, um welche Unternehmen es sich dabei handelt, ziemlich bedeckt", informiert Evie Rachel.

„Ich halte mich nicht bedeckt. Es ist einfach nicht so wichtig. Es ist mir sowieso egal, was er macht. Er ist nett zu mir. Wirklich nett. Ich glaube, ich wurde noch nie so gut behandelt wie von ihm, und er kennt mich kaum", gebe ich zu.

„Also ist er gut im Bett", sagt Rachel.

„Der Beste, den ich je hatte", lache ich. „Das ist eine ganz neue Dimension, Dinge, an die ich vorher nie gedacht hätte."

„Was für Dinge?", fragt Evie.

„Nein, darüber rede ich nicht." Ich spüre, wie mir die Hitze ins Gesicht steigt. „Also, was macht ihr so? Ich vermisse euch."

„Ich wollte gerade ins Bett gehen. Ich muss morgen früh raus", sagt Rachel gähnend. Sie ist Kinderchirurgin im ersten Jahr ihrer Facharztausbildung. Sie arbeitet echt viel.

„Was ist mit dir? Wohin gehst du?"

„Keine Ahnung. Einfach nur raus. Tanzen", sage ich ihr.

„Warum erkundest du nicht die Stadt, während du auf diesen Louie wartest?", fragt Rachel.

„Er wollte nicht, dass ich alleine ausgehe." Ich zucke mit den Schultern.

„Und du hast zugestimmt? Charlotte, du hast gerade eine lange Beziehung mit jemandem beendet, der dich eingeengt hat. Lass nicht zu, dass jemand anderes dasselbe tut", sagt Evie.

„Du hast recht. Das werde ich nicht. Ich kenne den Typen nicht. Warum mache ich, was er will? Nur weil er mir umwerfende Orgasmen bescheren kann? Wisst ihr was? Das kann mein Vibrator auch", schimpfe ich.

„Genau so, Süße!", jubelt Rachel.

„Ich gehe jetzt", sage ich zu meinen Freundinnen, während ich meine Sachen schnappe und zur Tür hinausgehe. „Ich rufe euch später an. Hab euch lieb."

„Wir dich auch. Zeig's ihnen!", lacht Evie, bevor ich auflege.

Ich weiß nicht, warum ich so leicht in die Gewohnheit verfalle, das zu tun, was andere von mir erwarten. Ich muss mir klar machen, dass ich erwachsen bin. Ich kann tun, was ich will. Ich muss mich vor niemandem rechtfertigen.

Das ist die innere Aufmunterungsrede, die ich mir selbst halte, während ich durch das Casino gehe, bevor ich in die schwüle Nachtluft trete. Ich schaue zum Himmel hinauf. Hier kann man keine Sterne sehen. Ich vermisse es, die Sterne zu betrachten. Gerade als ich einen weiteren Schritt nach vorne mache, packt mich jemand am Arm und zieht mich zurück.

„Wo zum Teufel warst du?", zischt eine vertraute Stimme in meinem Ohr.

„Aua, Owen, du tust mir weh." Ich versuche, meinen Arm zu befreien, aber sein Griff wird nur fester, als er mich vom Eingang weg zu einer dunkleren Stelle auf der Straße zieht. Um uns herum sind Menschen, aber niemand schaut in unsere Richtung.

„*Dir wehtun?* Was glaubst du, wie ich mich gefühlt habe, als ich in der verdammten Kirche auf dich gewartet habe? Was soll das, Charlotte?", zischt er.

„Ja? Und wie glaubst du, habe ich mich gefühlt, als ich hereinkam und dich dabei erwischte, wie du meine Schwester fickst?" Ich drücke gegen seine Brust, und vor Schreck lockert er seinen Griff um mich.

„Ich weiß nicht, wovon du redest", sagt er.

„Ach, nein? Dann sind *das hier* ..." Ich hole mein Handy heraus und öffne das Video. „... nicht du und Melanie?" Ich drücke ihm den Bildschirm ins Gesicht.

„Charlotte, Schatz, das ist ein Missverständnis. Das hat nichts bedeutet. Ich liebe dich. Wir können das wieder in Ordnung bringen."

„Du liebst mich nicht. Das hast du nie getan." Ich schubse ihn noch einmal, und endlich lässt er meinen Arm ganz los. „Lösch meine Nummer und geh nach Hause, Owen. Ich will dich nie wieder sehen", sage ich ihm, bevor ich zurück ins Hotel renne.

Tränen laufen mir über die Wangen, als ich zu den Aufzügen gehe. Ich weiß nicht, warum ich weine. Ich bin sauer auf mich selbst, dass ich ihm erlaubt habe, mich zum Weinen zu bringen. Wütend wische ich mir mit den Händen über das Gesicht.

Als ich zu Louies Penthouse zurückkomme, merke ich, dass ich eigentlich gar keine Möglichkeit habe, hineinzukommen. Also gehe ich in mein Zimmer und ziehe meine Zugangskarte durch. Dort ziehe ich meine Schuhe aus, sobald ich die Tür aufgestoßen habe. Als Nächstes kommt das Kleid dran. Ich lasse es auf dem Boden im Wohnzimmer liegen und gehe nur mit einem Slip bekleidet zum Bett.

So viel zu meiner Nacht der Freiheit, meiner Nacht des Vergnügens. Ich hätte auf Louie hören und einfach auf ihn warten sollen. Er hat recht. Diese Stadt ist voller mieser Arschlöcher. Mein Ex ist einer von ihnen.

Kapitel Neunzehn

Vor einer Woche hätte ich die Szene vor mir genossen. Überall schöne, spärlich bekleidete Frauen. Jetzt will ich nur noch nach Hause zu Charlotte. Diese Mädels interessieren mich nicht. Obwohl Emmanuel, seinem

Lächeln nach zu urteilen, mit dem Abendprogramm sehr zufrieden ist.

Er beugt sich mit einem Grinsen vor. „Wer ist sie?"

„Wer ist wer?" Ich schaue mich um und erwarte, dass er auf eine bestimmte Frau zeigt.

„Die, die dich um den Finger gewickelt hat. Du hast keine von den hier auch nur eines Blickes gewürdigt." Er deutet mit einer Handbewegung auf den Raum. „Und ich kenne dich. Wenn dich hier nichts interessiert, dann hast du jemand anderen. Wer ist sie?"

„*Sie* geht dich nichts an", sage ich und presse die Kiefer aufeinander.

„Ah, dann hatte ich recht. Du hast dir eine Frau gesucht." Er lacht. „Hätte nie gedacht, dass ich diesen Tag mal erleben würde."

„Ich habe keine Frau." Ich verdrehe die Augen.

„Wenn sie dir so wichtig ist, dass du sie vor deinen Freunden verstecken willst, und du offensichtlich kein Interesse an anderen Optionen hast, dann sollte sie vielleicht deine Frau werden", sagt er.

„Was weißt du denn schon darüber, was eine gute Ehefrau ausmacht? Deine längste Beziehung hat wie lange gedauert? Fünf Stunden?", gebe ich zurück.

Emmanuel zuckt mit den Schultern. „Ich brauche keine Frau und will auch keine."

„Und ich schon?", frage ich ihn mit hochgezogener Augenbraue und setze mein Glas an die Lippen.

„Wenn du eine Frau gefunden hast, die sich mit dir Trottel abgibt, dann behalt sie. Sie ist eindeutig einzigartig." Der Idiot lacht wieder. Diesmal lauter.

„Halt den Rand. So ernst ist es nicht", sage ich, und ich bin mir nicht sicher, ob diese Lüge mir oder ihm zugutekommt.

„Nein, natürlich nicht. Wo ist sie?", fragt er.

„Nicht hier", grunze ich ihn an.

Emmanuel kneift die Augen zusammen. „Du vertraust mir nicht? Ich bin verletzt", sagt er und legt eine Hand auf sein Herz.

„Ich vertraue niemandem. Das weißt du."

„Wir sind schon so lange befreundet, Louie", erinnert mich Emmanuel. „Es gibt nur wenige Menschen, die ich als Freunde bezeichnen würde. Du bist einer von ihnen. Ich würde niemandem etwas antun, der dir wichtig ist."

„Es sei denn, du willst mich für etwas bestrafen", sage ich zu ihm. „Frauen und Kinder sind in deiner Organisation kein Tabu."

„Dann gib mir besser keinen Grund, dir wehzutun." Er lächelt mich an. *„Entspann dich.* In Mexiko ändern sich die Dinge. Mein Tyrann von einem Vater ist tot."

„Aha, und wie ist das genau passiert?", frage ich ihn. Der alte Mann wurde vor ein paar Monaten getötet, sodass mein Freund hier jetzt das Sagen hat.

„Das solltest du lieber nicht wissen. Wie gesagt, ich will dich nicht umbringen müssen", sagt Emmanuel zu mir. „Jetzt verschwinde. Du siehst traurig aus und verschreckst die Mädchen."

Ich schaue zu Sammie und Carlo hinüber, die uns gegenübersitzen. „Ich hau ab. Kommt ihr klar?", frage ich sie. Sie nicken, und ich nehme das als Zeichen, zu gehen, solange ich noch kann. Ich wende mich wieder Emmanuel zu. „Wir sehen uns morgen. Willkommen zurück in der Stadt."

Es ist noch früh. Ich habe Charlotte versprochen, mit ihr tanzen zu gehen. Das ist das Letzte, was ich tun möchte. Viel lieber würde ich sie in meinem Bett ihren Schmerz vergessen lassen. Aber wenn Tanzen das ist, was sie braucht, dann wird sie tanzen gehen.

Sobald ich die Tür zu meinem Penthouse öffne, weiß ich es. *Sie ist nicht da.* Es herrscht eine unheimliche Stille. *Wo zum Teufel ist sie hin?*

Ich gehe zurück und schließe die Tür zu dem Zimmer auf, das ich für sie hergerichtet habe. Ich muss wirklich einen Weg finden, sie dazu zu bringen, einfach bei mir zu bleiben.

Ich finde sie im Bett. Sie schläft. Seltsam, ich dachte wirklich, sie wollte ausgehen. Ich beuge mich vor, ziehe die Decke herunter und hebe sie hoch. Das geht so nicht. Sie sollte in meinem Bett liegen. Warum ist sie hierher zurückgekommen? Wenn sie müde war, hätte sie sich einfach in mein Bett legen sollen.

Als ich den Flur entlang zu meiner Tür gehe, öffnet Charlotte langsam die Augen. „Louie, was ist los?", fragt sie verschlafen.

„Ich bringe dich ins Bett. Schlaf weiter", sage ich ihr, beuge mich zu ihr hinunter und küsse sie auf die Stirn. Auf solche Gesten habe ich vor unserer Begegnung immer verzichtet. Bei ihr fühlt es sich jedoch richtig an.

Ich klinge wie ein verdammtes Weichei. Ich sollte mich wohl mal untersuchen lassen. Denn diese Gefühle, die sie in mir weckt, sind nicht normal. Sie sind so fremd, dass ich nicht weiß, wie ich damit umgehen soll. Das Einzige, was ich mit Sicherheit weiß, ist, dass ich sie im Moment so sehr bei mir haben möchte, wie es nur irgendwie möglich ist.

Vielleicht vergeht das auch irgendwann wieder – obwohl ich jedes Mal, wenn ich mich von ihr trennen musste, mehr von ihr wollte, nicht weniger. Ich habe nie an Hexen, Magie oder Flüche geglaubt, aber vielleicht ist an diesem ganzen Hokuspokus doch etwas dran. Entweder hat sie mich verzaubert oder Gott spielt sein unergründliches Spiel mit mir.

Ich weiß, dass ich kein guter Mensch bin. Warum zum Teufel sollte er mir also einen Engel in den Weg stellen? Warum sollte er mir eine Frau wie Charlotte schicken, die ich trotz ihrer Reinheit für mich beanspruchen kann? Doch bestimmt nur, um mich zu bestrafen, und das tut er, indem er mir etwas Gutes zeigt und es mir dann wieder wegnimmt.

Ich halte sie fester. Scheiß auf alle, die denken, ich würde sie kampflos gehen lassen, Gott hin oder her.

Ich lege Charlotte hin und decke sie zu. „Kommst du ins Bett?", fragt sie mich.

„Ich dusche nur schnell. Schlaf weiter", sage ich ihr.

Als ich fertig bin und mich umgezogen habe, schläft Charlotte schon wieder. Ihr leises Schnarchen erfüllt den Raum. Ich gehe zum Bett und will gerade das Licht ausschalten, als sie sich umdreht und mir etwas ins Auge fällt. Nicht etwas. Ein Fleck. Auf ihrem Oberarm. Ich beuge mich vor, um genauer zu sehen, was es ist. Ein verdammter Handabdruck. Jemand hat sie so fest am Arm gepackt, dass ein verdammter Bluterguss zurückgeblieben ist.

„Charlotte, wach auf." Meine Stimme klingt härter, als beabsichtigt. Verdammt, ich sehe buchstäblich rot vor Wut.

Sie schreckt hoch, reißt die Augen auf und lässt den Blick durch den Raum schweifen, bevor sie sich auf mich fokussiert. „Was ist los?"

„Wer hat dir das angetan?", zische ich mit zusammengebissenen Zähnen und deute auf ihren Arm.

Charlotte schaut nach unten und dann wieder zu mir. „Es ist nichts", sagt sie.

„Ich habe nicht gefragt, was das ist. Ich habe gefragt, wer das getan hat. Wer hat dich angefasst?" Ich marschiere durch den Raum und ziehe die Hose und das Hemd an, die ich gerade ausgezogen habe. Ich spüre, wie sie mich beobachtet.

„Was machst du da? Warum bist du sauer?"

„Beantworte die Frage, Charlotte. Ich will wissen, wer das getan hat", sage ich ihr, während ich weiter auf dem Teppich auf und ab gehe.

„Ich ... ich bin nach draußen gegangen, und Owen war da. Er wollte mit mir reden", sagt sie.

Ich ziehe mein Handy heraus und rufe Sammie an. Er nimmt nach dem zweiten Klingeln ab. „Boss?"

„Sammle Carlo und Emmanuel ein. Ein Spanferkel will aufgespießt und gebraten werden."

„Was? Scheiße? Echt? Bist du sicher?", fragt Sammie.

„Klinge ich etwa unsicher?", schreie ich, bevor ich auflege. Dann stürme ich in meinen begehbaren Kleiderschrank, ziehe die Anzüge beiseite und schließe den Safe auf. Ich greife hinein und hole eine Pistole und ein Messer heraus.

„Warte mal ... Warum hast du eine Waffe?", fragt Charlotte hinter mir. „Warum hast du all diese Waffen? Das sind eine Menge Waffen, Louie. Was machst du da?"

„Geh zurück ins Bett", sage ich ihr.

„Oh, klar, ich gehe einfach wieder ins Bett, wenn mein Freund offenbar den Verstand verliert und ... Was soll das werden? Bewaffnest du dich?", fragt sie mich.

Ich halte inne und drehe mich um. Sie steht in der Tür meines Kleiderschranks und trägt nichts außer einem schwarzen Spitzenhöschen. „Sag das noch mal", stöhne ich.

„Was machst du da?", wiederholt sie.

„Nicht das. Das mit dem Freund, sag es noch einmal." Ich gehe auf sie zu.

„Das war ein Versprecher. So habe ich das nicht gemeint." Charlotte wendet den Blick ab. „Entschuldige."

Ich umfasse ihr Kinn und hebe es an, bis sie mir in die Augen sieht. „Ich mag es. Dein Freund zu sein", sage ich leise. Meine Stimme klingt irgendwie ruhig, obwohl ich innerlich total aufgebracht bin.

„Meinst du das ernst?", fragt sie und fügt schnell hinzu: „Es ist zu früh."

„Ich sage nichts, was ich nicht meine. Und da wir uns einig sind, dass du jetzt meine Freundin bist, musst du verstehen, dass ich nicht zulassen werde, dass irgendein Arschloch dir wehtut. Niemand, und ich meine *niemand*, fasst dich an, Charlotte."

Ihre Augen weiten sich. „Du kannst Owen nichts antun. Er ist Polizist, Louie. Du wirst Ärger bekommen."

Ich lache. „Schatz, und selbst wenn er der Papst höchstpersönlich wäre. Er hat dir wehgetan. Das wird er zehnfach zu spüren bekommen."

„Bitte, komm einfach ins Bett. Du bist wütend, und es tut mir leid. Ich hätte nicht ausgehen sollen. Ich hätte einfach bleiben und auf dich warten sollen, wie ich es versprochen hatte. Ich will nicht, dass du meinetwegen in Schwierigkeiten gerätst. Das ist es nicht wert."

„Charlotte, du bist es mehr als wert. Wer auch immer dir eingeredet hat, dass du es nicht bist, ist ein verdammter Idiot. Du. Bist. Es. Wert", betone ich und hoffe, dass meine Worte bei ihr ankommen. „Ich komme zurück. Jetzt schlaf."

„Louie, das ist verrückt. Ich habe ihm gesagt, er soll nach Hause gehen. Er bleibt nicht in der Stadt. Lass es einfach sein."

Ich bin kurz davor, ihr zuzustimmen, zu ihrem Besten. Aber ich kann diese Frau nicht anlügen. „Ich bin gleich zurück." Ich fasse sie am Hinterkopf und drücke meine Lippen erneut auf ihre Stirn. „Bitte bleib hier", sage ich und gehe um sie herum. Ich bleibe an der Schlafzimmertür stehen, bevor ich mich umdrehe und sie noch einmal anschaue. „Warum bist du nicht hierher zurückgekommen? Als du hochgekommen bist?"

„Wie hätte ich ohne Zimmerschlüssel reinkommen sollen?" Sie zuckt mit den Schultern.

Ich öffne meine Brieftasche und hole den Ersatz-Hauptschlüssel heraus. „Damit kommst du in jedes Zimmer in jedem meiner Casinos", sage ich und lege die Karte auf den Nachttisch. „Ich will, dass du hier bist, wenn ich zurückkomme."

Unten angekommen, warten Sammie, Carlo und Emmanuel schon auf mich. „Seid ihr bereit für ein Barbecue?", frage ich grinsend.

„Immer", antwortet Emmanuel, ohne auch nur zu fragen, warum wir einen Polizisten jagen wollen.

„Geht es ihr gut?", fragt Sammie, weil er weiß, dass es um Charlotte gehen muss.

„Er hat sie gepackt. So fest, dass der Mistkerl Spuren an ihr hinterlassen hat", erkläre ich mit zusammengebissenen Zähnen.

Carlos Augen weiten sich, dann lächelt er. „Na, der traut sich was. Gut, dass ich heute Abend Lust auf Schweinefleisch habe."

„Los geht's." Sammie nickt mir zu.

Kapitel Zwanzig

Was zum Teufel ist hier gerade los? Er ist einfach abgehauen. Louie hat *mit einer Waffe* das Zimmer verlassen. Ich weiß nicht, was ich tun soll. Ich sollte Owen warnen, oder? Ihm sagen, er soll die Stadt verlassen, falls er das noch nicht getan hat.

Aber Louie wird ihm doch nicht wirklich etwas antun, oder? Er würde doch niemanden *umbringen*. Er sah zwar ziemlich aufgebracht aus, aber ich glaube nicht, dass er das tun würde.

Scheiße, was, wenn er es doch tut? Was, wenn er meinetwegen im Gefängnis landet?

Die Realität holt mich ein. Ich mache mir mehr Sorgen um Louie, einen Mann, den ich gerade erst kennengelernt habe, als um Owen, den Mann, mit dem ich die letzten Jahre verbracht habe. Irgendwas stimmt nicht mit mir.

Wo ist mein Handy?

Ich schaue mich im Zimmer um und finde mein Telefon an einem Ladegerät auf dem Nachttisch. Louie muss es angesteckt haben. Ich nehme es und rufe Evie an. Ich weiß, dass sie noch wach ist – sie leidet unter starker Schlaflosigkeit – und ich will Rachel nicht stören, da sie gesagt hat, dass sie schlafen geht.

„Charlotte, was ist los?", Evie nimmt sofort ab.

„Ich habe Mist gebaut", sage ich ihr.

„Okay, aber hast du das mit Kleidung angestellt oder ist das danach passiert?", fragt sie mich.

Ich schaue an mir runter. „Mist! Sorry." Ich habe vergessen, dass ich kein Oberteil anhatte. Ich halte das Telefon zur Decke, gehe in Louies Kleiderschrank und schnappe mir ein Shirt vom Regal. Ich ignoriere den Safe, den er weit offengelassen hat. Den Safe, der bis zum Rand mit Waffen gefüllt ist.

Wozu braucht ein Mensch so viele Waffen?

„Ist schon okay. Was ist passiert?", fragt Evie.

„Ich bin rausgegangen. Ich wollte einfach alleine rausgehen, nachdem ich mit dir und Rachel gesprochen hatte", erzähle ich ihr.

„Ja, und dann?", drängt sie mich, weiterzuerzählen.

„In dem Moment, als ich das Casino verließ, stand Owen da. Er packte mich und zog mich zur Seite", erkläre ich.

„Er *hat was?* Geht es dir gut?", fragt Evie und fängt an, in ihrem Schlafzimmer auf und abzugehen.

„Mir geht's gut. Ich habe ihm gesagt, er soll nach Hause gehen. Und, dass ich weiß, was er und Melanie gemacht haben. Und dann bin ich in mein Zimmer zurück und habe einfach geschlafen."

„Okay, und wie hast du es vermasselt?", fragt Evie.

„Louie kam zurück. Er fand mich und brachte mich zu sich in die Suite, aber dann sah er den blauen Fleck", erzähle ich ihr.

„Welchen blauen Fleck?"

Ich drehe den Bildschirm zu meinem Arm und

ziehe den Ärmel hoch, um ihr den blauen Fleck zu zeigen.

„Was zum Teufel, Charlotte? War das Owen?", schreit sie, und ich nicke.

„Ja, als er mich gepackt hat. Aber es tut kaum weh."

„Ich bringe ihn um", zischt Evie.

„Ich fürchte, Louie kommt dir vielleicht zuvor", flüstere ich.

„Gut. Wollen wir es hoffen."

„Nein, Evie, ich meine es ernst. Er hat den Verstand verloren. Als er meinen Arm gesehen hat, hat er mich immer wieder gefragt, wer das getan hat, und ich habe es ihm erzählt, und dann hat er sich angezogen und hat ..." Ich halte inne.

Sollte ich das alles am Telefon erzählen?

„Er hat was?"

„Er hat Waffen, Evie. Er hat einen Safe in seinem Wandschrank geöffnet. Er hat Waffen rausgenommen. Und dann hat er mir gesagt, ich soll ins Bett gehen und dass er zurückkommen würde", flüstere ich.

„Okay, beruhige dich. Es wird alles gut", sagt sie. „Moment mal ... Machen wir uns überhaupt Sorgen um Owen? Ich meine, er hat irgendwie verdient, was er bekommt."

„Evie!", keuche ich. „Wir wollen nicht, dass jemand stirbt."

„Ja, klar. Du hast recht." Sie nickt zustimmend, bevor sie hinzufügt: „*Aber* ... wenn jemand sterben *sollte*, ist Owen eine gute Wahl."

„Evie? Warum sollte jemand einen Safe voller Waffen haben?", frage ich sie.

„Äh ... Ich bin mir nicht sicher, aber ich habe da so eine Idee. Wie heißt Louie nochmal mit Nachnamen?"

Ich habe es ihnen absichtlich nicht gesagt. Ich wollte nicht, dass sie wissen, dass er Casinos besitzt. Ich will nicht, dass sie ihn als reiches Arschloch abstempeln. Vor allem, weil er kein Arschloch ist. Zumindest nicht mir gegenüber. „Louie Giuliani", sage ich ihr.

Ich höre, wie Evie den Namen in ihre Tastatur tippt. „Heilige Scheiße, ich meine, ich wusste schon nach dem kurzen Blick, dass er heiß ist. Aber, heilige Mutter Maria, dieser Mann ist umwerfend, Charlotte." Sie pfeift.

„Das ist er wirklich." Ich seufze.

„Äh... Charlotte?" Evie hält inne.

„Was?"

„Hast du ihn denn gar nicht gegoogelt?", fragt sie mich.

„Nein. Warum?" frage ich sie.

„Er besitzt *mehrere* Casinos. Auf dem Vegas Strip."

„Ich weiß", gebe ich zu.

„Es gibt auch ein paar Artikel, die andeuten, dass er in die Unterwelt verwickelt ist", flüstert sie.

„Was? Das ist doch lächerlich. Warum sollte er in die Unterwelt verwickelt sein?", frage ich.

„Warum sollte er das nicht?", entgegnet Evie. „Er ist Casinobesitzer. *In Vegas*. Er hat einen Safe voller Waffen und jagt gerade einen Polizisten, weil der dir wehgetan hat."

„Nun, wenn du das so sagst, klingt es nicht gut. Aber ... er ist kein schlechter Mensch, Evie."

„Du kennst ihn nicht", erinnert sie mich.

„Aber ich weiß, dass er ein gutes Herz hat. Er ist ... Ich weiß nicht, woher ich das weiß. Ich weiß einfach, dass er kein schlechter Mensch ist", versuche ich zu erklären.

„Ich finde, du solltest nach Hause kommen. Mir gefällt es nicht, dass du da draußen ganz allein bist", sagt Evie. „Du liegst mit einem Gangster im Bett."

„Eigentlich bin ich gerade allein im Bett", sage ich und versuche, die Stimmung aufzulockern, während ich mich auf Louies Matratze fallen lasse.

„Und es ist das bequemste Bett, in dem ich je geschlafen habe."

„Wahrscheinlich, weil es mit Blutgeld bezahlt wurde", lacht Evie. „Hör mal, ich mache mir nur Sorgen um dich. Aber ich freue mich auch *für dich*. Es ist schon lange her, dass du etwas für dich selbst getan hast."

„Ich weiß", seufze ich.

„Und wenn du dich auf Gangster einlassen willst, dann lern vielleicht einfach, wie man eine Waffe benutzt oder so. Du könntest es irgendwann mal brauchen."

„Witzig", erwidere ich.

„Ich buche mir wirklich einen Flug. Ich komme, um mich selbst davon zu überzeugen, dass du in Sicherheit bist."

„Was ist mit dem Laden? Du kannst ihn nicht einfach schließen", sage ich ihr. Evie besitzt und betreibt eine kleine Boutique in der Stadt.

„Das geht schon für ein paar Tage. Ich komme", sagt sie. „Ich bin morgen da ... oder besser gesagt, *heute*."

„Buch kein Zimmer. Du kannst bei mir übernachten."

„Bei dem Gangster, mit dem du zusammenlebst?", lacht sie.

„Nein, du Klugscheißerin, ich habe hier mein eigenes Zimmer. Es ist eigentlich eher eine Wohnung. Sie ist riesig."

„Bist du sicher? Ich kann mir ein Zimmer buchen", sagt Evie.

„Nein, verschwende nicht dein Geld", antworte ich mit Nachdruck.

„Kommst du zurecht, bis ich da bin?"

„Klar. Ich weiß nicht, was Louie vorhat, aber ich glaube nicht, dass er mir etwas antun würde, Evie." Ich mache eine Pause. „Ist es falsch, dass ich zuerst daran denke, was mit ihm passieren wird, und nicht an Owen?"

„Nein. Owen ist ein Arsch, der es nicht verdient, dass du auch nur einen einzigen Gedanken an ihn verschwendest."

„Ich habe *Jahre* mit ihm verbracht, Evie. Ich sollte mich immer noch um ihn sorgen."

„Du hast ihn nicht geliebt. Ich glaube, dass du es einmal getan hast, aber wir konnten sehen, dass dein Herz nicht wirklich bei der Sache war, besonders als die Hochzeit näher rückte."

„Warum habt ihr nichts gesagt?"

„Das haben wir. Rachel und ich haben dich beide mehrmals gefragt, ob du ihn wirklich heiraten willst, und du hast immer wieder betont, dass du das unbedingt möchtest", sagt sie.

„Du hast recht. Ich dachte, dass sich nach der Hochzeit alles ändern würde. Ich dachte einfach, es wäre nur Nervosität. Und dann wusste ich, dass ich das nicht durchziehen konnte. Ich wollte es ihm am Abend zuvor sagen."

„Ich weiß. Aber konzentrieren wir uns auf die Zukunft. Du kannst jetzt buchstäblich alles tun, was du willst", sagt Evie.

„Ja", stimme ich mit einem Lächeln zu. „Ich habe mich noch nie so frei gefühlt."

„Auch wenn du mit einem Gangster zusammenlebst." Sie lacht.

„Er ist kein Gangster", schnaube ich. „Ich hab dich lieb, Evie."

„Schlaf jetzt. Ich bin gleich da", sagt sie. „Ich dich auch." Dann wird die Kamera ausgeschaltet und sie ist weg.

Hat meine Freundin recht? Ist Louie ein Gangster? Es kommt mir so seltsam vor, das zu glauben. Andererseits sollte ich mich fragen: *Was mache ich, wenn es stimmt? Gehen? Bleiben?*

Kapitel Einundzwanzig

Ich schaue mir die Aufnahmen an, in denen Charlotte am Arm gepackt wird. Und das nicht zum ersten Mal. Ich drücke immer wieder auf „Wiederholen" und weiß nicht genau, warum, da mich das nur noch mehr aufregt. „Ich will wissen, wo er ist. Sofort!", rufe ich.

„Ich bin dran. Ich habe sein Gesicht gescannt und lasse es gerade durch alle Hotelüberwachungskameras laufen. Wo auch immer er sich aufhält, wir werden es bald wissen", sagt Carlo.

Ich will den Kopf dieses Arschlochs auf einem Spieß sehen. Ich will, dass seine Hände in eine Kiste gepackt und seiner Mutter geschickt werden. Ich will seine Überreste in einem Grab in der Wüste verbrennen.

„Das ist eine Menge Aufwand für jemanden, der, wie du sagst, *nicht wichtig* ist", bemerkt Emmanuel von seinem Platz in einem Ohrensessel aus, wo er entspannt sitzt und mich aufmerksam beobachtet.

„Verleugnung ist ein häufiges Thema in dieser Stadt", fügt Sammie hinzu.

„Schnauze. Es ist mir egal, was ihr sagt. Ich will den Kopf dieses Arschlochs, und wenn ich ihn selbst dorthin stecken muss. Ich brauche eure Hilfe nicht", sage ich zu allen dreien.

„Was? Und dir den ganzen Spaß überlassen?", zuckt Carlo mit den Schultern. „Außerdem mag ich sie zufällig."

„Ich auch, auch wenn sie mir verdammt noch mal Angst macht", sagt Sammie.

„Ich glaube, ich muss diese *Charlotte* kennenlernen", sagt Emmanuel und schaut mich direkt an. Der Typ will, dass ich weiß, dass er ihren Namen kennt. Ich habe bewusst darauf verzichtet, ihn vor ihm zu erwähnen. Und Sammie und Carlo haben es auch nicht getan.

Ich schüttle den Kopf. „Klar, wenn die Hölle zufriert", sage ich zu ihm.

„Sie weiß es nicht", sagt Sammie beiläufig.

„Was weiß sie nicht?", Emmanuels Interesse ist geweckt. Ich glaube nicht, dass das gut ist.

„Dass der Boss hier ... Nun, sie weiß nicht, was er macht. Was wir alle machen."

„Was glaubt sie denn, was ihr macht?", hakt Emmanuel nach.

„Geschäfte", antworte ich ihm. „Und ich habe vor, das auch so zu belassen." Zumindest für eine Weile. Ich will Charlotte nicht anlügen, aber ich möchte sie lange genug bei mir behalten, damit es ihr schwerer fällt, mich zu verlassen.

„Es ist nicht einfach, ein Geheimnis vor der Frau zu bewahren, die jede Nacht dein Bett wärmt", stellt Emmanuel fest.

„Sie weiß, was sie wissen muss. Ich will nicht, dass sie in irgendetwas verwickelt wird." Ich bin kein Idiot. Ich weiß, dass ich diesen Teil meines Lebens nicht für immer vor ihr verbergen kann, aber ich werde es so lange wie möglich versuchen. Zu ihrem Besten, nicht zu meinem.

„Dein Leben, Mann. Wie sieht dein Plan aus?", fragt Emmanuel mich. „Du weißt, dass ich für alles zu haben bin. Es ist mir scheißegal, wer dieser Arsch ist. Aber du musst mit deinem Kopf denken, nicht mit deiner Wut." Er zeigt mit dem Finger auf mich.

„Ich will, dass sein verdammter Kopf über den verdammten Strip rollt." Ich balle die Fäuste und öffne sie wieder, während ich versuche, meine Wut zu zügeln.

„Ich verstehe dich. Wirklich. Aber das ist nicht clever. Dieser Polizist hat eine Verbindung zu deiner Freundin. Er verschwindet, nachdem er sie gesucht hat, und die erste Person, auf die sie sich konzentrieren werden, ist seine Ex", sagt Emmanuel. „Willst du, dass deine Freundin zur Vernehmung auf die Wache geschleppt wird?"

Ich sage nichts. Das muss ich auch nicht. Ich werde nicht zulassen, dass Charlotte dafür büßen muss. Ich will auch nicht, dass irgendwelche verdammten korrupten Bullen sie im Visier haben. „Okay. Wir machen das sauber."

„Ich habe ihn", sagt Carlo. „Er wohnt im Norge."

„Geiziger Scheißkerl", grunze ich. Das Norge ist eines dieser Stundenhotels. Bekannt für Straßenprostituierte und Junkies. „Besorg mir fünf Gramm und eine Spritze." Ich kann ihn nicht bluten lassen oder ihm wehtun, wie ich es gerne hätte, nicht, wenn ich nicht will, dass diese Scheiße auf Charlotte zurückfällt.

„Verstanden", sagt Sammie. „Ich treffe dich dort."

Mit einem knappen Nicken stehe ich auf, nehme meine Brieftasche und trinke den Rest meines Whiskys. „Zeigen wir diesem Arschloch, was passiert, wenn jemand etwas anfasst, das mir gehört."

„Das Auto wartet." Carlo steht von seinem Stuhl auf und knöpft seine Jacke zu.

„Ein Schwein weniger hier macht die Welt meiner Meinung nach besser", sagt Emmanuel lachend, während er aufsteht und uns aus meinem Büro folgt.

Als wir durch das Casino gehen, werde ich von ein paar Gästen aufgehalten, mit denen ich mich kurz höflich unterhalte, bevor ich verspreche, mich später mit ihnen zu treffen.

Sobald ich nach draußen trete, schaue ich nach links. Dort stand sie. Direkt vor meinem eigenen Casino. Niemand hätte sie anfassen dürfen, schon gar nicht in meinem verdammten Haus. In meiner verdammten Stadt.

Vielleicht muss ich öffentlich bekanntmachen, dass Charlotte mir gehört. Natürlich weiß hier niemand, dass sie mir gehört, was erklärt, warum kein einziger verdammter Mensch eingegriffen hat, um ihr zu helfen, als dieser Arschloch sie in die Enge getrieben hat. Aber das werde ich ändern. Morgen Abend gehe ich mit ihr aus, und dann wird jedes Arschloch wissen, dass sie tabu ist.

„Weißt du, zu heiraten ist der beste Weg, sie zur Zielscheibe zu machen", sagt Emmanuel, der neben mir im Auto sitzt, während Carlo auf den Beifahrersitz steigt. „Damit verkündest du der Welt, dass du eine Schwäche hast."

Ich starre ihn an. „Hast du vor, diese Schwäche auszunutzen?" Wir mögen in gewisser Weise Freunde sein, aber ich würde diesem Arschloch ohne zu zögern eine Kugel in den Kopf jagen, wenn er Charlotte bedroht.

„Verdammt, Mann, du musst dich echt entspannen. Ich werde deine Freundin nicht anfassen." Er schüttelt den Kopf.

Als wir am Motel ankommen, wartet Sammie schon vor der Tür. Er winkt uns mit einem Schlüssel zu. „Zimmer neunundsechzig." Er grinst.

Ich ziehe ein Paar Lederhandschuhe an und schüttle den Kopf. „Werd' erwachsen", sage ich, bevor ich ihm den Schlüssel entreiße. „Keine Spuren. Keine blauen Flecken." Ich warte, bis alle nicken.

„Weißt du, das ist wie in alten Zeiten", sagt Carlo. „Wir vier, die wir in der Dunkelheit der Nacht herumschleichen, bereit, irgendeinem Wichser eine Lektion zu erteilen."

„Das waren gute Zeiten", sagt Sammie zu Carlo.

„Wir waren arm und kämpften ums Überleben. Ich bin mir nicht sicher, ob ich das als gute Zeiten bezeichnen würde", murmele ich leise.

„Ihr drei wart arm. Ich war stinkreich", sagt Emmanuel und zeigt auf sich selbst. „Sohn eines Kartellchefs."

„Sag mal ... Was ist noch gleich mit deinem Vater passiert?", frage ich Emmanuel.

Sein Gesicht verrät nichts. Keine Regung. „Er hat bekommen, was er verdient hat."

„Klar." Ich vermute, dass er den alten Mann selbst umgebracht hat. Er wäre aber verdammt dumm, das laut zuzugeben, und Emmanuel ist alles andere als dumm.

Ich stecke den Schlüssel in die Tür, drücke sie auf und stürme ins Zimmer. Owen erschrickt, steht aber nicht von dem billigen Plastikstuhl auf, auf dem er sitzt. „Das Zimmer ist besetzt", ruft er lallend.

Auf dem Tisch vor ihm steht eine fast leere Flasche Wodka. Perfekt. Die Tür hinter mir schließt sich, und Carlo und Sammie gehen auf Owen zu. Sie packen ihn an beiden Armen und zerren ihn aufs Bett. Der Mistkerl wehrt sich nicht einmal. Er verfügt über keinerlei Selbsterhaltungstrieb.

„Ich kümmere mich um ihn", sagt Emmanuel und ersetzt Sammie. „Hol du das Zeug."

Sammie geht zurück zum Tisch, holt das Pulver und einen Löffel heraus, bereitet die Spritze vor und gibt sie mir.

Ich konzentriere mich wieder auf Owen, während ich mich auf das Bett knie. Er schaut auf die Spritze und endlich scheint ihm bewusst zu werden, was hier vor sich geht. „Was machst du da?", fragt er.

„Ich schicke dich zur Hölle. Das ist für Charlotte. Du hättest deine dreckigen Hände nicht an sie legen dürfen", antworte ich.

„Was zum Teufel? Sie ist meine verdammte

Verlobte, Arschloch!", zischt er, und die Tatsache, dass er glaubt, irgendeinen Anspruch auf sie zu haben, bringt mich zur Weißglut.

„Ja, nun, jetzt gehört sie mir", sage ich und steche die Nadel in seinen ausgestreckten Arm. Er zappelt herum und versucht, sich zu befreien, aber mit meinen Jungs auf ihm kommt er nicht weit. „Wir sehen uns in der Hölle, Arschloch."

Ich achte darauf, die Spritze in seinem Arm zu lassen, während ich beobachte, wie die Drogen wirken. Dann nicke ich Carlo und Emmanuel zu. Ich muss nicht warten, um das Finale zu sehen. Niemand kann die Menge an Drogen überleben, die ich diesem Wichser gespritzt habe.

„Ab nach Hause." Ohne mich umzusehen, gehe ich zur Tür hinaus.

Kapitel Zweiundzwanzig

Ich weiß nicht, wie lange ich schon im Wohnzimmer auf und ab gehe, als ich höre, wie sich die Tür öffnet. Ich habe mir Evies Geschichte, dass er ein Gangster ist, zu Herzen genommen. So sehr, dass ich Louies Namen gegoogelt und zahlreiche Nachrichtenartikel gelesen habe, die darauf hindeuten, dass er nicht nur ein Gangster ist, sondern der Anführer der Unterwelt von Las Vegas.

Das sind alles nur Spekulationen. Nichts davon wurde jemals bewiesen. Das heißt wahrscheinlich, dass es nur Gerüchte und Verschwörungstheorien sind, oder?

Er ist kein Krimineller. Ich schlafe nicht mit einem Kriminellen. Obwohl ich die Ironie darin sehen würde, wenn er es wäre. Ich bin gerade vor jemandem geflohen, der für die Einhaltung des Gesetzes sorgt, und bin direkt in die Arme von jemandem gelaufen, der es bricht. Jemandem, der davon profitiert, es zu brechen.

Ich kenne den Mann noch nicht lange. Ein paar Tage sind nicht lang. Das ist mir klar. Aber wenn ich daran zurückdenke, wie ich Owen kennengelernt habe, erinnere ich mich nicht daran, dass er so aufmerksam oder so nett war. Ich weiß allerdings noch, dass ich mich gefragt habe, warum Louies Knöchel blaue Flecken hatten. Ich habe das nie angesprochen, weil es mich wirklich nichts angeht. Ich habe angenommen, dass er trainiert, boxt oder so etwas. Aber was, wenn die blauen Flecken daher-kommen, dass er seine Fäuste gegen andere einsetzt?

Mir fällt das Sprichwort ein, dass auch *gute*

Menschen manchmal schlechte Dinge tun. Was, wenn Louie schlechte Dinge tut? Macht ihn das automatisch zu einem schlechten Menschen?

Verdammt, mein Verstand sucht schon nach Ausreden für ihn, bevor ich überhaupt weiß, ob es stimmt. Macht mich das zu einem schlechten Menschen?

Ich drehe mich zu Louie um, als er ins Wohnzimmer kommt. Mein Blick gleitet über seinen Körper, auf der Suche nach ... Blutspritzern? Ich weiß nicht, wonach, aber ich sehe nichts.

„Charlotte, alles okay?", fragt er mich.

„Bist du ein Gangster?", platze ich heraus.

Louies Gesichtsausdruck wechselt von schockiert zu so lässig wie möglich. Innerhalb von Sekunden huscht ein *unbekümmertes* Grinsen über sein Gesicht. „Warum fragst du das?" Er kommt auf mich zu.

„Nein. Hör auf." Ich strecke die Hand aus, und zu meiner Überraschung hält Louie tatsächlich inne. Er sagt nichts. Er steht einfach nur da. Wir starren uns schweigend an, was mir wie eine Ewigkeit vorkommt. Er wird meine Frage nicht beantworten. „Bist du einer?", frage ich erneut.

„Bin ich was, Charlotte?"

„Ein Gangster", wiederhole ich. „Meine

Freundin Evie hat dich gegoogelt. Sie kommt übrigens morgen her, aber das ist nicht wichtig. Bist du ein Gangster? Das ist eine einfache Ja-oder-Nein-Frage, Louie. Und wo warst du gerade? Hast du Owen etwas angetan?"

„Willst du was trinken?", fragt Louie locker und geht zum Barwagen auf der anderen Seite des Raums.

„Nein, ich will Antworten", sage ich ihm.

„Manchmal denken wir, wir wollen Antworten, aber eigentlich wollen wir nur Bestätigung. Ich glaube, du willst nur die Bestätigung, dass du keine falsche Entscheidung triffst, wenn du hier bei mir bleibst." Er dreht sich wieder zu mir um und sieht mir direkt in die Augen.

Hat er recht? Will ich einfach nur wissen, dass ich die richtige Entscheidung getroffen habe, hier zu bleiben?

Als ich nichts sage, fährt Louie fort: „Du bist hier nicht gefangen, Charlotte. Du kannst gehen, wann immer du willst. Ich zwinge dich zu nichts, was du nicht willst. Ich vermute, dass du zum ersten Mal seit langer Zeit wieder Entscheidungen für dich selbst triffst. Und das überfordert dich. Weil du das gar nicht mehr gewohnt warst."

„Wenn ich also jetzt gehen würde, würdest du

mich nicht aufhalten? Du würdest mir nicht folgen?"
Mein Herz beginnt zu rasen. Mache ich aus dieser
dreitägigen Beziehung mehr, als sie ist?

„Ich habe nicht gesagt, dass ich nicht alles in
meiner Macht Stehende tun würde, um dich aufzuhalten, um dich zu überzeugen. Aber ich halte dich
nicht gegen deinen Willen hier fest. Egal, was für ein
Monster ich bin, so eins bin ich jedenfalls nicht", sagt
er mir.

„Du *bist* also ein Gangster?", frage ich mit hochgezogener Augenbraue. Er hat es zugegeben, auch
wenn er nicht genau dieses Wort benutzt hat.

„Eine Sache, die ich niemals tun werde, ist, dich
anzulügen." Louie kommt wieder auf mich zu, ein
Glas mit bernsteinfarbener Flüssigkeit in der Hand.
Diesmal halte ich ihn nicht auf. „Ich werde dir aber
auch nichts erzählen, was gegen dich verwendet
werden könnte", sagt er. „Bin ich ein Gangster?
Nein, ich gehöre keiner Gangsterfamilie an."

Irgendetwas an der Art, wie er das sagt, ist seltsam. „Was meinst du damit, dass du mir nichts
erzählen wirst, was gegen mich verwendet werden
könnte?"

„Ich werde immer alles tun, um dich zu beschützen, Charlotte. Es gibt Aspekte meines Lebens, die
ich dir vorenthalten werde, zu deinem eigenen

Wohl." Louie streckt die Hand nach mir aus und fasst mein Gesicht mit seiner freien Hand. „Ich würde es vorziehen, wenn du in nichts verwickelt werden würdest. Bitte stell keine Fragen, die ich wirklich nicht beantworten kann."

„Du sagst mir also, dass du ein Krimineller bist, es aber nicht zugeben willst, um meinetwillen, nicht um deinetwillen?" Das kann er doch nicht ernst meinen.

Sein linkes Auge zuckt. *Oh, ich muss einen Nerv getroffen haben. Gut.*

Ich habe genug Zeit damit verbracht, mich mit ausweichenden Antworten abzufinden. Wenn ich jetzt darüber nachdenke, hätte ich Owen mehr ausfragen sollen, wo er all die Male war, als er spät nach Hause kam. Wahrscheinlich hat er damals schon meine Schwester gevögelt, während ich zu Hause saß und auf ihn gewartet habe.

„Ich mache das nicht noch einmal", sage ich und trete einen Schritt zurück, weg von Louie.

„Was machst du nicht noch einmal?" Er macht einen Schritt nach vorne und verringert den Abstand zwischen uns.

„Ich kann nicht einfach alles mitmachen, was du sagst. Ich kann nicht das Mädchen sein, das zu Hause sitzt und keine Ahnung hat, dass ihr Freund mit ihrer Schwester schläft. Ich kann dir nicht einfach glauben, dass alles okay ist. Ich kann nicht wieder so dumm sein", erkläre ich in einem langen Atemzug.

„Erstens schlafe ich nicht mit deiner Schwester. Und ich werde auch nie mit deiner Schwester schlafen. Oder mit irgendjemand anderem, wenn wir schon dabei sind. Wenn ich dir sage, dass wir fest zusammen und einander treu sind, dann sind wir genau das. Zweitens bist du alles andere als dumm, und ich stehe nicht hier, um dir Sand in die Augen zu streuen."

Ich schaue zu ihm auf. „Was ist mit Owen passiert?"

Louies Finger streichen über meinen Arm, über den blauen Fleck, den mein Ex dort hinterlassen hat. „Ich habe dafür gesorgt, dass er dir nie wieder wehtun kann", sagt er. „Ich werde niemals zulassen, dass dir jemand wehtut, Charlotte. Ich kümmere mich um das, was mir gehört."

„Und ich gehöre dir?"

„Ob es dir gefällt oder nicht, ich habe dich gefunden und ich habe vor, dich zu behalten. Und damit das klar ist: Wir ..." Louie zeigt zwischen uns hin und her. „... machen das hier, und wir sind exklusiv. Ich teile dich nicht."

„Findest du nicht, dass das alles ein bisschen zu schnell geht?"

„Ja", sagt er. „Aber ich vertraue meinem Bauchgefühl. Es hat mich noch nie in die Irre geführt. Und im Moment sagt mir mein Bauchgefühl, dass ich an dem festhalten soll, was zwischen uns wächst. Es pflegen soll. Denn ich habe das Gefühl, dass es etwas Außergewöhnliches sein wird, etwas ganz Besonderes sogar."

„Glaubst du, Carlo meinte es ernst mit seinem Jobangebot?", wechsle ich schnell das Thema.

Louie scheint überrascht zu sein. Mehr noch als eben, als ich ihn gefragt habe, ob er ein Gangster ist. „Was? Warum?"

„Nun ...", lächle ich. „Wenn ich bleiben will, brauche ich einen Job. Ich habe zwar ein paar Ersparnisse, aber die reichen nicht lange."

„Hier." Louie holt seine Brieftasche aus der Gesäßtasche und zieht eine schwarze Karte heraus.

Ich schaue von der Karte in seiner ausgestreckten Hand zu seinem Gesicht hoch. „Was ist das?"

„Das ist eine Kreditkarte. Was auch immer du brauchst, bezahle es damit", sagt er.

„Nein, die nehme ich nicht an." Ich schüttle den Kopf.

„Doch, das tust du", beharrt er.

„Nein." Ich verschränke die Arme vor der Brust. „Ich bin kein Sozialfall."

„Nein, du bist meine Freundin, und ich werde meine *Freundin* nicht für einen anderen Kerl arbeiten lassen", sagt er und betont dabei besonders das Wort „Freundin".

„Nun, ich bin auch keine Hure. Du bezahlst nicht für mich", sage ich ihm.

„Was zum Teufel? Wie sind wir von ‚Du bist meine Freundin' zu ‚Du denkst, du seist meine Hure' gekommen?" Louie schüttelt den Kopf.

„Du versuchst, mich zu bezahlen. Das bedeutet, dass du mich dafür bezahlst, deine Freundin zu sein. Das ist die Definition einer Hure."

„Nein, eine Hure ist jemand, den man für Sex bezahlt. Ich will viel mehr als nur Sex von dir, Charlotte. Ich will alles."

Er will alles? Das ist ein Problem, wenn man bedenkt, dass ich nicht sicher bin, ob ich noch etwas zu geben habe. „Was, wenn ich dir nichts zu geben habe?", frage ich laut.

Louie lächelt mich an. „Charlotte, du hast mir schon mehr gegeben, als du dir vorstellen kannst." Seine Lippen pressen sich auf meine. Sanft, zärtlich.

Verdammt sei er und diese Lippen. Dieser Mann

ist wie eine Droge. Wenn er mich berührt, fällt es mir schwer, klar zu denken. Ich weiß, dass ich später noch mehr Fragen haben werde.

„Lass uns ins Bett gehen. Es ist schon spät", flüstert Louie an meinem Mund.

„Okay", seufze ich. Ich kann mich nicht dazu bringen, ihn zu verlassen, obwohl mein Verstand mir sagt, dass ich es tun sollte.

Kapitel Dreiundzwanzig

Ich bin wieder dort. In dieser Gasse. Zusammengekauert zwischen zwei Müllcontainern. Es ist kalt, dunkel und mein Magen knurrt. Ich weiß nicht, wie lange ich schon warte. Sie wird bald zurückkommen. Sie hat gesagt, sie würde *bald zurückkommen. Dann höre ich ein Geräusch – nein, es ist kein Geräusch. Es ist ein Wimmern.*

Ich schaue neben mich. Ich bin nicht allein. „Louie, du hast gesagt, mir würde nichts passieren."

„Charlotte, was machst du hier?", flüstere ich. „Du solltest nicht hier sein."

„Ich bin hier, weil du hier bist. Ich habe Hunger, Louie. Wann können wir gehen?", fragt sie mich.

„Was?" Ich schaue mich um. Wir sind nicht mehr in der Gasse. Und ich bin kein Kind, das auf seine Mutter wartet. Wir sind in einem Casino und ducken uns hinter einem Spielautomaten. „Was ist los?", frage ich niemanden Bestimmten.

„Ich habe Angst, Louie", sagt Charlotte. „Ich habe Hunger, mir ist kalt und ich habe Angst."

Ich schrecke hoch. Ich bin schweißüberströmt. Das übliche Hungergefühl überkommt mich. Charlotte liegt neben mir. Sie schläft. Sie muss auch Hunger haben. Oder? Sie war da, in meinem Traum. Das ist noch nie zuvor passiert. Niemand ist jemals in meinen Albtraum eingedrungen.

Was zum Teufel bedeutet es, dass Charlotte da war?

Ich steige aus dem Bett und überlege, sie zu wecken. Sie muss doch Hunger haben. Ich sollte sie wecken und ihr etwas zu essen geben. Der gesunde Menschenverstand sagt mir, dass es nur ein Traum war und nicht real. Dass es ihr gut geht. Dass sie in Sicherheit ist. Dass sie weder Hunger noch Angst hat oder friert.

Ich gehe in die Küche, öffne den Kühlschrank und hole eine der Tupperdosen heraus. Ich ziehe den Deckel ab und stelle die Schale in die Mikrowelle. Mein Magen knurrt und meine Fäuste ballen sich an meinen Seiten. Ich kann es nicht ertragen, hungrig zu sein. Ich sollte mich mittlerweile daran gewöhnt haben. Es ist nicht ungewöhnlich, dass ich aus einem dieser Träume hungrig aufwache.

Die Mikrowelle piept. Ich nehme die Schale und stelle sie auf die Arbeitsplatte. Dann setze ich mich auf einen der Hocker und schaufle das Essen in mich rein. Ich esse schnell. Das mache ich immer, wenn mich niemand beobachtet. Wenn niemand da ist, der mich verurteilt. Niemand weiß, dass ich von allen Situationen, die ich in meinem Leben erlebt habe, noch nie so viel Angst hatte wie in dieser Gasse, als ich auf eine Mutter wartete, die nie zurückkommen würde.

Schritte ertönen hinter mir. „Louie, es ist vier Uhr morgens“, sagt Charlotte mit verschlafener Stimme.

Ich höre auf zu essen – obwohl mich das jedes Fünkchen Überwindung kostet – und drehe mich zu ihr um. „Tut mir leid. Ich wollte dich nicht wecken.“

„Hast du nicht. Ich habe mich umgedreht und das Bett war leer. Das hat mich geweckt“, sagt sie und setzt sich neben mich.

„Du hast Hunger. Ich hole dir was zu essen.“ Ich will aufstehen, aber Charlotte hält mich am Arm fest. Ihre Hand ist eiskalt.

„Ich habe keinen Hunger“, sagt sie.

„Dir ist kalt, verdammt. Scheiße.“ Ich springe vom Hocker auf, renne ins Wohnzimmer und ziehe die Decke vom Sofa. Ich bringe sie zurück und lege sie Charlotte um die Schultern. „Es tut mir so leid“, sage ich zu ihr. „Ich hole dir etwas zu essen.“

„Louie, hör auf. Mir geht es gut. Wirklich, mir ist nicht kalt und ich habe auch keinen Hunger“, sagt sie.

Ich ignoriere ihre Proteste, stelle eine weitere Dose in die Mikrowelle und drehe ihr den Rücken zu, während ich darauf warte, dass der Timer klingelt. Ich versuche, mein Bedürfnis zu unterdrücken, sie in meine Arme zu schließen und festzuhalten. Ich möchte mich dafür entschuldigen, dass ich sie enttäuscht habe, dass ich sie hungern und frieren ließ. Das hätte nie passieren dürfen.

Was zum Teufel mache ich hier eigentlich?

Als die Mikrowelle piept, schrecke ich aus meinen Gedanken. Ich nehme das Essen heraus, stelle es vor Charlotte und reiche ihr eine Gabel. „Iss. Du solltest niemals Hunger leiden müssen", sage ich zu ihr. „Ich werde nicht zulassen, dass du hungerst." Dann setze ich mich wieder hin und nehme meine eigene Gabel in die Hand. Diesmal achte ich darauf, nicht zu schnell zu essen.

„Louie, was ist los?", fragt Charlotte mich.

„Ich hätte dich nicht frieren und hungern lassen dürfen. Das wird nicht wieder vorkommen", wiederhole ich.

„Ich weiß nicht, was passiert ist, aber mir geht es wirklich gut", sagt sie. „Da ist noch etwas anderes im Spiel. Rede mit mir."

Ich schaue sie an. Ich kann dieser Frau nicht sagen, wie durcheinander ich wirklich bin. Ich versuche, sie hier zu halten, und will sie nicht verscheuchen.

„Louie, du weißt doch, dass es zu einer Beziehung auch gehört, jemanden zu haben, mit dem man reden kann, jemanden, der zuhört, ohne zu urteilen", fährt Charlotte fort.

„Ich hatte noch nie eine Freundin", gebe ich zu.

„Wirklich noch nie?", fragt sie.

„Ich wollte nie, dass mir jemand zu nahekommt und sieht, wie verkorkst ich wirklich bin", erkläre ich.

„Nun, ich bin hier und ich bin dir ziemlich nah, also wie wäre es, wenn du mir erzählst, wie verkorkst du wirklich bist?"

„Ich kann nicht. Ich will nicht, dass du wegläufst."

„Mittlerweile bin ich mir ziemlich sicher, dass du irgendeine Art von Gangster oder Unterweltkrimineller bist, und ich bin immer noch hier. Wenn mich das nicht zum Weglaufen gebracht hat, was könnte es dann noch tun?", fragt sie.

Meine Lippen verziehen sich zu einem verhaltenen Lächeln. Wenn sie nur wüsste, dass ich nicht nur Teil der Unterwelt bin. Ich *bin* die Unterwelt. „Ich ... Meine Mutter war eine Prostituierte, Charlotte. Als ich Kind war, ließ sie mich in Gassen zurück, während sie zur Arbeit ging. Sie kam immer zurück, um mich zu holen. Bis sie es eines Tages nicht mehr tat. Ich wartete zwei Tage lang, bevor die Polizei mich fand."

Charlotte bleibt still. Sie sieht mich weder mit Abscheu noch mit Mitleid an. „Wie alt warst du?"

„Acht", erzähle ich. „Ich habe immer wieder diesen Albtraum, in dieser Gasse zu sein. Danach wache ich stets hungrig auf."

„Okay", sagt sie.

„Okay?"

„Siehst du? Reden? Es ist okay zu reden. Ich bin immer noch da." Charlotte lächelt mich an, und ich schwöre, dass ich spüre, wie ein Teil meiner Anspannung nachlässt und von mir abfällt.

„Diesmal war ich in dem Traum nicht allein ..."

„Wer war bei dir?"

„Du."

„Ich?", fragt sie.

„Du hattest Angst, dir war kalt und du hattest Hunger. Ich konnte dich nicht beschützen. Ich konnte nicht für dich sorgen." Ich schüttle den Kopf und ärgere mich wieder einmal über mich selbst.

„Das war nicht echt", sagt Charlotte zu mir.

„Was, wenn es doch echt war? Was, wenn es eines Tages echt wird? Was, wenn es ein Fehler ist, dich hier zu behalten?"

„Hast du das Gefühl, dass das ein Fehler ist?" Charlotte steigt von ihrem Hocker herunter. Sie dreht meinen Hocker herum und stellt sich zwischen meine Beine. Ihre Hände landen auf meiner nackten Brust. „Fühlt sich das für dich wie ein Fehler an, Louie?“, wiederholt sie, bevor ihre Lippen sich auf die Mitte meiner Brust pressen.

„Nein“, sage ich ihr. „Du bist kein Fehler.“

„Louie?“

„Ja?“

„Bring mich zurück ins Bett“, sagt Charlotte.

Ohne ein weiteres Wort stehe ich auf, hebe sie hoch und trage sie den Flur entlang zurück ins Schlafzimmer. Mein Körper folgt ihrem auf die Matratze. „Zurück ins Bett zu gehen ist eine großartige Idee.“

Meine Lippen pressen sich auf ihre, mein Körper leidet jetzt unter einer anderen Art von Hunger. Ich bin hungrig nach ihr, nach mehr von ihr, immer mehr. Ich bewege meinen Mund über Charlottes Kinn und entlang ihres Halses.

„Du bist dazu geschaffen, um geschätzt zu werden, Schatz, aber dein Körper ... er ist dazu geschaffen, um gefickt zu werden“, murmle ich. Meine Hand gleitet zwischen uns und streicht über ihre Innenschenkel. „Verdammt, du bist feucht. Ich kann deine Feuchtigkeit bis hinunter zu deinem Bein spüren. Ist das wegen mir? Bist du meinetwegen feucht?“

Charlottes Hüften wölben sich nach oben, ihr Unterleib sucht die Reibung, nach der sie sich verzweifelt sehnt. „Ich brauche dich", stöhnt sie.

„Brauchen, hm? Was brauchst du denn von mir?", frage ich sie.

„Ich will, dass du mich berührst", sagt sie und hält den Atem an, als ich genau das tue. Meine Finger gleiten unter das Stück Spitze, das ihren Schoß bedeckt. Ich umkreise ihre harte kleine Knospe. Ihr Körper hebt sich fast vom Bett, ihre Feuchtigkeit bedeckt meine Finger.

„Ich liebe es, wie empfänglich du bist", murmle ich. „Dein Körper gehört mir. Das alles gehört mir." Ich beiße Charlotte in die Schulter. Dann ziehe ich meine Hand zurück und setze mich auf. Charlotte stöhnt. „Ich will das ausziehen." Ich ziehe ihr *mein* Shirt über den Kopf und starre auf ihre perfekten C-Cup-Brüste. „Die gehören mir." Ich umfasse erst die eine, dann die andere, während Charlottes Hände über meine Brust und meine Bauchmuskeln gleiten.

„Gehörst du mir denn dann auch?", fragt sie mich.

„Alles von mir", antworte ich, während ich mich vorbeuge und ihren Körper wieder mit meinem bedecke.

Charlottes Zunge schießt hervor und leckt über

mein Schlüsselbein. „Gut, weil ich dich bereits angeleckt habe. Zur Sicherheit."

Ich ziehe eine Augenbraue hoch. „Wenn ich es ablecke, gehört es mir? Herausforderung angenommen." Ich nehme ihre Handgelenke und lege ihre Arme über ihren Kopf. „Ich werde dich von Kopf bis Fuß ablecken. Lass deine Hände dort. Beweg sie nicht, sonst fessle ich dich", warne ich sie, und das Stöhnen, das aus ihrem Mund kommt, sagt mir, dass ihr die Idee besser gefällt, als ich gedacht hätte. „Willst du gefesselt werden, Schatz?"

Charlotte lächelt, schüttelt aber den Kopf. „Ich bin brav. Ich lasse sie hier."

„Fein. Beweg dich nicht. Dein Körper ist ein Kunstwerk, das ich in aller Ruhe erkunden werde." Meine Zunge gleitet von ihrer Schulter hinunter zu ihrer rechten Brust, bevor sie ihre Brustwarze umschließt. Ich lasse die harte Knospe mit einem Plop los, bevor ich zu ihr aufschaue. Sie hat sich nicht bewegt. „Danke."

„Wofür bedankst du dich?", fragt Charlotte.

„Dass du nicht weggelaufen bist", sage ich, bevor ich das Gleiche mit ihrer anderen Brustwarze mache.

„Argh, Gott." Sie zuckt und legt die Hände auf meinen Kopf.

Ich grinse um ihre Brustwarze herum, bevor ich sie loslasse. Verdammt, diese Stöhngeräusche machen etwas mit mir. Sie machen mich wild. Ich möchte sie aufnehmen, damit ich sie mir immer wieder anhören kann. Oder noch besser, vielleicht muss ich sie einfach nur Tag und Nacht zum Höhepunkt bringen.

Ich setze mich auf die Knie und lege ihre Hände wieder über ihren Kopf. „Lass sie dort."

„Entschuldigung", kichert Charlotte. „Mach bitte weiter."

„Weißt du, niemand sonst traut sich, mir Befehle zu erteilen", sage ich zu ihr.

„Nun, ich bin nicht irgendjemand", sagt Charlotte.

„Nein, bist du nicht." Ich setze meine langsame Erkundung ihres Körpers fort. Ich lecke über ihren Bauch und kreise mit meiner Zunge um ihren Bauchnabel, was sie zum Winden und Lachen bringt.

Als ich ihre Muschi erreiche, ziehe ich ihr das Höschen über die Beine, spreize ihre Knie weit und lecke sie von unten nach oben. „Ich habe sie geleckt, also gehört sie mir", sage ich zu Charlotte, bevor ich mich wieder auf sie stürze.

Kapitel Vierundzwanzig

Im Foyer des Royal Flush schlinge ich meine Arme um Evies Hals. „Ich kann nicht glauben, dass du hier bist", stoße ich hervor, während mir die Tränen kommen.

Sie lässt ihre Tasche auf den Boden fallen und zieht mich näher zu sich heran. „Es tut mir so leid", sagt sie. „Du hättest das alles niemals alleine durchstehen dürfen."

„Hör auf! Wag es ja nicht, mich zum Weinen zu bringen!", warne ich sie, als ich endlich meinen Griff lockere, um meine Freundin von oben bis unten zu mustern.

Sie trägt ein Jeanskleid. Es ist figurbetont, ihre Brüste quellen aus dem Ausschnitt hervor, und dazu trägt sie weiße Converse-High-Tops. Klingt lässig, aber Evie lässt selbst das lässigste Outfit elegant aussehen. Sie ist etwas größer als ich und auch schlanker. Meine Freundin ist eine Schönheitskönigin, eine *echte* Schönheitskönigin. Sie hat einen Schönheitswettbewerb nach dem anderen gewonnen. Ihre Mutter hat sie gezwungen, an Wettbewerben teilzunehmen, bis Evie zwanzig wurde und sich entschied, damit aufzuhören. Ihr langes, strohblondes Haar fällt in Locken bis zur Taille und ihr Gesicht ist wie immer perfekt geschminkt.

Evie hat die Welt der Schönheitswettbewerbe vielleicht hinter sich gelassen, aber einige Gewohnheiten sind ihr geblieben. Zum Beispiel weigert sie sich, auszugehen, ohne perfekt gestylt zu sein. Sie ist gerade quer durch das Land geflogen, ohne dass man es ihr ansieht. Ich schaue auf meine abgeschnittenen Jeansshorts und das schwarze T-Shirt, das ich mir aus Louies Kleiderschrank ausgeliehen habe. Im Vergleich dazu sehe ich beschissen aus.

„Du siehst wie immer umwerfend aus", sage ich zu Evie.

„Und du siehst aus, als hättest du gerade Sex gehabt." Sie zieht die Augenbrauen hoch. „Oh mein Gott!" Sie hält sich die Hand vor den Mund und quietscht. „Du hattest gerade Sex."

„Pssst!", sage ich und halte ihr den Mund zu. „Es muss doch nicht ganz Nevada hören, was für ein mieser Mensch ich bin", sage ich ihr.

Ich nehme meine Hand weg und Evie schüttelt den Kopf. „Warum um alles in der Welt sollte Sex dich zu einem miesen Menschen machen?"

„Weil ich eigentlich heiraten sollte, weißt du noch? Ich habe meinen Verlobten am Altar stehen lassen." Ich zeige auf mich selbst. „Und jetzt bin ich hier und lebe mit einem Typen zusammen, den ich gerade erst kennengelernt habe."

„Ja, ich habe den Mann gesehen, mit dem du zusammenlebst, und er ist nicht einfach nur *irgendein Typ*." Evie grinst. „Er ist ein wahnsinnig heißer, großer, dunkler, sexy und gefährlicher Typ." Sie wackelt anzüglich mit den Augenbrauen. „Außerdem war es zwischen dir und Owen schon lange vorbei, bevor du die Hochzeit sausen lassen hast. Und das wissen wir beide."

Sie hat nicht Unrecht. Ich glaube, ich habe diese Erkenntnis schon monatelang, wenn nicht sogar ein ganzes Jahr vor der Hochzeit, verdrängt. „Das ist egal. Vor nicht einmal einer Woche war ich noch verlobt."

„Pfft ... das interessiert niemanden", sagt Evie. „Wollen wir jetzt den ganzen Tag hier stehen und darüber diskutieren, ob du Sex haben solltest oder nicht, oder sollen wir meine Tasche irgendwo verstauen und uns dann eine Bar suchen?"

„Komm." Ich hebe Evies Koffer vom Boden auf. Kaum habe ich das getan, kommt ein Mann im Anzug auf mich zu und nimmt ihn mir ab.

„Miss, Mr. Giuliani hat mich geschickt, um Ihnen mit Ihrem Gepäck zu helfen", sagt er.

„Es ist nur eine Tasche", sage ich ihm. „Wir kommen schon klar."

„Trotzdem, Ma'am, ich helfe Ihnen gerne." Der Mann nickt. Er dreht sich um und geht zum Aufzug.

„Was für ein Service", sagt Evie und hakt sich bei mir unter. „Es hat wohl Vorteile, mit dem Besitzer eines Casinos zu schlafen."

„Pssst." Ich stoße sie mit dem Ellbogen in die

Seite. „Die Orgasmen sind Belohnung genug, glaub mir", flüstere ich ihr zu.

Nachdem der Hotelpage gegangen ist – nachdem er mein Trinkgeld abgelehnt hat, wohlgemerkt – zeige ich Evie die Umgebung, bevor ich sie zu der Suite begleite, in der sie übernachten wird.

„Es ist schön, wirklich schön", sagt sie. „Okay, aber das hier ..." Sie fährt mit ihrer Hand an meinem Körper auf und ab. „... reicht nicht aus." Sie lächelt.

„Nein." Ich schüttle den Kopf. Ich weiß genau, was sie denkt. Sie will mich umstylen. Das ist eine ihrer Lieblingsbeschäftigungen. So sehr sie die Welt der Schönheitswettbewerbe auch hasste, Evie liebte den Glamour, der damit verbunden war.

„Doch", sagt sie mit einem breiten Lächeln, während ich bei dem Geräusch der sich öffnenden Tür die Augen aufreiße. Es gibt buchstäblich nur eine Person, die gerade hereinkommen könnte. Louie.

„Warte hier", sage ich zu Evie, während ich zum Eingang eile. Nur um dann abrupt stehenzubleiben. *Okay, vielleicht gibt es doch mehr als eine Person, die sich selbst in diesen Raum begeben kann.* „Sollst du mich schon wieder babysitten?"

„So ähnlich. Der Boss hat für dich und deine

Freundin einen Tisch im Olives reserviert", sagt Sammie zu mir.

„Olives?"

„Das ist eine Bar im Erdgeschoss", sagt er.

„Oh, cool. Sag dem Boss, dass ich *mich bedanke*." Ich will mich gerade wieder dem Schlafzimmer zuwenden, als Evie herauskommt.

„Hey, ich bin Evie, und du bist?" Sie streckt Sammie die Hand entgegen.

„Sammie." Er nimmt ihre Hand mit einem Augenzwinkern. „Freut mich, dich kennenzulernen."

Ich schaue zwischen den beiden hin und her und frage dann: „Wo *ist* Louie?"

„Äh, er hat ein Meeting", sagt Sammie.

„Okay, wir werden noch eine Weile hier oben sein. Du weißt schon, Mädchenkrams. Warum gehst du nicht und machst das, was du gemacht hast, bevor du gezwungen wurdest, auf mich aufzupassen?", schlage ich vor.

„Du hast einen Babysitter?", fragt Evie.

Ich verdrehe die Augen. „Louie scheint zu denken, dass die Stadt nicht sicher ist und ich nicht alleine herumlaufen sollte", erkläre ich. „Tu einfach so, als wäre er nicht hier. Du wirst dich daran gewöhnen. Jetzt lass uns mit der Verwandlung anfangen."

Ich hoffe, dass mein Opfer, ihre persönliche Barbie-puppe zu sein, Evie davon abhält, nach Louie oder seinem beharrlichen Bedürfnis, mir einen Body-guard zu geben, zu fragen.

„Ja, lass uns loslegen." Evie zieht mich zurück ins Schlafzimmer. Sie schüttet den Inhalt ihrer Tasche aus und der Inhalt kullert über das gesamte Bett. Ich starre auf all die Schminksachen, Pinsel und Klamot-ten. „Ich habe alles, was wir brauchen, dabei. Aber wir sollten Rachel per Videoanruf dazuholen. Sie sollte das nicht verpassen."

„Du hast recht." Ich lächle. „Danke nochmal, dass du hier bist. Ich wusste gar nicht, wie sehr ich dich brauche."

„Ich weiß. Ich werde oft unterschätzt. Aber mach dir keine Sorgen. Ich bin für dich da." Evie grinst, dann verschwindet ihr Lächeln. „Im Ernst, wie kommst du wirklich mit all dem klar? Hast du mit Melanie gesprochen?"

„Nein, wie könnte ich?"

„Ich weiß nicht, aber sie ist deine Schwester. Das ändert sich nicht", sagt Evie.

„Sie hat mit meinem Verlobten geschlafen. Auch wenn ich die Verlobung hätte auflösen wollen, wusste Melanie das nicht und ist trotzdem mit Owen in die Kiste gestiegen. Wie lange treiben die beiden es schon hinter meinem Rücken?", frage ich.

„Keine Ahnung. Ich wusste es *nicht*. Sonst hätte ich es dir gesagt, nachdem ich die beiden umgebracht und ihre Leichen verbrannt habe", sagt Evie mit einem Lächeln. „Ohne Leichen gibt es keinen Mord, richtig?"

„Stimmt. Ich habe nur ... Sie war meine beste Freundin. Abgesehen von dir und Rachel natürlich. Ich habe wirklich geglaubt, dass nichts je zwischen uns stehen könnte."

„Ich weiß." Evie setzt sich auf das Bett. „Ich weiß nicht, was ich sagen soll, aber ich glaube, du wirst einen Weg finden, irgendwie darüber hinwegzukommen. Ich sage nicht, dass du ihr vergeben solltest. Das hätte sie auch nicht verdient. Aber ich glaube, dass du irgendwann, um deinetwillen, mit ihr reden solltest."

„Vielleicht." Ich zucke mit den Schultern, nehme mein Handy und drücke auf die Videotelefonie-Taste neben Rachels Namen.

„Hey! Ich kann nicht glauben, dass ihr beide ohne mich in Vegas seid", antwortet sie. „Aber geht es dir gut? Es tut mir wirklich leid. Ich weiß, dass wir ihn im Moment nicht mögen, aber er war ein wichtiger Teil deiner Vergangenheit."

Ich schaue zu Evie, um zu sehen, ob sie weiß, wovon Rachel spricht. Sie schüttelt den Kopf und zuckt mit den Schultern. Ich konzentriere mich wieder auf mein Handy. „Wovon redest du?", frage ich Rachel und positioniere die Kamera so, dass sowohl Evie als auch ich auf dem Bildschirm zu sehen sind.

„Äh, von Owen. Hast du es nicht gehört?"

„Was gehört?", mischt sich Evie ein.

„Owen ist tot", sagt Rachel in ihrem geübten Arzt-Tonfall. „Er wurde in einem Hotelzimmer in Vegas gefunden. Er hat sich eine Überdosis gespritzt."

Ich blinzele. Er ist tot. Ich blinzele erneut. Nein. Louie hätte das nicht getan. Aber dann gehen mir seine Worte von gestern Abend durch den Kopf: *Ich werde niemals zulassen, dass dir jemand wehtut, Charlotte.* Verdammt, Louie hat ihn umgebracht.

„Charlotte, geht es dir gut?", Rachels Stimme holt mich zurück in die Gegenwart. „Entschuldige. Natürlich geht es dir nicht gut. Das war eine dumme Frage."

„Doch, doch. Evie wird mich gleich umstylen. Willst du zuschauen?", frage ich sie.

„Klar", sagt Rachel.

Ich lege das Telefon auf den Nachttisch und

wende mich an Evie. „Mach mich so heiß wie möglich.“

Ich will gut aussehen. Wenn ich gut aussehe, fühle ich mich vielleicht auch besser – oder zumindest besser in Bezug auf die Tatsache, dass ich mit dem Typen schlafe, der meinen Ex umgebracht hat. Und noch schlimmer ist die Tatsache, dass ich Louie weiterhin sehen will, obwohl ich die Wahrheit kenne. Oder zumindest das, was ich für die Wahrheit halte ...

Kapitel Fünfundzwanzig

Ich habe Charlotte gemieden, nicht weil ich sie nicht sehen will. Sondern weil ich sie so verdammt gerne sehen möchte. Ich habe ihr gestern Abend – oder besser gesagt heute früh – mein Herz ausgeschüttet. Ich habe ihr Dinge erzählt, die ich noch nie jemandem erzählt habe, und die

Tatsache, dass mir das so leichtgefallen ist, macht mir große Angst.

Was soll ich dieser Frau noch alles erzählen? Soll ich zugeben, dass ich genau das Monster bin, für das sie mich hält? Ihr erzählen, wie ich gegen das Gesetz verstoße? Ihr Munition gegen mich geben? So dumm kann ich doch nicht sein.

Ich muss mir klar machen, dass ich ihr, so sehr ich sie auch behalten will, so sehr sie auch mir gehört, nicht meine ganzen Geheimnisse anvertrauen kann. Ich kann niemandem voll vertrauen, es sei denn, er steckt genauso tief drin wie ich. Deshalb arbeiten Carlo, Sammie und ich so gut zusammen.

Zwischen uns herrscht Vertrauen. Aber kein blindes. Ich würde es ihnen zutrauen, mir in den Rücken zu fallen. Das kann jeder. Ich glaube nicht, dass sie es tun würden, aber ich bin mir dieser Möglichkeit bewusst. Ich beobachte jeden in meinem Leben. Immer auf der Suche nach einem Verräter, jemandem, der mir das wegnehmen will, was ich aufgebaut habe.

Eine SMS klingelt und ich nehme mein Handy in die Hand. Mit dem Daumen wische ich über den Bildschirm, um die Nachricht zu öffnen.

SAMMIE:

Boss, deine Freundin kommt runter.
Vielleicht willst du mal nachsehen.

Nachsehen? Was zum Teufel meint er damit?

Ich habe dafür gesorgt, dass Charlotte einen Tisch mit Rundum-Service in einer unserer ruhigeren Bars bekommt, damit sie Zeit mit ihrer Freundin verbringen kann. Ein weiterer Grund, warum ich ihr aus dem Weg gegangen bin, ist, dass ich sie nicht einengen will. Nein warte, das stimmt so nicht. Ich will es doch. Ich will nur nicht, dass sie denkt, ich würde sie einengen.

Ich nehme die Fernbedienung zu meiner Linken und schalte durch die Überwachungskameras, bis ich sie sehe. Und verdammt, ich sehe sie. Sehr deutlich. „Was zum Teufel hat sie denn da an?"

Ich stehe auf und gehe zur Tür, bevor mir klar wird, was ich da tue. Ich habe mich den ganzen Tag allein in meinem Büro verkrochen und die Arbeit erledigt, die sich seit meiner Begegnung mit Charlotte angesammelt hat. Ohne anzuhalten, marschiere ich durch den Casino-Bereich. Bis ich sie sehe. Wieder. Diesmal persönlich. Ich warte, bis sie aufschaut, bevor ich direkt auf sie zugehe.

Ihre Augen weiten sich, und als ich sie erreiche, habe ich meine Jacke ausgezogen. „Schatz, du siehst aus, als wäre dir kalt", sage ich zu ihr, lege ihr den Stoff um die Schultern und küsse sie auf die Stirn. Dann schaue ich zu meinem Freund. Er amüsiert sich gerade viel zu sehr auf meine Kosten. „Carlo sucht dich", sage ich. Das stimmt nicht. Aber das muss Sammie nicht wissen.

„Klar. Bin schon unterwegs, Boss." Sammie schüttelt den Kopf und geht weg.

„Äh, nein, danke, die brauche ich nicht." Charlotte zieht die Jacke von ihren Schultern und lächelt mich an. „Louie, das ist Evie. Evie, Louie."

Ich nicke dem Mädchen höflich zu und strecke ihr die Hand entgegen. „Hi, danke, dass du gekommen bist, um Charlotte zu besuchen."

Evie ergreift meine Hand. „Ähm, nun, ich kenne Charlotte praktisch schon mein ganzes Leben lang. Ich glaube, ich sollte eher dir dafür danken, dass du dich um sie kümmerst."

„Das ist keine Mühe", sage ich und wende mich wieder Charlotte zu. Ich sehe sie mir genau an. Sie trägt ein weißes Kleid – oder ist es ein Hemd? Denn ich bin mir ziemlich sicher, dass Kleider länger sein sollten als das, was sie da anhat. Glitzernde Pailletten bedecken die obere Hälfte des Stoffes, der sich so an ihre Brüste schmiegt, wie es meine Hände gerne tun würden. „Du siehst wunderschön aus. Ist dir aber auch nicht kalt? Das Hemd hat nicht besonders viel Stoff."

„Es ist ein Kleid. Und ich bin mir sicher. Kommst du mit uns in die Bar?", fragt sie mich.

„Ich hatte das eigentlich nicht vor, aber wenn du so ausgehst, muss ich mitkommen, um all die Idioten abzuwehren, die dich anbaggern werden."

„Niemand baggert mich an", lacht Charlotte.

„Mich können sie ruhig anbaggern, vor allem der da." Evie nickt nach links, und mein Blick fällt auf den verdammten Emmanuel.

„*Dem* solltest du lieber nicht zu nahekommen", antworte ich und lege besitzergreifend einen Arm um Charlottes Taille.

Natürlich glaube ich nicht, dass Emmanuel meiner Freundin etwas antun würde. Nur würde ich auch nicht meine Hand dafür ins Feuer legen. Wenn ich ihm jemals einen Grund gebe, mir zu schaden, weiß ich, dass er nicht mich als Erstes angreifen wird. Sondern sie. So funktioniert sein Kartell schon seit jeher. Er ist schließlich der Sohn seines Vaters. Ich wäre ziemlich dumm, etwas anderes zu denken, nur weil wir eine gemeinsame Vergangenheit haben.

„Alles okay?" Charlotte schaut mich wieder an, Besorgnis steht ihr ins Gesicht geschrieben.

Ich beuge mich vor und drücke meine Hand an

ihre Schläfe. „Mir geht es gut", versichere ich ihr. „Komm, lass uns etwas trinken gehen."

„Okay", sagt sie.

„Louie, stellst du mich deinen Freunden vor?" Emmanuel kommt auf uns zu, als wir zur Bar gehen.

„Emmanuel, das ist Charlotte, meine Freundin. Und das ist Evie", stelle ich sie ihm vor.

„Nun, Charlotte, es ist mir eine Freude, die Frau kennenzulernen, die das Herz dieses alten Bastards erobert hat", sagt Emmanuel. Dann wendet er seine Aufmerksamkeit Evie zu.

Mist. Ich kenne diesen Blick. Ich habe ihn schon einmal bei meinem Freund gesehen. Als wir sechzehn waren und er sich in ein Mädchen namens Laura verliebt hatte. Ein Mädchen, das aussah, als könnte es Evies Schwester sein. Seine Besessenheit hielt ein ganzes Jahr lang an, bis das Mädchen eines Tages verschwand. Niemand hat sie jemals wieder gesehen.

„Charlotte, bring Evie zur Bar. Ich komme nach", sage ich und lasse sie los.

„Klar. Es war schön, dich kennenzulernen", sagt sie zu Emmanuel.

„Gleichfalls." Er nickt Charlotte höflich zu.

Ich warte, bis die Mädchen außer Hörweite sind,

bevor ich Emmanuel einen finsteren Blick zuwerfe. „Tu das nicht."

„Was?", fragt er mit einem Anflug von Belustigung in der Stimme.

„Ich kenne diesen Blick. Ich habe ihn schon einmal gesehen. Evie ist nicht sie", erinnere ich ihn.

„Ist nicht wer?"

„Laura", sage ich ihren Namen und warte auf die Reaktion. Die bleibt aus. Als sie damals verschwand, reagierte Emmanuel jedes Mal gereizt, wenn jemand ihren Namen erwähnte. Anscheinend hat er im Laufe der Jahre etwas Selbstbeherrschung entwickelt.

Sein Kiefer zuckt. „Ich weiß nicht, von wem du sprichst", sagt er und sieht mir direkt in die Augen.

„Klar, und ich bin der Weihnachtsmann. Leg dich nicht mit der Freundin meiner Freundin an, Emmanuel", warne ich ihn.

„Ich habe nicht vor, mich mit ihr anzulegen. Aber *sie flachzulegen* ... das ist nicht ausgeschlossen." Er grinst und dreht sich um, um zu den Mädchen zu gehen.

Ich hole mein Handy heraus und schreibe den Jungs eine SMS. Ich habe keine Lust, mich mit den Folgen von Emmanuels verdorbenem Verstand auseinanderzusetzen.

ICH:

Kommt und haltet E. zurück. Er hat
es auf Charlottes Freundin
abgesehen.

SAMMIE:

Das habe ich kommen sehen. Sie
ist ihr wie aus dem Gesicht
geschnitten.

CARLO:

Das muss ich sehen. Nichts bringt
diesen Mistkerl aus der Fassung.

ICH:

Das ist Charlottes Freundin. Sie
darf sich nicht auf E. einlassen.
Kommt sofort her.

SAMMIE:

Bin schon unterwegs. Obwohl du
mich gerade weggeschickt hast.

Ich stecke mein Handy ein und gehe zu dem
Tisch, den ich die ganze Zeit im Auge behalten habe.
Emmanuel sitzt neben Evie und Charlotte, deren
Blicke auf mich gerichtet sind. Ich setze mich und
ziehe ihren Stuhl heran, bis er an meinem anstößt.
Besitzergreifend lege ich einen Arm um ihre Schul-
tern. „Wie war dein Tag?", frage ich Charlotte.

„Ich war Evies persönliche Barbiepuppe, also *die
Hölle*", flüstert sie.

„Ich habe gehört, dass du jede Minute meiner Misshandlung genossen hast", sagt Evie und zeigt anklagend mit einem Finger auf ihre Freundin.

„Klar habe ich das", lacht Charlotte.

„Also, Louie, erzähl mal. Wie hast du das gemacht?", fragt Evie mich.

„Was gemacht?"

„Wie hast du Charlottes Ex umgebracht und es wie eine Überdosis aussehen lassen?", präzisiert sie und mustert mich eingehend. Meinen Gesichtsausdruck.

Ich blinzele. Das hat mich kalt erwischt. Dann schaue ich zu Charlotte, die mich ebenfalls anstarrt und auf meine Antwort wartet.

„Er hat es nicht getan", sagt Emmanuel. „Ich war es."

„Machst du das öfter? Läufst durch die Gegend und bringst die Exfreunde der Freundinnen deiner Kumpels um?", fragt Evie ihn mit hochgezogenen Augenbrauen.

„Nur die, die den Freundinnen meiner Kumpels blaue Flecken verpassen", antwortet Emmanuel ohne zu zögern.

„Bist du etwa so was wie ein Auftragskiller?", fragt Evie und legt den Kopf schief.

Ich kann diese Frau nicht einschätzen. *Meint sie das ernst? Oder hält sie das alles für einen Witz?*

„Nein, aber hast du schon mal vom De La Sangre-Kartell gehört?", fragt Emmanuel.

„Verdammt noch mal", stöhne ich.

Evie ignoriert mich. „Nein, sollte ich das?"

„Wahrscheinlich ist es besser so. Ich leite die Organisation", brüstet sich Emmanuel, als ginge es darum, sie zu beeindrucken.

„Emmanuel, echt jetzt?", grunze ich.

„Du bist also ein großer, furchterregender Drogenbaron, ja?", hakt Evie weiter nach. „Das kann ich kaum glauben. Du siehst nicht besonders furchterregend aus."

„Er redet nur Mist. Deshalb. Wir haben Owen nicht umgebracht", sage ich, genervt davon, dass ich Charlotte anlüge, ohne eine andere Wahl zu haben. „Was ist passiert?"

„Rachel sagte, er wurde in einem Hotelzimmer gefunden. Eine Überdosis. Aber es ist seltsam ... Ich meine, ich weiß, dass er ein Arschloch war, aber er hat keine Drogen genommen. Er war kein Süchtiger", sagt Charlotte.

„Wir hätten auch nicht gedacht, dass er *Schwestern vögelt*, aber auch darin haben wir uns in ihm getäuscht." Evie zuckt mit den Schultern. „Ich sage:

Gut, dass wir ihn los sind. Der Arsch hat dir das Herz gebrochen. Ich wünschte nur, ich hätte ihn selbst umbringen können. Ich habe sogar eine Schaufel gekauft."

„Er hat mir nicht das Herz gebrochen", sagt Charlotte. „Das hat meine Schwester getan."

„Das ist Haarspalterei. Erzähl mir mehr über dein Kartell. Was macht ihr genau, außer Leute umzubringen?" Evie wendet sich wieder Emmanuel zu.

„Hast du Hunger? Lass uns was zu essen bestellen", werfe ich ein, bevor Charlottes dumme Freundin noch mehr sagen kann. Ich bin mir ziemlich sicher, dass Evie das alles für einen Scherz hält, aber man kann nie sicher genug sein. Oder vorsichtig.

Kapitel Sechsundzwanzig

Mein Mädelsabend mit Evie hat sich zu einem Treffen mit Louies Freunden entwickelt. Etwa zehn Minuten, nachdem Louie sich zu uns gesetzt hatte, tauchten Sammie und Carlo auf. Ganz zu schweigen von all den Männern in schwarzen Anzügen, die in der

Nähe stehen und sich seitdem wir Platz genommen haben keinen Zentimeter bewegt haben. Ich weiß nicht, wer sie sind, aber sie beobachten unseren Tisch.

Evie flirtet mit Louies Freund Emmanuel. Er sonnt sich in ihrer Aufmerksamkeit und erzählt ihr alles über sein Zuhause in Mexiko. Zuerst dachte ich, er mache Witze. Jetzt bin ich mir da nicht mehr so sicher.

Ich lehne mich zu Louie hinüber und flüstere: „Er meint es ernst, oder? Er leitet tatsächlich ein Kartell?"

Louie wird ganz steif. Er legt seinen Arm um meinen Nacken und flüstert mir ins Ohr: „Sagen wir einfach, ich würde dich nicht mit ihm allein in einem Raum lassen."

„Okay. Evie, ich will tanzen." Ich stehe auf und greife nach ihrer Hand. Vor der Bar gibt es eine kleine Tanzfläche. Niemand ist darauf, aber im Moment ist mir das egal. Ich muss sie von Louies *Freund* wegbringen.

Ich ziehe Evie zur Tanzfläche, und es dauert keine 30 Sekunden, bis uns die Hälfte der Männer in Anzügen folgt.

Ich lege die Arme um ihren Hals und achte darauf, die Stimme zu senken, damit uns niemand hören kann. „Ich glaube nicht, dass der Typ mit dem Kartell nur Spaß macht."

„Nein, das glaube ich auch nicht", lacht sie.

„Hör auf, mit ihm zu flirten, Evie!"

„Warum? Ein Mann wie er weiß, wie man vögelt, Charlotte." Sie lacht erneut. Wir haben noch nicht genug Alkohol getrunken, um betrunken zu sein, aber wir sind beide definitiv beschwipst.

„Das ist nicht lustig. Ich will nicht, dass dir was passiert." Ich ziehe sie näher zu mir heran und reibe mich beim Tanzen an ihr.

„Also bist du die Einzige, die mit einem gefährlichen Mann ins Bett gehen darf? Es ist nur Sex. Mir wird nichts passieren."

„Moment mal ... Du hast dir also bereits fest vorgenommen, die Nacht mit ihm zu verbringen?", frage ich sie.

„Nein, ich habe mir vorgenommen, ein paar heiße Stunden mit ihm zu verbringen und ihn dann nie wiederzusehen." Sie lächelt, bevor ihr Blick hinter mich huscht. „Da kommt jemand."

Ich drehe den Kopf und sehe Louie mit gerunzelter Stirn auf uns zukommen. „Darf ich mich dazugesellen?", fragt er Evie.

„Nur zu", antwortet sie.

Louie legt einen Arm um meine Taille und zieht

mich zu sich heran. „Ich mag es nicht, wenn du dich an andere Leute ranmachst", grummelt er.

„Sie ist meine Freundin. Keine Sorge. Ich stehe nicht auf Frauen." Ich lache.

„Ich mag es trotzdem nicht", sagt er.

„Hat dir schon mal jemand gesagt, dass du ziemlich eifersüchtig bist?"

„Ich hatte noch nie Grund, eifersüchtig zu sein, also nein", sagt er.

„Okay, dann ist gut", grinse ich.

Nachdem wir noch zu einem Song getanzt haben, ziehe ich Louie zurück zum Tisch. Ich merke, wie der Alkohol nachlässt. Ich brauche noch einen Drink.

„Was guckt ihr alle so?", grunzt Louie und trifft den Blick aller, die gerade in unsere Richtung starren.

„Hast du gerade getanzt?", fragt Carlo mit einem Lächeln auf den Lippen.

Louie wirft ihm einen bösen Blick zu. „Na und?"

„Du tanzt doch sonst nie", sagt Sammie.

„Na ja, einmal schon. In der Mittelstufe. Beim Schultanz. Da hat er mit jemandem getanzt. Wie hieß sie noch gleich?" Emmanuel schüttelt den Kopf. „Egal. Der Punkt ist, es gab dieses eine Mal."

„Sollte ich eifersüchtig sein? Du hast in deinem

Leben also schon mal mit jemand anderem getanzt?", frage ich Louie.

„Nein", antwortet er mir.

„Keine Sorge. Charlotte ist nicht der eifersüchtige Typ", sagt Evie.

„Wirklich?" Sammie scheint nicht überzeugt zu sein.

Ich schüttle den Kopf. „Bin ich wirklich nicht."

„Hm, vielleicht sollten wir spazieren gehen. Lass uns in eine andere Bar ziehen", schlägt Carlo vor.

„Ja, lasst uns das machen." Evie und ich springen gleichzeitig auf.

„Das wird lustig", murmelt Sammie.

„Auf jeden Fall", stimmt Carlo ihm zu.

Louie steht ebenfalls auf. Er nimmt meine Hand fest in seine und zieht mich an sich. „Bleib in meiner Nähe", flüstert er mir ins Ohr.

„Warum? Hast du Angst, dass ich verschwinde?", frage ich ihn.

„Ja", antwortet er mit ernster Stimme.

„Das werde ich nicht", lache ich ihn aus.

Wir folgen Carlo und Sammie durch das Casino. Viele Leute bleiben stehen und unterhalten sich mit Louie, der meine Hand nie loslässt. Sein Griff um meine Hand wird fester, als wir einen Bereich betreten, der mit *„High Rollers"* gekennzeichnet ist. Er wirkt angespannt. Aber andererseits ist er immer angespannt, wenn andere Leute in der Nähe sind.

Wenn wir alleine sind, eingeschlossen in seiner Wohnung, ist er entspannter. Gestern Abend hat er mir von seiner Kindheit und seinen Albträumen erzählt. Ich wollte ihn umarmen. Ihn festhalten und ihm sagen, dass er nie wieder allein sein würde. Dass ich so lange bleiben würde, wie er mich ließe.

Ich habe nichts davon getan. Weil ich nicht als anhänglich rüberkommen will. Außerdem drängt mich mein Verstand dazu, verdammt noch mal langsamer zu machen. Ich weiß nur nicht, wie. Ich bin so sehr in diesem Mann gefangen, dass es keinen Ausweg zu geben scheint. Nicht, dass ich wirklich nach einem gesucht hätte.

Eine Frau, die eher einer Göttin gleicht, kommt mit einem breiten Lächeln auf ihren kirschroten Lippen auf uns zu. Als sie uns erreicht, richtet sie ihren Blick direkt auf Louie – und wirklich *nur* auf ihn –, denn sie schaut nicht einmal in meine Richtung. Ihre Hand legt sich auf seine Brust und ihr roter Mund drückt sich gegen seine Wange.

„Louie, Schatz, ich hatte gehofft, dich heute Abend zu sehen." Ihr französischer Akzent lässt mich erschauern.

Louie drückt meine Hand fester, als ich versuche, mich loszureißen. Ich möchte nichts lieber, als mich im Hintergrund zu verstecken. „Julie, das ist meine Freundin Charlotte", sagt er und schaut auf mich herab.

Ich lächle die Frau an, obwohl mir überhaupt nicht der Sinn danach steht. „Hallo", sage ich mit meinem lieblichsten Südstaatenakzent. Ihre Hand bleibt auf Louies Brust liegen, bis er sie wegschiebt.

„Wie schön", sagt Julie zu mir und wendet sich dann wieder Louie zu. „Ich bin in meinem üblichen Zimmer. Komm mich besuchen, wenn du fertig bist."

„Oh, Süße, offensichtlich hat Gott einem Stein mehr gesunden Menschenverstand gegeben als dir, denn du bist gerade sowas von auf dem Holzweg", sagt Evie zu ihr.

„Wer bist du? Und warum bist du hier?", knurrt Julie und zeigt unfein mit einem Finger auf Evie. Und ich sehe es, kurz bevor es landet. *Es* ist das Glas Champagner, das hochfliegt und über das Kleid meiner Freundin spritzt.

Evie rührt sich nicht von der Stelle. „Na, du bist ja reizend. Glaubst du etwa, ein verschüttetes Getränk würde mich stören?"

Bevor die Frau antworten kann, wird Evie nach hinten gezogen, während zwei Männer in schwarzen Anzügen hinter Julie auftauchen und sie an den

Armen packen. „Miss, es ist Zeit zu gehen", sagt einer von ihnen mit starkem mexikanischen Akzent.

„Emmanuel, nein." Louies Stimme ist leise, aber ich höre sie. *Will er, dass diese Frau bleibt? Warum?* „Sie ist die Tochter des französischen Präsidenten."

Emmanuel sagt etwas auf Spanisch zu den beiden Männern, und sie verschwinden mit Julie.

„Eine Freundin von dir?", frage ich Louie.

„Die Tochter eines Freundes", antwortet er.

„Ich nehme es zurück."

„Was nimmst du zurück?" Louie schaut mich mit gerunzelter Stirn an.

„Ich glaube, ich bin doch eifersüchtig", flüstere ich.

Er lächelt breit. „Das ist nichts Schlimmes. Das bedeutet nämlich, dass ich dir wichtig bin." Er zuckt mit den Schultern und fügt hinzu: „Und nur damit du es weißt: Du hast keinen Grund, eifersüchtig zu sein."

Ich schnaube. „Ja, keinen Grund, auf ein umwerfendes französisches Model eifersüchtig zu sein. Überhaupt gar keinen Grund."

„Behalte die beiden im Auge", sagt er zu Carlo und nickt in Richtung Evie und Emmanuel, die viel zu vertraut miteinander tuscheln. Dann zieht Louie mich weg.

„Wohin gehen wir?", frage ich ihn.

„Mein Büro ist gleich hier", sagt er.

„Warum gehen wir in dein Büro?"

„Weil ich dir beweisen muss, dass du dir überhaupt keine Sorgen machen musst. Mit Julie wollte ich nie schlafen, Charlotte. Aber dich ... Seit ich dich zum ersten Mal gesehen habe, gibt es keine Minute, in der ich dich nicht flachlegen möchte."

„Oh." *Na ja. Das verstehe ich mal als Kompliment.* „Nein. Warte." Ich grabe meine Füße in den Teppich.

„Was ist los?"

„Das geht nicht. Ich kann Evie nicht alleinlassen. Das sollte unser Mädchenabend sein. Können wir das mit dem *Flachlegen* auf später verschieben?" So sehr ich auch mit Louie in sein Büro gehen möchte, ich kann meine Freundin nicht im Stich lassen.

„Okay." Louie rückt seine Hose zurecht. „Denk nur daran ... Ich bin seit dem Moment, als ich dich heute Abend gesehen habe, hart."

„Ich weiß." Ich lächelte. Ich sah die Beule in seiner Hose, und es ist nicht so, dass ich nicht genauso scharf auf ihn wäre. Das bin ich. Aber ich möchte auch eine gute Freundin sein.

Louie führt uns zurück zur Gruppe. „Lasst uns was trinken", sagt er und führt alle nach draußen

Ein paar Minuten später landen wir in einer sehr üppig aussehenden Bar. Dort rutsche ich in eine Sitzecke, bis ich zwischen Evie und Louie eingequetscht bin. „Weißt du, er ist ein bisschen intensiv", flüstert sie mir zu.

„Wer?"

„Louie. Er hört nicht auf, sich um dich zu kümmern", sagt sie.

„Ich weiß." Ich lächle. „Es ist ... anders."

„Gut. Du hast es verdient", sagt sie zu mir.

„Wahrheit oder Pflicht?", fragt Carlo von der anderen Seite des Tisches.

„Wie alt sind wir denn? 14?" stöhnt Louie.

„Wahrheit", sage ich.

„Okay, Charlotte. Die Mutige macht den Anfang. Wahrheit also. Bist du heimlich in mich verknallt und nutzt Louie nur, um mir näher zu kommen, denn ich wäre dafür offen." Carlo lacht.

„Auf keinen Fall", sage ich. „Aber keine Sorge. Ich bin mir sicher, dass es irgendwo da draußen ein Mädchen für dich gibt."

„Pflicht", mischt sich Evie ein.

„Ich fordere dich heraus, diesen Typen anzusprechen und seine Nummer zu bekommen."

Sammie zeigt auf einen Mann, der an der Bar steht – wieder in einem komplett schwarzen Anzug.

Evie lächelt. „*Bitte*, das ist ja kinderleicht." Sie klettert ohne Scham auf den Tisch, um aus der Sitzecke zu kommen.

Wir alle beobachten, wie sie auf den Typen zugeht. „Den schlachte ich ab wie ein Schwein", murmelt Emmanuel leise, obwohl ich es laut und deutlich höre.

Ein paar Minuten später kommt Evie mit verwirrtem Gesichtsausdruck zurück. „Er ist schwul", sagt sie.

„Nein, ist er nicht", lacht Sammie. „Er will nur seinen Kopf behalten."

„Doch, er ist schwul. Das ist mir noch nie passiert. Scheiße. Bin ich ... Oh mein Gott!", kreischt Evie.

„Was?", frage ich, als sie wieder über den Tisch klettert, um sich neben mich zu setzen.

„Ich kann nicht glauben, dass das wirklich geschieht. Ich werde ... alt."

„Du wirst nicht alt", versichere ich ihr, bevor ich das Thema wechsle. „Okay, ich wähle Pflicht."

„Ich habe eine gute Aufgabe", wirft Louie ein. Dann beugt er sich vor und flüstert mir ins Ohr: „Heirate mich. Heute Abend."

Kapitel Siebenundzwanzig

Verdammt, *habe ich Charlotte wirklich gerade herausgefordert, mich zu heiraten?* Ja, das habe ich, und ich nehme es auch nicht zurück. Natürlich werde ich sie nicht zwingen, sich auf meine Verrücktheit einzulassen, aber ich werde sie auch nicht davon abhalten, falls sie es doch tut.

Charlottes Augen werden groß und ihr klappt die Kinnlade herunter. „Ich habe Angst, dass du es tatsächlich ernst meinst."

Ich zucke mit den Schultern. „Wie sieht's aus? Ja oder nein? Es ist bloß ein Spiel", sage ich ihr.

„Ein Spiel? Wie oft hast du das schon gemacht?", fragt sie mich.

„Noch nie."

„Ich auch nicht. Das ist nicht so einfach."

„Da du es bist, finde ich es sehr einfach. Also, ich wäre dabei." Ich will ehrlich sein. Mein Herz pocht wie wild, während ich auf ihre Antwort warte.

„Okay. Lass uns das durchziehen", sagt sie.

Ich schaue sie an. Sie hat gerade Ja gesagt. „Lass uns gehen, bevor du es dir anders überlegst." Ich stehe auf und halte Charlotte die Hand hin, bevor ich mich an den Rest der Gruppe wende. „Wir heiraten."

„*Was* hast du gerade gesagt?", rufen Sammie und Carlo gleichzeitig.

„Äh, Charlotte, wie betrunken bist du?", fragt Evie.

„Ein bisschen. Aber das macht nichts. Ich heirate schließlich Louie." Charlotte lächelt und lehnt sich an mich. Ich lege meinen Arm um ihre Taille.

„Charlotte, das ist kein Spiel. Das ist echt." Evie springt auf.

„Ich weiß", antwortet Charlotte, während ich mich innerlich daran erinnere, dass ich ihre Freundin nicht loswerden darf. Aber wenn Evie Charlotte zur Vernunft bringt, bin ich vielleicht sauer genug, um es doch zu tun.

Es ist reiner Zufall, dass sie überhaupt mitmacht. Ich gehe kein Risiko ein, dass sie ihre Meinung ändert. Ich ignoriere auch, wie sehr ich das eigentlich will. Ich kenne diese Frau kaum. Ich meine, ich weiß alles, was ich wissen muss, nachdem ich ihre Vergangenheit durchforstet habe, aber wir *kennen* uns trotzdem erst seit ein paar Tagen.

Dennoch sagt mein Bauchgefühl mir, dass ich alles tun soll, um sie zu halten, und wenn ich sie heiraten muss, um das zu erreichen, dann heirate ich sie. Ich habe noch nie das Bedürfnis verspürt, eine Frau an meiner Seite zu haben. Ich habe noch nie jemanden so sehr gewollt wie Charlotte, und deshalb tue ich, was getan werden muss.

„Okay, na ja, wenigstens darf ich deine Brautjungfer sein", sagt Evie. „Und du trägst praktischerweise bereits Weiß."

„Weil ich eine total unschuldige Braut bin", sagt Charlotte trocken.

„In gewisser Hinsicht bist du das", sage ich leise, sodass nur sie mich hören kann. Ihr Gesicht wird rot. „Zumindest noch."

„Du willst das wirklich, ja? Ich organisiere das." Sammie holt kopfschüttelnd sein Handy aus der Tasche. „Carlo, hol die Autos. Wir fahren zur Little White Chapel."

„Bist du dir wirklich sicher? Du kannst deine Meinung ändern. Ich wäre nicht beleidigt." Charlotte dreht sich zu mir um. Ihre Hände ruhen auf meiner Brust. Ich umfasse sie.

„Ich glaube, ich war mir noch nie so sicher. Ich will, dass du mir gehörst, Charlotte. Wirklich mir."

„Okay."

„Das ist rechtsverbindlich", sagt der als Elvis verkleidete Typ mit einem ängstlichen Gesichtsausdruck zu mir.

„Das hoffe ich doch", grunze ich ihn an. „Wir heiraten."

„Richtig, natürlich, Sir." Er nickt. „Stellen Sie sich hier hin." Er schaut Charlotte an und dann wieder mich. „Haben Sie Ihr eigenes Gelübde vorbereitet oder möchten Sie das Standardgelübde sprechen?"

„Ich habe mein eigenes", sagt Charlotte.

„Gut, Miss Armstrong, Sie dürfen zuerst. Bitte schauen Sie sich an und halten Sie sich an den Händen."

Charlotte verschränkt ihre Finger mit meinen. Sie lächelt breit. „Louie, ich glaube, dass Menschen in unser Leben treten, wenn wir sie am meisten brauchen. In der Nacht, in der wir uns kennengelernt haben, habe ich dich mehr gebraucht, als du dir vorstellen kannst. Wir kennen uns noch nicht lange, aber ich habe das Gefühl, dich schon mein ganzes Leben lang zu kennen. Ich verspreche dir, dich bei all deinen Unternehmungen zu unterstützen. Ich verspreche dir, immer für dich da zu sein – in Krankheit und Gesundheit, in Reichtum und Armut. Ich verspreche dir, dir und nur dir zu gehören. Ich verspreche dir, dich niemals allein zu lassen."

Ich schnappe nach Luft. Sie kennt meine größte Angst, den Albtraum, der mich verfolgt. „Charlotte, du bist das Licht, von dem ich nicht wusste, dass ich es in meinem Leben brauche. Du hast mir einen

Grund gegeben, ein besserer Mensch zu sein. Ich verspreche, dich immer an die erste Stelle zu setzen, dein Glück und dein Wohlergehen zu meiner obersten Priorität zu machen. Ich verspreche, dir immer treu zu sein. Ich gehöre dir."

Was *Elvis* als Nächstes sagt, höre ich nicht. Mit aller Macht konzentriere ich mich auf Charlotte, bis ich endlich die erlösenden Worte höre: „Sie dürfen die Braut jetzt küssen."

Ich lege meine Arme um ihre Taille, hebe sie vom Boden hoch und drücke meine Lippen auf ihre. Meine Zunge dringt in ihren Mund und kämpft um die Vorherrschaft, als mir plötzlich klar wird: Sie ist meine Frau. Ich küsse meine Frau.

„Wir haben es getan", sagt Charlotte, als ich mich zurückziehe, um sie anzusehen. „Sind wir verrückt?"

„Wahrscheinlich, aber wenigstens können wir zusammen verrückt sein."

„Oh mein Gott!", höre ich den Schrei aus dem Telefon, das Evie in unsere Richtung hält. „Charlotte, was soll der Scheiß? Du hast ohne mich geheiratet?"

„Tut mir leid, Rachel, ich konnte nicht warten", lacht Charlotte.

„Äh, Rachel, ich rufe dich später zurück." Evie steckt das Telefon zurück in ihre Tasche, bevor sie mir meine Frau wegnimmt und ihre Freundin fest umarmt. „Es tut mir wirklich leid, Charlotte. Ich bin total fertig."

„Okay, wir gehen zurück zum Hotel", sagt Charlotte zu ihr. „Geht es dir gut?"

Evie nickt. Aber sie sieht ein bisschen ... ich weiß nicht, wie ich es sagen soll ... schwach aus?

Charlotte schaut mich an. „Ich muss sie zurück ins Zimmer bringen."

„Was ist mit ihr los?", frage ich.

„Sie muss nur schlafen. Es geht ihr bald wieder gut."

„Okay, lass uns gehen." Ich nehme Charlottes Hand. Mit der anderen hält sie Evies Hand, und mir entgeht nicht, wie besorgt sie ihre Freundin ansieht.

Sammie und Carlo steigen in den zweiten Wagen, während Emmanuel vorne bei uns einsteigt.

Bevor wir wieder beim Royal Flush ankommen, ist Evie eingeschlafen. „Du solltest sie vielleicht wecken", sage ich zu Charlotte. „Wir sind fast da."

„Das geht nicht. Sie wird noch eine Weile nicht aufwachen."

„Was meinst du damit?", fragt Emmanuel, der sich zu Evie umdreht. Ich weiß nicht, was mit ihm los ist, aber er muss sich zusammenreißen. Dieses Mädchen ist nichts für ihn.

„Sie leidet unter Schlaflosigkeit. Sie bleibt tagelang wach und dann bricht sie einfach zusammen und schläft stundenlang, ohne aufzustehen“, erklärt Charlotte. „Wir werden sie nicht wachbekommen.“

„Ist schon okay.“ Emmanuel steigt aus dem Auto, sobald es vor dem Casino hält. „Ich kümmere mich um sie“, sagt er, öffnet die Hintertür und hebt Evie in seine Arme.

„Bist du sicher?“, fragt Charlotte.

Er nickt. „Geht voran. Wo ist ihr Zimmer?“

Ich führe alle zum Personalaufzug, um uns den Weg durch das Casino zu sparen. Nachdem ich Evie ins Bett gebracht habe, sage ich Emmanuel, dass ich ihn morgen finden werde, und warte, bis sich die Aufzugstüren schließen. Es ist offensichtlich, dass er Evie nicht alleinlassen will, obwohl Charlotte ihm versichert, dass sie mindestens sechzehn Stunden schlafen wird.

Ich führe Charlotte in mein Penthouse. Ich schätze, es ist jetzt *unser* Penthouse. „Mist, ich hab's falsch gemacht“, sage ich, scheuche sie rückwärts raus und öffne die Tür erneut. „Noch mal von vorne.“

Bevor wir reingehen, hebe ich sie hoch. Sie quietscht. „Was machst du da?“

„Ich trage meine Frau über die Schwelle." Ich lächle.

„Oh." Als wir wieder drinnen sind, schließe ich die Tür ab und trage Charlotte ins Schlafzimmer. Ich habe die ganze verdammte Nacht darauf gewartet, ihr dieses Kleid auszuziehen.

„Sag das noch einmal", flüstert sie.

„Was?"

„Deine Frau", sagt sie mir.

„Du, Mrs. Giuliani, bist meine Frau. Meine."

„Ich glaube, ich mag es schon jetzt, deine Frau zu sein." Sie kichert.

„Gut, denn für immer wäre eine lange Zeit, um es nicht zu mögen." Ich werfe Charlotte aufs Bett. Sie landet in der Mitte der Kingsize-Matratze, und ihr Haar breitet sich wie ein Heiligenschein um sie herum aus. „Ich glaube, du bist vielleicht tatsächlich ein Engel."

„Bin ich nicht." Sie lacht.

„Dann müssen wir uns darauf einigen, uns in diesem Punkt nicht einig zu sein." Ich klettere auf das Bett und lege mich neben sie. Charlotte dreht ihr Gesicht zu mir, und ich lege meine Hand auf ihre Wange. „Ich liebe dich." Meine Worte sind leise, kaum mehr als ein Flüstern.

„Ich … ich habe das Gefühl, dass ich mich mit

jeder Minute mehr und mehr in dich verliebe“, sagt Charlotte.

„Ich werde dafür sorgen, dass du nie einen Grund hast, aufzuhören, dich in mich zu verlieben“, versichere ich ihr und bete, dass ich dieses Versprechen auch wirklich einhalten kann.

Kapitel Achtundzwanzig

Mrs. Giuliani. Das bin ich. Ich bin sie. Ich habe tatsächlich Louie geheiratet, einen Mann, der mir eigentlich fremd ist.

Klar, ich weiß, wie sich seine Berührungen anfühlen. Ich weiß, dass ich mich in ihn verliebe.

Aber ihn gleich heiraten? Das ist verrückt, und doch fiel mir kein einziger Grund ein, nicht mit ihm zusammen zu sein. Ihm zu gehören.

Da ist allerdings noch die Sache, dass er meinen Ex umgebracht hat. Nicht, dass er das bestätigt hätte. Das muss er auch nicht, denn ich glaube nicht eine Sekunde lang, dass er es nicht getan hat. Und trotzdem möchte ich nirgendwo anders sein als genau hier. Mit ihm im Bett.

„Louie?"

„Ja?"

„Was ist wirklich mit Owen passiert?", frage ich.

Louies Hand, die meinen Arm streichelte, hält plötzlich inne. „Das kann ich dir nicht sagen, Charlotte."

„Ich sollte deine Frau sein. Wenn du mir nichts erzählen kannst, wie soll dann unsere Ehe funktionieren?"

„Es gibt kein ‚sollte'. Du *bist* meine Frau", sagt er. „Und ich habe dir bereits gesagt, dass ich dafür gesorgt habe, dass er dir nie wieder wehtun kann."

„Ich will nicht, dass du irgendwas machst, was dich in Schwierigkeiten bringt."

Louie lächelt. „Ich habe nicht vor, mich in Schwierigkeiten zu bringen."

„Ich weiß trotzdem nicht, wie ich mich dabei

fühle. Dass Owen tot ist, meine ich. Ich weiß, dass das, was er getan hat, schrecklich war, aber es gab eine Zeit, in der ich dachte, ich würde den Rest meines Lebens mit ihm verbringen. Wir waren einmal glücklich. Ich war vielleicht nicht in ihn verliebt. Das weiß ich jetzt. Aber er war auch nicht immer ein schlechter Mensch."

„Charlotte?"

„Ja?"

„Ich rede gerne mit dir über deinen Ex, um dir zu helfen, deine Gefühle zu verarbeiten. Aber lass uns nicht über andere Männer reden. Hier. Jetzt. Die einzigen Menschen, die ich in diesem Bett haben will, sind du und ich", sagt Louie. „Ich will dich ganz für mich. Ich verstehe, dass du eine Vergangenheit mit jemand anderem hast, aber mir gehört deine Zukunft."

„Stimmt." Ich lächle meinen Mann an und setze mich dann schnell im Bett auf. „Heilige Scheiße."

„Was?" Louie stützt sich auf einen Arm und lässt seinen Blick über jeden Zentimeter meines Körpers wandern, als würde er nach einer unsichtbaren Verletzung suchen.

„Du bist mein Mann." Ich lächle noch breiter.

Louies Gesichtszüge werden weicher. „Das bin ich."

„Sobald die Leute erfahren, dass du verheiratet bist, werden überall auf dem Strip Herzen brechen", sage ich zu ihm. „Ich habe gesehen, wie die Frauen dich ansehen." Das gefällt mir auch nicht. Diese Eifersucht ist ungewohnt.

„Soll ich es mir auf die Stirn tätowieren lassen? Eigentum von Charlotte?", fragt er.

„Nicht auf die Stirn, nein." Ich lache. Meine Hände landen auf seiner Brust und drücken ihn nach hinten, bevor ich mich rittlings auf ihn setze. „Aber du gehörst mir, was bedeutet, dass all das hier ..." Meine Finger tanzen über die Knöpfe seines Hemdes. „... auch mir gehört."

„Ganz dir", wiederholt Louie. Seine Hüften bewegen sich nach oben, sein hartes Glied reibt sich an meinem Unterleib. Dann setzt er sich auf und greift nach etwas auf dem Nachttisch. „Aber warte mal. Ich habe vergessen, dir etwas zu zeigen."

„Was denn?", frage ich, als er mir sein Handy gibt.

„Unsere Testergebnisse. Naja, die meisten davon. Der Arzt meinte, ein paar Sachen seien noch offen. Aber bis jetzt sieht alles gut aus. Wir sind beide total sauber."

„Super." Ich werfe sein Handy zur Seite.

„Heißt das, wir können jetzt auf Kondome verzichten?", fragt Louie.

„Sobald ich die Pille nehme, auf jeden Fall", antworte ich. Ich kann nicht einfach meinen ganzen gesunden Menschenverstand über Bord werfen. Auch wenn ich mit diesem Mann schon das meiste davon verloren habe.

„Ich mache morgen einen Termin", sagt er und lässt seine Hände an meinen nackten Oberschenkeln höher wandern.

„Glaubst du an Liebe auf den ersten Blick?"

„Jetzt schon", sagt er.

„Ich auch." Ich lächle.

Ich dachte, es wäre nur Lust. Ich meine, wenn man diesen Mann ansieht ... 1,90 m groß, total muskulös – als wäre jeder Zentimeter von ihm hart. Braune Haut, dunkles Haar, der Bartschatten auf seinem markanten Kinn und diese Augen, die direkt in meine Seele blicken. Ja, wie könnte man ihn nicht begehren? Aber jetzt weiß ich, dass es mehr ist.

Ich beuge mich vor, meine Lippen sind nur einen Atemzug von seinen entfernt. „Louie?"

„Mmm?"

„Ich finde, wir sollten diese Ehe offiziell machen. Sie vollziehen", sage ich zu ihm.

„Und ich finde, das ist die beste Idee, die du

hattest, seit du *zugestimmt hast*, mich zu heiraten." Er dreht uns um, sodass ich wieder auf dem Rücken liege.

Meine Feuchtigkeit bedeckt meine Innenschenkel. Ich bin unglaublich erregt, so bereit für ihn. Ich habe Sex schon immer gemocht. Aber Sex mit Louie? Den liebe ich. Den brauche ich. Er gibt mir ein Gefühl, wie es mir noch niemand zuvor gegeben hat.

Seine Hände gleiten unter meinen Hintern und umfassen meine Pobacken. „Verdammt, ich liebe deinen Arsch. Er gehört mir. Ich sollte meinen Namen überall drauf tätowieren", sagt er, während seine Finger unter den Rand meines Slips greifen. Er zieht ihn mir über die Beine herunter und wirft ihn dann über seine Schulter.

Dann zieht er sein Hemd aus, bevor er seine Hose aufknöpft und seinen Schwanz befreit. Ich kann nicht aufhören, ihn anzustarren. Er ist riesig. Ich bin ehrlich gesagt überrascht, dass er überhaupt reinpasst. Aber seine Größe ist auch der Grund, warum meine Vagina danach so wund ist. Das und die Art, wie Louie mich fickt, als wäre er ein ausgehungertes Tier und ich seine letzte Mahlzeit.

„Ich kann nicht länger warten. Ich muss jetzt in dir sein, Charlotte."

„Dann warte nicht."

Louie greift in den Nachttisch und holt ein Kondom heraus. Ich weiß, dass er es nicht benutzen will, aber ich schätze es, dass er es trotzdem tut. Sobald er es übergezogen hat, richtet er seinen Schwanz an meinen Eingang aus und stößt zu. Bis zum Anschlag.

„Oh, Scheiße!", schreie ich, das leichte Stechen ist ein willkommener Schmerz, an den ich mich in den letzten Tagen gewöhnt habe.

„Fuck! Charlotte, ich schwöre dir, es wird immer besser", sagt er und zieht sich langsam aus mir zurück. „Du gehörst mir, du bist mein." Er stößt erneut in mich hinein. „Diese Muschi gehört mir." Er zieht sich zurück und dringt sofort wieder in mich ein, bevor er sich nach vorne beugt und mich auf die Mitte meiner Brust küsst. „Dein Herz gehört mir." Er bewegt sich nach oben und küsst diesmal meine Stirn. „Du gehörst mir mit allem, was du bist."

Ich spüre, wie meine Muschi protestiert, sich festklammert und um seinen Schwanz zuckt, als er sich wieder zurückzieht. Es gibt keine einzige Zelle meines Körpers, die nicht diesem Mann gehören möchte. Vielleicht sollte ich mir seinen Namen wirklich überall auf den Körper tätowieren lassen. Denn seien wir ehrlich, das wäre nicht das Verrückteste, was ich diese Woche getan habe.

Alle Gedanken verschwinden, als Louie wieder in mich eindringt, bis zum Anschlag, während er meine Hüften vom Matratze hebt. Er dreht mich so, dass die Spitze seines Schwanzes genau die Stelle trifft, die nur er bislang gefunden hat.

Louie geht auf die Knie. Er hebt meine Beine an und legt sie auf seine Schultern. Seine Lippen drücken sich gegen meine Innenknöchel, während er langsam und quälend in mich hinein- und wieder herausgleitet.

Die Empfindungen, die durch jede meiner Nervenenden strömen, sind intensiv, fast unerträglich. „Bitte", schreie ich. Ich brauche mehr. Ich will, dass er schneller macht.

„Bitte was, Mrs. Giuliani?"

„Ich brauche mehr ..." *Mehr von was? Ich habe keine Ahnung.*

„Ich weiß, was du brauchst. Ich habe alles, was du brauchst, hier", sagt Louie, als könne er meine Gedanken lesen. Er beginnt, härter und schneller in mich zu stoßen.

Es dauert nur wenige Minuten, bis mein Geist leer wird und ich Sterne sehe. „Heilige Scheiße!", schreie ich, und mein Körper zuckt, während eine

Welle der Lust nach der anderen durch mich hindurchfährt.

„Verdammt, ich liebe es, wenn du kommst. Deine Muschi melkt meinen Schwanz so verdammt gut. Genau so. Er gehört ganz dir, Charlotte." Louie stöhnt, während seine Stöße härter werden, und dann wird er still. Langsam zieht er sich aus mir zurück und lässt sich neben mir auf das Bett fallen. „Ich bin so verdammt froh, dass wir das ein Leben lang machen können", keucht er.

„Mmm, ich auch." Ich lächle, meine Augen sind geschlossen, während mich die Erschöpfung überkommt.

Wer zum Teufel schreit da? Ich öffne die Augen. Im Zimmer ist es dunkel, und ich bin allein. Schon wieder. Man sollte meinen, dass ich am Morgen nach meiner Hochzeit wenigstens mit meinem Mann im Bett aufwachen würde.

Ich schrecke hoch. „Heilige Scheiße, ich habe geheiratet." Meine Augen weiten sich, als mir klar wird, was letzte Nacht passiert ist. Ich war nicht betrunken. Okay, ich *war* beschwipst, klar, aber nicht betrunken. Nein, ich habe Louie aus einer Laune heraus geheiratet, weil ich es wollte. Aus keinem anderen Grund.

„Weck sie auf!", brüllt jemand.

„Ich wecke meine Frau nicht für dich auf", sagt Louie.

Ich spüre, wie sich ein Lächeln auf meinem Gesicht ausbreitet. Er hat mich gerade *seine Frau* genannt. Warum versetzt dieser eine kleine Satz mein Herz in Aufruhr?

Ich steige aus dem Bett, gehe in Louies Kleiderschrank und ziehe mir ein Shirt über. Dann schnappe ich mir eine seiner Jogginghosen. Nicht mehr nackt, gehe ich ins Wohnzimmer, wo Louie und Emmanuel sich lautstark unterhalten.

Ich quieke auf, als ich die Waffe sehe, die auf den Kopf meines Mannes gerichtet ist, und Louie ruft mir über die Schulter zu. Ruhig. Ein bisschen zu ruhig. „Charlotte, geh zurück ins Schlafzimmer."

„Keine Bewegung", sagt Emmanuel, senkt die Waffe und wendet seine Aufmerksamkeit mir zu. „Mit Evie stimmt etwas nicht."

„Was? Was ist passiert?" Ich gehe bereits auf die Tür zu.

„Sie redet im Schlaf. Ich will wissen, was sie hat. Von wem zum Teufel redet sie?", fragt Emmanuel.

Ich bleibe stehen. Wie angewurzelt. „Sie hat wahrscheinlich einen Albtraum. Die hat sie ab und zu. Die sind nicht echt", lüge ich.

Es *gibt* einen Grund für Evies Schlaflosigkeit, aber ihre Geheimnisse sind genau das: ihre. Ich werde sie diesem Verrückten nicht verraten. Bis mir etwas einfällt und ich Emmanuel einen finsteren Blick zuwerfe.

„Woher weißt du, dass sie im Schlaf redet?", frage ich ihn.

„Ich habe sie beobachtet", sagt er und zeigt mit dem Finger in meine Richtung. „Und du lügst mich an."

Louie stellt sich zwischen uns. „Sprich verdammt noch mal nicht so mit ihr", knurrt er.

„Ich werde es herausfinden. Du kannst es mir genauso gut sagen, Charlotte. Jemand hat ihr etwas angetan, und ich will wissen, wer es war", faucht Emmanuel.

„Ich denke, das solltest du sie selbst fragen. Wenn sie wach ist", sage ich zu ihm. „Aber erwarte nicht, dass sie sich dir gegenüber öffnet. Sie redet nicht über ihre Vergangenheit."

Ich weiß nur davon, weil wir uns einmal

betrunken haben und sie es versehentlich ausgeplaudert hat. Den Albtraum, den Evie durchlebt hat, würde ich nicht einmal meinem schlimmsten Feind wünschen.

Andererseits, wenn ich es Emmanuel erzähle, würde er dann seine eigene Art von Gerechtigkeit für sie suchen ...

„Aber angenommen, sie wären echt ... Wenn du die Person finden könntest, die diese Albträume verursacht hat, was würdest du mit ihr tun?", frage ich ihn. Ich würde niemals das Vertrauen meiner Freundin missbrauchen, aber vielleicht würde es ihr helfen, darüber hinwegzukommen, wenn sie wüsste, dass der Boogeyman aus ihrem Leben verschwunden ist.

„Das willst du nicht wissen, denn das ist die Art von Albtraum, die *dich* nachts wachhält." Emmanuel lächelt, als würde er sich an dem erfreuen, was auch immer er sich gerade vorstellt.

„Hör mal, ich kenne nicht die ganze Geschichte, weil sie, wie gesagt, nicht darüber redet. Aber ich bin mir sicher, dass du den Grund für ihre Albträume findest, wenn du dich mit der Welt der Schönheitswettbewerbe beschäftigst. Mehr kann ich dir nicht sagen", sage ich zu ihm. „Alles andere musst du Evie fragen."

„Danke." Emmanuel nickt. „Ich werde sie fragen. Wann glaubst du, wird sie aufwachen?"

„Keine Ahnung." Ich zucke mit den Schultern und sehe ihm nach, wie er das Penthouse verlässt. Ich schaue Louie an. „Geht es dir gut?"

„Ob es mir gut geht?" Er dreht sich zu mir um, sein Gesicht ist hart wie Stein. „Ich habe dich gebeten, ins Schlafzimmer zurückzugehen, Charlotte. Hier war ein echter Verrückter, der mit einer Waffe herumgefuchtelt hat."

„Dieser Verrückte ist dein Freund, und er hat nicht einmal auf mich gezielt", erkläre ich. „Bloß auf dich."

„Weil er weiß, dass ich ihm den Lauf in den Arsch gesteckt hätte, bevor er hätte abdrücken können, wenn er ihn auf dich gerichtet hätte." Louie geht an mir vorbei in die Küche.

Ich folge ihm und will gerade etwas sagen, als wir von einem weiteren seiner verrückten Freunde unterbrochen werden, der hereinplatzt.

„Louie, SOS!", schreit Carlo durch das Penthouse.

„Küche", ruft Louie zurück und deutet dann auf mich. „Setz dich. Du musst was essen."

„Erstens bin ich kein Hund. Du kannst nicht einfach ‚*Sitz*' sagen und erwarten, dass ich deinen

Anweisungen folge", sage ich ihm. „Zweitens bin ich am Verhungern, also danke." Ich setze mich widerwillig auf den Hocker.

Louie starrt mich mit verwirrtem Gesichtsausdruck an. „Ich liebe dich", sagt er, gerade als Carlo die Küche betritt. Nur ist er nicht allein. Er hat ein Kind dabei. Ein kleines Mädchen. Ich wusste nicht, dass Carlo eine kleine Tochter hat.

Louie schaut das Mädchen an und dann seinen Freund. „Um Gottes willen, sag mir, dass du nicht jemandes Kind geklaut hast."

Kapitel Neunundzwanzig

Von all den Dingen, die ich von Carlo erwarten würde, ist ein Kind das Letzte auf meiner langen Liste.

„Er hat mich nicht geklaut. Er ist mein Papa", sagt das Kind.

Ich blinzele. „Er ist was?" Verwirrt schaue ich Carlo an.

„Sie wurde mit einer Notiz hier abgegeben", sagt er.

Ich gehe um den Tresen herum und beuge mich zu dem kleinen Mädchen hinunter. „Hi, ich bin Louie. Wie heißt du, Süße?"

„Ich bin Jazzy. Das ist die Kurzform von Jasmine, wie die Prinzessin", sagt sie.

„Toll, Jazzy, schön dich kennenzulernen. Warum setzt du dich nicht hierher? Ich mache gerade Frühstück." Ich hebe sie hoch und setze sie auf den Hocker neben Charlotte. „Das ist meine Frau Charlotte."

„Hallo, du bist echt hübsch", sagt Jazzy.

„Danke. Du auch, Kleine", antwortet Charlotte.

Ich hole eine Schüssel mit geschnittenem Obstsalat aus dem Kühlschrank und stelle sie vor die Mädchen. „Ich habe noch ein paar Unterlagen für Carlo. Gestern habe ich ganz vergessen, sie ihm zu geben", sage ich zu Charlotte. „Bin gleich zurück."

Ich küsse sie auf die Wange, bevor ich die Küche verlasse, gefolgt von meinem sehr stillen Freund. Sobald wir im Büro sind, wende ich mich an Carlo.

„Was soll der Scheiß?"

„Keine Ahnung, Mann. Sie wurde mit einer

Nachricht an der Rezeption abgegeben." Er zieht ein Stück Papier aus seiner Tasche. „Ich bin ausgeflippt. Ich wusste nicht, was ich tun sollte."

Ich schnappe mir die Nachricht aus seiner Hand, lese sie und gebe sie ihm zurück. „Zuerst brauchst du unbedingt einen DNA-Test. Vielleicht ist sie nicht einmal von dir. Und falls doch, haben wir wohl einen Neuzugang in der Familie." Ich zucke mit den Schultern.

„Ich habe keine Ahnung von Kindern. Oder davon, Vater zu sein." Carlo kratzt sich am Kopf.

„Ich glaube nicht, dass es dafür eine Anleitung gibt. Füttere sie einfach, stecke sie ab und zu in die Badewanne und sorge für ihre Sicherheit. So schwer kann das doch nicht sein", sage ich zu ihm.

„Klar. Das schaffe ich." Carlo nickt zustimmend. „Sie ist winzig. Wie schwer kann das schon sein?"

„Genau, wie schwer kann das schon sein?", wiederhole ich. „Was weiß sie über ihre Mutter?"

„Keine Ahnung", sagt er. „Ich bin direkt hierhergekommen."

„Frag sie. Finde heraus, was du kannst, damit wir die Frau aufspüren können", sage ich ihm.

Als ich zurück in die Küche gehe, steht Charlotte am Herd. Der Geruch von Speck liegt in der Luft.

Ich lege meine Arme um ihre Taille und ziehe sie an meine Brust. „Das musst du nicht tun."

„Ich koche gerne, und ich weiß, dass du etwas essen musst", sagt sie. „Ist es hier immer so ... geschäftig?"

„Nein", sage ich ihr. „Ich werde allen den Zugang zu dieser Etage entziehen."

„Tu das nicht. Das sind deine Freunde. Aber mal im Ernst, wusste Carlo wirklich nicht, dass er eine Tochter hat?", flüstert sie.

„Er würde kein Kind im Stich lassen, von dem er wusste." Das würde keiner von uns. Wir wissen vielleicht nicht, was gute Eltern sind, aber wir wissen verdammt genau, was wir *nicht* tun sollten.

„Was hat er jetzt vor?", fragt Charlotte.

Ich schaue über meine Schulter. Carlo sitzt neben Jazzy und sieht verwundert aus. „Ich glaube, er wird sich dieser Rolle annehmen. Sobald der Schock vorbei ist."

Charlotte nickt und sagt dann: „Ich muss nach Evie sehen."

„Nachdem wir gegessen haben. Und dann begleite ich dich."

Carlo hat Jazzy in sein Penthouse im Aces High mitgenommen. Er sah aus, als stünde er kurz vor einer Panikattacke, aber ich weiß, dass er das Richtige für dieses Kind tun wird. Wir sind alle das Produkt beschissener Eltern. Hätte ich auch nur eine Minute lang gedacht, dass das kleine Mädchen nicht sicher ist oder dass ihr Wohlergehen nicht die oberste Priorität meines Freundes sein würde, hätte ich ihn dazu überredet, sie hierzulassen. Ich werde niemals jemand sein, der tatenlos zusieht, wie ein Kind zum Opfer wird.

Charlotte wartet im Wohnzimmer, als ich herauskomme. Sie lächelt und kneift sich dann in den Arm. „Aua." Sie runzelt die Stirn.

Schnell laufe ich auf sie zu. Ich nehme ihren Arm und führe ihn zu meinem Mund, um die kleine rote Stelle, die sie dort hinterlassen hat, zu küssen. „Warum tust du dir weh?"

„Ich wollte überprüfen, ob ich träume oder ob das jetzt wirklich mein Leben ist. Wie geht es dir, mein Mann? Hast du dich gesehen? Ich meine, ich habe noch nie etwas gewonnen, aber ich habe das Gefühl, ich hätte den Ehemann-Jackpot abgestaubt."

„Das stimmt nicht. Du hast erst letzte Woche ein Zimmer-Upgrade gewonnen." Ich lache leise. „Ich bin derjenige, der hier gewinnt, Schatz. Ich darf dich behalten." Ich lege meinen Arm um ihren Rücken und ziehe sie an mich.

„Mmm, nun, du wirst mich nicht behalten, wenn Evie aufwacht und einen fremden Mann in ihrem Zimmer sieht und ich nicht da bin. Denn dann wird sie mich umbringen", sagt Charlotte und zieht sich zurück.

„Es ist mir egal, um wen es sich handelt. Wenn jemand versucht, dir wehzutun, kannst du davon ausgehen, dass ich ihn zuerst umbringe", grunze ich.

„Das ist nur so eine Redewendung, Louie. Sie würde mich nicht wirklich umbringen." Charlotte runzelt wieder die Stirn. „Du solltest wirklich nicht alles so ernst nehmen."

„Deine Sicherheit ist eine *ernste* Angelegenheit." Ich greife nach ihrer Hand. „Komm, ich werde Emmanuel da rausziehen, wenn es sein muss."

„Er würde ihr doch nichts antun, oder?", fragt Charlotte mich.

Ich kann diese Frau nicht anlügen, aber ich will sie auch nicht beunruhigen. „Ich finde seine Faszination für sie etwas seltsam. Aber ich glaube nicht, dass er ihr wehtun würde." *Zumindest im Moment nicht.*

Charlotte seufzt. „Ja, den Eindruck hatte ich auch. Er scheint sie wirklich zu mögen, fast so, als würde er sie von irgendwoher kennen", sagt sie. „Vielleicht sind sie unglückliche Liebende aus einem früheren Leben."

„Dies ist kein Film und kein Buch, in dem alle glücklich bis ans Ende ihrer Tage leben. Vertraue niemandem, Charlotte."

„Was ist mit dir? Kann ich dir vertrauen?" Sie sieht mich an und runzelt die Stirn.

„Vertraue niemandem außer mir", stelle ich klar.

„Wem vertraust du eigentlich? Man kann nicht durchs Leben gehen, ohne irgendjemandem zu vertrauen, Louie", sagt sie.

„Niemandem zu vertrauen ist der Grund, warum ich dort bin, wo ich bin, Charlotte. Menschen zu vertrauen führt nur dazu, dass man nicht merkt, wenn sie einem in den Rücken fallen. Oder in meiner Welt, in die Brust."

„Das ist wirklich traurig. Ich hoffe, dass du eines Tages lernst, mir zu vertrauen", sagt sie.

„Ich habe dich geheiratet, Charlotte. Das hätte ich nicht getan, wenn ich dir nicht vertrauen würde."

„Aber du hast gerade gesagt ..."

„Ich weiß, was ich gesagt habe. Du bist nicht irgendjemand. Du bist meine Frau." Ich beuge mich zu ihr hinunter und küsse sie, bevor ich hinzufüge: „Das bedeutet auch, dass du nicht gegen mich aussagen kannst."

Charlottes Augen weiten sich. „Warum sollte ich gegen dich aussagen?"

„Das kannst du nicht. Wir sind verheiratet, schon vergessen? Und es war ein Scherz. Entspann dich. Ich bin nicht so dumm, mich erwischen zu lassen." Ich öffne die Tür zur anderen Penthouse-Suite und gehe vor Charlotte hinein. Ich will sichergehen, dass keiner von Emmanuels Schlägern hier rumhängt. Es ist leer, also folge ich Charlotte den kleinen Flur entlang zum Schlafzimmer, wo ihre Freundin noch schläft.

Wie ich erwartet habe, sitzt Emmanuel in der Ecke des Schlafzimmers und starrt auf die regungslose Gestalt auf dem Bett. „Lass uns gehen", sage ich zu ihm.

„Seit wann nehme ich Befehle von dir entgegen?", fragt er und legt den Kopf schief.

„Seit ich meine Importe verdoppelt habe und wir das besprechen müssen", erinnere ich ihn, bevor ich mich an Charlotte wende. „Ich bin in meinem Büro, falls du etwas brauchst."

„Ich komme schon klar", sagt sie.

Emmanuel folgt mir nach draußen. „Was ist der wahre Grund, warum du mich aus dem Zimmer haben wolltest?", fragt er, als die Tür ins Schloss fällt.

„Meine Frau ist da drin, und ich traue dir nicht besonders, wenn du in ihrer Nähe bist", sage ich wahrheitsgemäß.

„Du musst lernen, Menschen zu vertrauen. Ich habe nicht die Absicht, deiner Frau etwas anzutun", sagt er. „Außerdem, können wir uns eingestehen, dass es verdammt seltsam ist, dass du überhaupt eine Frau hast?"

„Es ist eine Veränderung", zucke ich mit den Schultern. „Was willst du von Evie? Du weißt doch, dass sie nicht Laura ist."

„Ich weiß", grunzt er. „Laura ist nämlich seit sieben Jahren tot."

Das habe ich mir schon gedacht.

„Tu ihr nichts", warne ich ihn. Das Letzte, was ich gebrauchen kann, ist, Charlotte erklären zu müssen, warum ihre Freundin verschwunden ist. Außerdem gefällt mir der Gedanke nicht, dass sie sich darüber aufregen könnte. „Ich muss einen Ring kaufen."

„Was?"

„Ich muss Charlotte einen Ring kaufen. Sie hat

keinen und ich will nicht, dass sie hier rumläuft und aussieht, als wäre sie Single", sage ich zu Emmanuel.

„Ist doch egal, ob sie einen Ring hat. Deine Frau ist eine Zehn, Louie. Die Idioten werden trotzdem versuchen, sie anzubaggern. Und diese Wüste ist nicht groß genug, um sie alle zu begraben." Er lacht.

„Dann verbrenne ich sie eben", stöhne ich. „Oh, und Carlo hat ein Kind."

Emmanuel bleibt wie angewurzelt stehen. „Was? Seit wann?"

„Seit heute Morgen. Jemand hat ein kleines Mädchen an der Rezeption abgegeben. Mit einem Zettel, auf dem stand, dass sie von ihm ist", erkläre ich.

„Wer ist die Mutter?"

„Keine Ahnung. Es gab keinen Namen", sage ich.

Wenigstens sorgt sie sich genug um das Kind, um es bei Menschen abzugeben und nicht in einer dunklen Gasse zwischen zwei Müllcontainern zu lassen. Diesen Gedanken behalte ich für mich.

Kapitel Dreißig

Ich schaffe es, zu duschen, mich anzuziehen, mich ein bisschen zu schminken und meine Haare zu föhnen, bevor Evie aufwacht. Ich bin irgendwie froh darüber, denn ich brauche etwas Zeit für mich, um zu begreifen, dass ich gerade geheiratet habe. Und nicht irgendjemanden. Louie.

Der Mann sieht aus, als käme er gerade von einem Laufsteg. Als er heute Morgen in einem dreiteiligen Anzug aus dem Zimmer kam, dachte ich, ich träume.

Wie kann dieser Kerl mein Mann sein?

Dann ist da noch diese ganze „Ich bringe jeden um, der dir wehtut“-Sache, mit der ich klarkommen muss. Meistens versuche ich einfach zu akzeptieren, dass es okay ist, ihn so *zu akzeptieren*, wie er ist. Ein Teil von mir sagt mir, dass ich seine nicht ganz gesetzestreue Lebensweise ablehnen sollte. Aber wenn es darauf ankommt, tue ich es doch nicht. Ich verliebe mich wirklich in ihn, trotz seiner moralisch zwielichtigen Art. Oder gerade deswegen?

Ich bin mir nicht sicher. Aber wenn ich mit Louie zusammen bin, fühle ich mich zum ersten Mal seit langer Zeit wieder wie ich selbst. Er versucht nicht, mich zu der Person zu machen, die er gerne hätte. Genau so war es aber bei Owen. An den ich im Moment wirklich nicht denken will. Wenn ich es tue, überkommt mich Schuld. Er ist meinetwegen gestorben. Daran führt kein Weg vorbei.

Ich frage mich, wie meine Schwester damit umgeht. Ist sie untröstlich? Ist mir das wichtig? *Nein, ich möchte auf keinen Fall, dass meine Schwester untröstlich ist.*

„Hey, du siehst gut aus", sagt Evie, als sie schläfrig ins Wohnzimmer kommt.

„Ich habe darauf gewartet, dass du aufwachst", sage ich zu ihr.

„Lass mich erst mal einen Kaffee holen", stöhnt sie und geht in die kleine Küche.

Ich stehe auf und werfe mein Handy auf den Tisch. Ich habe überlegt, meine Schwester anzurufen. Oder vielleicht meine Mutter. Aber das kann warten. Ich muss Evie überreden, nach Hause zu fliegen. Obwohl ich glaube, dass sie sowieso weglaufen wird, sobald sie herausfindet, dass Emmanuel die Nacht damit verbracht hat, sie im Schlaf zu beobachten. Jedenfalls glaube ich, dass er das getan hat.

„Hey, ich finde, du solltest einen frühen Flug nach Hause nehmen", sage ich zu ihr.

Evie schüttet den Kaffee aus der Kanne in eine Tasse, bevor sie sich zu mir umdreht. „Warum?"

„Erinnerst du dich an den Typen von gestern Abend? Den, mit dem du geflirtet hast?"

„Emmanuel, den kann man kaum vergessen." Sie lächelt.

„Ja, nun, ich glaube nicht, dass er nur Spaß gemacht hat, als er sagte, er sei ein Kartellboss. Als ich aufgewacht bin, hielt er Louie eine Waffe an den Kopf."

„Was?", kreischte Evie und spuckt dabei versehentlich ihren Kaffee wieder aus.

„Er wollte mich wecken, aber Louie wollte das nicht", versuche ich zu erklären.

„Du meinst, dem Typen, den du gerade kennengelernt hast, wurde eine Waffe an den Kopf gehalten und er hat dich trotzdem nicht geweckt?", fragt sie mich. „Dieser Mann ist ein echter Schatz, Charlotte."

„Ja, nun, ich habe ihn geheiratet. Aber darum geht es nicht. Emmanuel wollte wissen, was passiert ist."

„Wie, was passiert ist?", fragt Evie.

„Mit dir", sage ich sanft. „Er hat dich beim Schlafen beobachtet. Ich wusste nichts davon. Er ist gegangen, nachdem er dich ins Schlafzimmer getragen hatte. Ich wusste nicht, dass er zurückgekommen ist", erzähle ich ihr.

„Er hat mich ins Bett gebracht?" Sie schüttelt den Kopf. „Egal. Was hast du ihm erzählt?"

„Du hast im Schlaf geredet, Evie. Er wollte unbedingt wissen, warum. Ich habe ihm nichts anderes gesagt, als dass er sich die Welt der Schönheitswettbewerbe ansehen solle."

Evis Augen werden groß. „Das ist egal. Ich bin sicher, dass er es inzwischen vergessen hat. Aber du hast recht. Ich muss nach Hause."

„Es tut mir leid", sage ich. „Ich hätte nichts sagen sollen. Das weiß ich."

„Schon gut. Er kann recherchieren, so viel er will. Er wird nichts finden, weil es nichts zu finden gibt. Ich bin froh, dass ich bei deiner Hochzeit dabei war", sagt sie.

„Ich auch. Es ist verrückt, oder?" Ich seufze.

„Ja, aber ich glaube, es war das Beste. Du scheinst ... glücklich mit ihm zu sein."

„Wir kennen uns doch eigentlich gar nicht. Was, wenn sich herausstellt, dass er sich im Bett die Zehennägel schneidet oder etwas ähnlich Ekliges macht? Oder was, wenn er morgen aufwacht und beschließt, dass er nicht mehr verheiratet sein will?", frage ich sie.

„Was, wenn nicht? Was, wenn du den Rest deines Lebens neben ihm aufwachst und ihr beide unheimlich glücklich seid? Was, wenn du den Traum lebst, den sich jeder wünscht?", entgegnet Evie.

„Ich weiß, aber ich mache mir einfach Sorgen. Das alles ist so schnell gegangen."

„Weißt du, es gibt viele Kulturen, in denen Ehen

arrangiert werden, und die dann funktionieren. Ging das alles etwas schnell? Ja, deswegen ist es nicht falsch", sagt Evie.

„Wie bist du so schlau geworden?"

„Keine Ahnung, aber sag es niemandem, denn ich will nicht, dass man solche Weisheit öfter von mir erwartet." Evie lacht. „Jetzt gehe ich duschen und buche mir einen Flug." Sie stellt ihre leere Tasse auf die Theke und geht los. Doch dann bleibt sie plötzlich stehen. „Er ist doch nicht noch hier, oder?"

„Wer?"

„Emmanuel?"

„Keine Ahnung. Soll ich Louie fragen?"

„Nein, ich will nur hier raus, ohne ihm zu begegnen. Es ist unheimlich, dass er mich beim Schlafen beobachtet hat ... und peinlich."

„Ich sorge dafür, dass du ihn nicht sehen musst." Ich weiß noch nicht wie, aber ich werde es hinbekommen.

„Danke, dass du mir geholfen hast", sage ich zu

Sammie, als ich ins Auto steige, nachdem ich Evie am Flughafen abgesetzt habe.

„Gern geschehen", sagt er. „Du gehörst jetzt zur Familie."

Mein Handy vibriert in meiner Tasche. Ich kramte danach und sehe schnell, dass ich zehn verpasste Anrufe habe. Alle von Louie. Ich runzele die Stirn. Ich habe es nicht klingeln hören. Gerade als ich wischen will, um den Anruf anzunehmen, bricht die Verbindung ab.

„Boss?", fragt Sammie, und dann ertönt Louies Stimme aus dem Lautsprecher des Autos.

„Ich kann Charlotte nicht erreichen, und sie ist am Flughafen." Er klingt ... gestresst.

„Äh, woher weißt du, dass ich am Flughafen bin?", frage ich, bevor Sammie hinzufügt: „Ja, wir haben gerade Evie abgesetzt. Wir sind jetzt auf dem Weg zurück zum Royal."

„Ihr habt Evie hingebracht?", wiederholt Louie.

„Woher weißt du, wo ich bin?", wiederhole ich, da er mir beim ersten Mal nicht geantwortet hat.

„Wir reden darüber, wenn du zurück bist", sagt Louie mit emotionsloser Stimme. „Nicht anhalten. Kommt direkt hierher." Dann beendet er das Gespräch.

Ich schaue Sammie an. „Kommandiert er dich immer so herum?"

„Er ist schlecht gelaunt. Wahrscheinlich, weil er dachte, du würdest abhauen." Er kichert.

„Woher weiß er, wo ich bin?"

Sammie zuckt mit den Schultern. „Keine Ahnung. Das musst du mit deinem Mann klären."

„Du lügst, aber keine Sorge, ich *werde* das mit ihm klären", murre ich, bevor ich das Thema wechsle. „Hast du eine Freundin? Oder einen Freund? Oder sogar beides?"

„Weder noch." Er erschaudert, als wäre allein der Gedanke an eine Beziehung das Schlimmste, was er sich vorstellen könnte.

„Hat Carlo eine?"

„Nein." Sammie lacht wieder.

„Okay, dann. War nett, mit dir zu quatschen", stöhne ich.

„Hör mal, wir sind das einfach nicht gewohnt. Wir waren immer zu viert. Meistens zu dritt, weil Emmanuel nach Mexiko gebracht wurde und nur in den Ferien zu Besuch kam. Aber wir hatten immer nur einander."

„Und jetzt habt ihr mich." Ich lächle. „Und Carlo hat Jazzy. Glaubst du, ihre Mutter kommt sie irgendwann abholen? Ich kann nicht glauben, dass jemand einfach sein Kind zurücklässt."

„Weil du aus einer guten Familie kommst. Gute Eltern hattest. Wir sind nicht alle so aufgewachsen." Sammie dreht sich zu mir um. „Und wenn sie von ihm ist, dann hat sie uns alle. Wir sind ein Gesamtpaket."

„Ich habe gute Eltern. Auch wenn meine Mutter mir manchmal auf die Nerven geht, hätte sie mich nie verlassen, und meine Eltern haben hart gearbeitet, um für uns zu sorgen." Apropos, ich muss wirklich meine Mutter anrufen. Und wahrscheinlich auch meine Schwester. Ich bin noch nicht bereit, Melanie zu vergeben, aber ich möchte mich vergewissern, dass es ihr gut geht.

„Du passt gut zu Louie", sagt Sammie zu mir, als wir vor dem Royal Flush halten. „Tu ihm nicht weh."

„Das werde ich nicht." Ich könnte mir nicht vorstellen, ihm wehzutun. „Ich muss nur kurz jemanden anrufen, bevor wir hochgehen."

„Okay, ich warte draußen auf dich."

Ich atme tief durch, schließe für einen Moment die Augen und zwinge mich dann, durch meine Kontakte zu scrollen, bis ich die Nummer meiner Schwester finde. „Charlotte? Oh mein Gott, ich bin so froh, dass du anrufst. Geht es dir gut?", antwortet sie fast sofort.

„Ob es mir gut geht?", frage ich sie. „Weißt du was? Ich glaube, mir geht es gut ... Und dir?"

„Es tut mir so leid. Das hätte ich als Erstes sagen sollen. Es gibt keine Entschuldigung für das, was ich getan habe. Ich weiß nicht, warum ich das getan habe, und es tut mir wirklich leid", sagt sie in einem langen Atemzug.

„Ich weiß nicht, was ich dazu sagen soll, Melanie."

„Ich weiß."

„Er ist tot", platze ich heraus und lasse weg, dass ich der Grund dafür bin.

„Ich weiß. Aber geht es dir gut? Ich meine, du hast ihn geliebt. Natürlich geht es dir nicht gut."

„Du dachtest, ich hätte ihn geliebt, und hast trotzdem mit ihm geschlafen? Wie lange? Wie lange hast du hinter meinem Rücken mit meinem Verlobten gevögelt?", zische ich ins Telefon.

„Ich ... Es war nur dieses eine Mal, Charlotte. Ich schwöre." Sie fängt an zu weinen.

„Hör auf. Du darfst nicht weinen. Es sollte meine Hochzeitsnacht sein", erinnere ich sie.

„Ich weiß. Ich wollte dir nicht wehtun."

„Es wird nie wieder so sein wie früher. Das

weißt du doch, oder? Wie soll ich dir jemals wieder vertrauen können?"

„Ich werde alles tun, was nötig ist. Egal was, Charlotte. Sag mir einfach, was ich tun soll", fleht sie. „Lass mich zu dir kommen."

„Nein." Ich schüttle den Kopf, obwohl sie mich nicht sehen kann, und eine einzelne Träne rollt mir über die Wange. „Ich habe gestern Abend geheiratet. Und ich will dich nicht in der Nähe meines Mannes haben. Ich vertraue dir nicht."

„Was? Wen? Du hast geheiratet? Dein Verlobter ist gerade gestorben."

„Owen gehörte mir aber nicht. Ich muss jetzt los." Ich beende das Gespräch, bevor sie weitere Fragen stellen kann, und fast sofort kommt eine SMS von Melanie.

MELANIE:

Ich liebe dich. Es tut mir leid.

Ich wische die Nachricht von meinem Bildschirm, stecke mein Handy in die Tasche und steige aus dem Auto.

„Alles okay?", fragt Sammie mich.

„Ja." Ich nicke. Nichts ist okay, aber meine Probleme mit meiner Schwester sind eben genau das. Meine.

Kapitel Einunddreißig

Ich geriet in Panik. Als ich Charlotte am Flughafen sah, dachte ich, sie würde mich verlassen. Ich verstehe das. Ich habe eine Heidenangst, verlassen zu werden. Aber verdammt ... Allein die Vorstellung brachte mich ins Schwitzen. Ich kann sie nicht gehen lassen. Ich hatte nicht die Absicht, sie gehen zu lassen. Aber der Gedanke, dass sie es vielleicht wollte …

Die Tür zum Penthouse öffnet sich und Charlotte kommt rein. Und sofort sind all meine persönlichen Probleme vergessen. Sie hat geweint. Ich gehe zu ihr hinüber und hebe ihr Gesicht an. „Wer hat dich zum Weinen gebracht?", frage ich sie.

Sie runzelt die Stirn. „Niemand", sagt sie und schaut weg.

„Lüg mich nicht an, Charlotte. Du hast geweint."

„Es war nur eine Träne. Ich habe nicht geweint, und woher weißt du das überhaupt?"

„Weil ich dich kenne. Wer und warum?", dränge ich sie.

„Es ist nichts. Ich habe meine Schwester angerufen." Sie geht an mir vorbei und stellt ihre Tasche auf den Tisch.

„Was ist passiert?"

„Nichts. Ich wollte nur mal nach ihr sehen. Ich wusste nicht, wie sie zu Owen steht. Ich dachte, sie wäre vielleicht traurig", sagt Charlotte.

„Okay. Willst du zurück zu deiner Familie? Ich kann die Reise organisieren", biete ich ihr an.

„Zuhause ist der letzte Ort, an dem ich sein will", sagt sie.

Ich strecke die Hand aus und ziehe Charlotte an mich. „Zuhause ist dort, wo du gerade stehst. Hier ist dein Zuhause, Schatz."

„Was, wenn ich nicht in einem Casino leben will?", fragt sie an meiner Brust.

„Dann kaufe ich uns ein Haus", sage ich.

„Vielleicht eines Tages, wenn wir Kinder haben. *Falls* wir Kinder haben. Ich finde einfach nicht, dass ein Casino der richtige Ort ist, um sie großzuziehen", sagt sie.

„*Wenn* wir Kinder haben, werden wir sie nicht in die Nähe dieser Jauchegrube lassen", verspreche ich ihr.

„Woher wusstest du, wo ich heute war?"

„Glückstreffer?" Ich zucke mit den Schultern und hoffe, dass sie das Thema fallen lässt.

Sie schüttelt den Kopf. „Versuch's noch mal."

„Ich habe vielleicht eine Ortungs-App auf deinem Handy installiert ..."

„Warum?"

„Ich muss wissen, wo du bist, Charlotte. Ich habe ... Es gibt Leute, die alles tun würden, um mir wehzutun. Sobald die Welt herausfindet, dass du die wichtigste Person in meinem Leben bist, hast du eine Zielscheibe auf dem Rücken", erkläre ich vorsichtig.

„Aber ich werde nicht zulassen, dass dir etwas zustößt.“

„Okay.“ Sie seufzt. „Aber du hättest mich einfach fragen können. Ich hätte dir gesagt, wo ich bin. Ich habe nichts zu verbergen.“

„Ich dachte, du würdest mich verlassen“, gebe ich zu. „Das hat mir nicht gefallen.“

„Es tut mir leid, dass du das gedacht hast. Aber ich gehe nirgendwohin“, sagt sie. „Ich brauche allerdings einen Computer. Ich muss einen Lebenslauf zusammenstellen und einen Job finden.“

„Charlotte, du brauchst keinen Job.“ Ich lasse sie endlich los und gehe in die Küche.

„Doch, den brauche ich“, sagt sie hinter mir.

Ich hole zwei Flaschen Wasser aus dem Kühlschrank und gebe Charlotte eine davon. „Du besitzt drei Casinos hier auf dem Strip. Du brauchst keinen Job.“

„*Du* besitzt Casinos. Ich habe nichts“, sagt sie.

„Wir sind verheiratet. Was mir gehört, gehört jetzt auch dir. Wir haben keinen Ehevertrag unterschrieben, Schatz.“

Ihre Augen weiten sich. „Das war echt dumm von dir. Mein Gott, Louie, was, wenn ich eine geldgierige Schlampe wäre, die dir nur die Hälfte von allem wegnehmen wollte, was du hast?“

„Das bist du aber nicht." Ich lache.

„Aber das weißt du nicht. Ich könnte eine sein."

„Schatz, du hast dich die letzten Tage mit mir darüber gestritten, dass du einen Job brauchst. Du bist keine Goldgräberin", erinnere ich sie.

„Nun, es war trotzdem dumm von dir, ohne einen Ehevertrag zu heiraten. Wir können jetzt einfach einen unterschreiben. Das ist mir egal."

„Mir ist es nicht egal", antworte ich. „Diese Ehe hat kein Ablaufdatum, Charlotte. Wir brauchen keinen Ehevertrag, weil es keine Scheidung geben wird." Bevor sie noch etwas sagen kann, nehme ich ihre Hand und ziehe sie zum Sofa. „Ich habe dir heute etwas besorgt." Ich greife in meine Tasche, hole die kleine rote Schachtel heraus und öffne sie.

Charlottes Augen werden groß. „Oh mein Gott!", keucht sie.

„Ich hätte dich nicht heiraten sollen, ohne dir vorher einen Ring zu schenken", sage ich zu ihr. „Wir können das wieder gutmachen, weißt du. Wir können es noch einmal machen. Mit einer großen, schicken Feier. Einer Strandhochzeit oder so. Was immer du willst."

„Mir hat unsere Hochzeit gefallen. Ich will keine andere."

Ich nehme den Ring aus der Schachtel und stecke ihn Charlotte an den Finger.

„Woher wusstest du die Größe?", fragt sie mich. „Louie, der ist wunderschön."

Ich zucke leicht mit den Schultern. Es ist ein einzelner Diamant im Prinzessschliff. Drei Karat. Der Ehering ist aus Roségold und mit mehreren kleineren Steinen besetzt, die den mittleren ergänzen.

Charlotte schaut zu mir auf. „Danke." Sie lächelt, runzelt dann aber die Stirn. „Warte." Sie springt auf und ich sehe zu, wie sie ihre Tasche durchwühlt, bevor sie mit einem Stift zurückkommt. „Ich habe keinen Ring für dich, aber ich werde dir einen besorgen", sagt sie und nimmt meine linke Hand.

„Ich brauche keinen Ring, Charlotte."

„Ich will, dass du einen hast. Wie sollen die anderen Frauen sonst wissen, dass du vergeben bist?", fragt sie mich.

„Weil ich es ihnen sagen werde", lache ich.

„Nun, bis ich in einem Laden war, reicht das hier." Sie malt zwei Linien um meinen Ringfinger und fügt dann Buchstaben in der Mitte hinzu.

„CG?", frage ich sie.

„Charlotte Giuliani. Jetzt wissen alle, dass du mir gehörst." Sie lächelt.

Ich beuge mich vor und drücke meine Lippen auf ihre. „Jeder wird wissen, dass ich dir gehöre, weil ich es von den Dächern schreien werde", grinse ich.

Ich öffne die Tür und trete beiseite, damit Paulie eintreten kann. „Danke, dass du gekommen bist."

„Kein Problem. Was brauchst du?", fragt er mich.

„Es dauert nicht lange. Komm rein." Ich führe Paulie zum Esstisch und setz mich. „Ich möchte, dass du das hier nachmalst." Ich strecke meine linke Hand aus.

Paulie hustet. „Meinst du das ernst?"

„Absolut." Ich schaue ihn streng an.

„O...kay, dann." Er holt seine Ausrüstung aus seiner Tasche. „Hast du geheiratet oder so?"

„Ja, habe ich. Gestern Abend."

„Herzlichen Glückwunsch", sagt er. „Ich muss sagen, ich bin ein bisschen überrascht. Ich wusste gar nicht, dass du jemanden hast."

„Es ging ganz schnell." Ich lächle.

Gerade als Paulie mir den Finger gesäubert hat

und seine Sachen zusammenpackt, kommt Charlotte heraus. Sie hat gerade geduscht und sich umgezogen. Ich möchte mit ihr ein richtiges Date haben. Sie trägt ein rotes Kleid, das ihr bis zu den Knien reicht, aber es ist verdammt eng, schmiegt sich an alle ihre Kurven und lässt absolut nichts der Fantasie überlassen. Ihr Haar fällt in lockeren Wellen über ihren Rücken.

Verdammt, sie ist wunderschön. Und sie gehört ganz mir.

„Paulie, das ist Charlotte, meine Frau", stelle ich sie vor. „Paulie ist mein Künstler."

„Dein Künstler, also dein Tätowierer?", fragt sie. „Was lässt du dir machen?"

„Ist schon fertig." Ich halte meine Hand hoch und zeige ihr meinen Finger.

„Das hast du nicht gemacht." Breit lächelnd, nimmt sie meine Hand, um genauer hinzuschauen.

„Doch, habe ich. Das geht nie wieder weg", sage ich ihr.

„Kannst du mir auch eins machen?", fragt Charlotte Paulie. „Das gleiche?"

„Auf keinen Fall", knurre ich.

„Warum nicht?" Charlotte starrt mich an.

Toll, das wird wieder ein Streit.

„Weil dein Körper keine Verunstaltungen

braucht", sage ich ihr. „Außerdem will ich nicht, dass ein anderer Mann dich anfasst."

„Es ist nur ein Finger, und es ist keine Verunstaltung. Es ist ... ein Symbol. Wenn du nicht willst, dass Paulie mich berührt, dann mach es doch selbst."

„Ich will dir nicht wehtun." Kopfschüttelnd lehne ich die Idee ab.

„Es tut nicht weh", behauptet sie.

„Ach, nein? Wie viele Tattoos hast du denn, Schatz?", frage ich sie, obwohl ich genau weiß, dass sie keine hat. Ich habe jeden Zentimeter ihres Körpers untersucht. Er ist wie eine weiße Leinwand.

„Keins, aber ich bin auch keine Weichei." Sie verschränkt die Arme vor der Brust.

Ich strecke Paulie meine Hand entgegen, und er ergreift sie. „Danke." Der arme Kerl sieht aus, als wäre er lieber irgendwo anders.

„Es war schön, Sie kennenzulernen, Mrs. Giuliani." Er nickt und geht dann schnurstracks zur Tür.

„Das ist nicht fair, Louie", schmollt Charlotte.

„Das ganze Leben ist nicht fair, Schatz", sage ich ihr.

„Nenn mich nicht Schatz. Außerdem sind wir hier in Vegas. Ich geh einfach in irgendeinen Laden und erledige das."

Ich ziehe mein Handy aus der Tasche und

schreibe Paulie eine Nachricht, noch bevor er das Gebäude verlassen hat.

ICH:

Sag allen Läden auf dem Strip, dass sie sie abweisen sollen.

PAULIE:

Alles klar.

„Klar, mach das. Bist du bereit zu gehen?" Ich wende mich an Charlotte. „Du siehst übrigens absolut umwerfend aus. Das hätte ich schon längst sagen sollen."

„Danke. Wohin gehen wir?", fragt sie.

„Ich habe einen Tisch zum Abendessen reserviert, und danach machen wir, was du willst."

„Können wir spielen gehen? Nach dem Abendessen? Mir ist gerade klar geworden, dass ich seit meiner Ankunft noch keinen einzigen Dollar in einen Spielautomaten gesteckt habe. Das kommt mir wie ein Verbrechen vor."

„Das ist kein Verbrechen. Das ist klug. Das Haus gewinnt immer", sage ich. „Aber da es unser Haus ist, können wir so viel spielen, wie du willst."

Ich beobachte Charlotte von der anderen Seite des Tisches aus. Sie zappelt herum. „Was ist los?", frage ich sie.

„Die Leute starren mich an", flüstert sie.

„Das liegt daran, dass du schön bist und sie sich fragen, wie ich dich an Land ziehen konnte."

„Nein, tun sie nicht." Sie lacht.

„Woher weißt du das?" Ich ziehe eine Augenbraue hoch und schaue mich im Restaurant um. Ich sehe, wie alle schnell ihren Blick abwenden.

„Sie schauen dich an", sagt Charlotte.

„Willst du gehen?" Ich hätte wissen müssen, dass ich nicht einfach wie ein normaler Mensch zum Essen ausgehen kann.

„Nein, ich habe Hunger. Ich muss mich nur daran gewöhnen, die Leute zu ignorieren", sagt sie. „Das ist schwer, weil ich mein ganzes Leben lang darauf achten musste, was andere denken, und ich Angst habe, einen schlechten Eindruck zu hinterlassen. Ich will dich nicht in Verlegenheit bringen."

„Charlotte, du könntest mich niemals in Verlegenheit bringen." Ich stehe auf, nehme mein Champagnerglas und klopfe mit einer Gabel gegen den Rand.

„Was machst du da?", keucht Charlotte.

„Meine Damen und Herren, ich möchte, dass ihr alle als Erste erfahrt, dass ich das Glück hatte, dass diese Frau hier mich gestern Abend geheiratet hat. Ich bin offiziell vom Markt, und sie auch", verkünde ich der Menge von Zuschauern. Um uns herum brechen Applaus und Jubel aus, als ich mich vorbeuge und Charlotte einen Kuss auf die Lippen drücke. „Ich bin wirklich der glücklichste Idiot auf Erden", sage ich zu ihr, bevor ich mich wieder hinsetze. „Jetzt haben sie wirklich etwas, worüber sie reden können."

„Danke." Charlotte lächelt mich an. „Ich weiß nicht, wie du das machst, aber du weißt immer genau das Richtige zu sagen."

„Dann solltest du mal meine inneren Gedanken hören." Ich hebe kokett eine Augenbraue.

„Und was denkst du gerade?", fragt sie mich.

„Wie ich alles von diesem Tisch fegen und dich darüberlegen möchte. Wie ich deine Beine weit spreizen und mich die ganze Nacht lang nur an dir laben möchte." Ich bemühe mich, möglichst leise zu sprechen.

Charlotte wird knallrot. „Ja, äh ... lass uns das nicht laut sagen." Sie grinst, bevor sie hinzufügt: „Zumindest nicht in der Öffentlichkeit."

Kapitel Zweiunddreißig

Louie gibt mir einen Stapel Chips. Chips, auf denen tausend steht. „Das ist zu viel. Ich dachte, wir würden nur ein oder zwei Dollar in einen Spielautomaten stecken", sage ich zu ihm.

„Wenn wir schon spielen, Charlotte, dann

machen wir es richtig", sagt er und hält einen Koffer voller Chips in einer Hand. Seine andere Hand legt sich auf meinen unteren Rücken. „Außerdem bist du mein Glücksbringer. Ich habe das Gefühl, dass ich heute Abend gewinnen werde."

„Äh, Louie, du bist das Haus, weißt du noch? Du gewinnst jeden Abend", flüstere ich.

„Umso mehr, jetzt, wo ich dich in meinem Bett habe."

Wir landen vor einem Roulette-Tisch. „Ich weiß eigentlich gar nicht, wie das funktioniert", gebe ich zu. Deshalb wäre ein Spielautomat die bessere Wahl gewesen. Die sind nicht so kompliziert.

„Es ist ganz einfach. Leg einen Chip auf eine beliebige Zahl oder auch auf mehrere. Du kannst auch auf Rot oder Schwarz setzen, indem du einen Chip hier oder hier platzierst." Louie zeigt auf verschiedene Stellen auf dem Tisch. „Oder du kannst auf gerade oder ungerade Zahlen oder auf hohe und niedrige Zahlen setzen. Such dir etwas aus", sagt er.

„Kann ich auch auf zwei Zahlen setzen?", frage ich ihn.

„Ja, das kannst du", nickt Louie.

Ich schaue mir die Chips in meiner Hand an.

„Hast du auch kleinere? Das ist eine Menge Geld, das ich verlieren könnte.“

„Schatz, selbst wenn wir verlieren, geht es zurück ans Casino, das uns gehört“, erinnert er mich.

„Stimmt.“ Okay, also spiele ich hier nicht wirklich um Tausende von Dollar. *Stell dich nicht so an, Charlotte.* Ich setze einen Tausend-Dollar-Chip auf die Vier und dann noch einen auf die Sechzehn.

„Meine Glückszahlen“, sagt Louie.

„Hey, das sind meine. Such dir deine eigenen.“ Ich lache. Es ist das Datum von gestern, der Tag, an dem wir geheiratet haben.

„Dann haben wir eben die gleichen Glückszahlen.“ Er legt einen Arm um meine Taille.

Mir entgeht nicht, wie die Frauen uns offen anstarren, die meisten werfen mir böse Blicke zu. Louie bemerkt es entweder nicht oder tut so, als würde er es nicht mitbekommen.

„Schau mal.“ Er nickt dem Croupier zu, der das Rad dreht. Die kleine Kugel dreht sich und dreht sich, bis sie langsam auf der Zahl Vier zum Stillstand kommt.

„Haben wir gewonnen?“, frage ich.

„Du hast gewonnen.“ Er kichert in meinem Ohr, seine Brust schmiegt sich an meinen Rücken.

Ich springe auf und drehe mich vor Aufregung

im Kreis, bevor ich meine Arme um seinen Hals lege. „Ich habe dir doch gesagt, dass das Glückszahlen sind."

„Die glücklichsten", stimmt er zu.

Ich stelle mich auf die Zehenspitzen und drücke meine Lippen auf seine. Ich kann nie genug davon bekommen, ihn zu küssen. Ich glaube immer noch, dass ich in einer Art Traum gefangen bin und das hier nicht wirklich mein Leben ist.

„Komm schon, wir müssen noch mehr Spiele lernen", sagt Louie zu mir.

Wir landen an einem Kartentisch. Louie zieht mir einen Stuhl heran, während er hinter mir steht. „Was ist das für ein Spiel?", frage ich ihn.

„Black Jack. Es ist ganz einfach." Er legt einen weiteren Stapel Chips vor mich hin.

Der Dealer teilt jedem zwei Karten aus. Ich nehme meine. Ich weiß, dass man 21 erreichen muss, um zu gewinnen, oder zumindest so nah wie möglich darankommen muss. Ich habe gerade eine Herz-Dame und ein Pik-Ass bekommen.

„Herz-Dame, das bist du", flüstert Louie mir ins Ohr. „Du bist meine Herz-Dame. Und du hast das Spiel schon gewonnen."

„Wirklich? Ich habe schon wieder gewonnen?", rufe ich.

Die anderen Spieler am Tisch stöhnen und werfen mir böse Blicke zu. Bis Louie sich zu ihnen umdreht. „Gibt's ein Problem?", fragt er.

„Nein, Sir." Alle drei Männer schütteln den Kopf.

„Will ich für euch auch hoffen", sagt Louie. Er hebt mich vom Stuhl hoch und hält mich fest, bis ich sicher auf meinen Beinen stehe. „Lass uns ein Pokerspiel suchen. Du bist wirklich mein Glücksbringer." Dann nimmt er meine Gewinnhand an sich, bevor er sich an den Dealer wendet. „Hol ein neues Kartenspiel. Diese behalte ich."

Die Karten sind schwarz und goldfarben und haben das Royal-Flush-Symbol auf der Rückseite. Ich weiß nicht, wer für Louies Marketing zuständig ist, aber die sind echt gut. Denn sogar die Spielkarten hier sehen hochwertig aus.

„Was kommt als Nächstes?", frage ich. „Und falls ich später vergesse, es dir zu sagen: Ich hatte heute Abend echt viel Spaß. Du bist gar nicht so schlecht in dieser Dating-Sache."

„Ich muss wohl noch etwas üben, wenn ich gerade mal als *nicht schlecht* bewertet werde." Er lacht. „Ich werde Sie mit Wein und Essen verwöhnen, Mrs. Giuliani."

Ich drehe mich um und gehe rückwärts, damit

ich ihn direkt ansehen kann. „Ich kann es kaum erwarten, von dir zum Essen eingeladen zu werden." Ich lächle und bleibe stehen, als Louie wieder seinen Arm um meine Taille legt.

„Ich liebe dich", sagt er. Seine Lippen nähern sich meinen. Und kurz bevor sie mich erreichen, fällt mein Blick auf etwas Glänzendes hinter ihm.

Nein, nicht etwas. Eine Waffe. Sie ist direkt auf Louies Rücken gerichtet. Ich schubse ihn zur Seite. Das muss ihn überraschen, denn irgendwie lande ich vor ihm, als er ausweicht. Und dann durchzuckt ein scharfer, brennender Schmerz meine rechte Schulter.

Schreie. Überall wird geschrien. Ich stolpere zurück. Falle gegen jemanden.

„Verdammt, Charlotte!", schreit Louie. Seine Arme legen sich um mich, und ich lehne mich an ihn, während wir beide auf den Boden des Casinos sinken.

Nein. Er wurde nicht getroffen. Das kann nicht sein.

Ich habe ihn weggeschubst. Ich weiß, dass ich das getan habe. Aber Louie schreit immer noch, und überall bricht Chaos aus. Ich sehe Waffen, so viele Waffen. Gefolgt von lauten Knallen, die ein hohes Klingeln in meinen Ohren verursachen.

Ich schaue zu Louie hoch. „Ich liebe dich", sage ich, meine Stimme kaum mehr als ein Flüstern.

„Nicht ...", knurrt Louie. „Ich brauche sofort einen verdammten Krankenwagen!" Er schreit über den ohrenbetäubenden Lärm hinweg und drückt seine Hand gegen meine Schulter.

Es tut weh. Ich schließe die Augen und spüre, wie mich der Schlaf übermannt. Wenn ich schlafe, tut es vielleicht nicht mehr so weh.

„Charlotte, wage es nicht, mich zu verlassen! Bleib bei mir, Schatz, bitte." Louies Stimme lässt mich die Augen öffnen. „Genau so. Sieh mich an. Du hast gesagt, du würdest mich nicht verlassen. Warum würdest du das tun? Warum würdest du dich für mich vor eine verdammte Kugel werfen?"

„Weil ich nicht wollte, dass sie dich trifft", sage ich ihm.

„Wo zum Teufel bleibt der Krankenwagen?", schreit Louie erneut.

„Ich mache nur ganz kurz die Augen zu."

„Nein. Tu das nicht!" Diesmal klingt Louie, als wäre er unter Wasser. Oder vielleicht bin ich es. Ich bin gerne unter Wasser. Dort ist es beruhigend.

Kapitel Dreiunddreißig

„Wie zum Teufel hat jemand eine Waffe in mein Casino geschmuggelt?" Meine Stimme hallt von den Wänden des Krankenhausflurs wider. Außer den Ärzten und Krankenschwestern, die Charlotte umgeben, ist niemand hier.

Meine Frau. Ein einziger verdammter Tag mit meinem Nachnamen, und ich habe sie schon im Stich gelassen. Es ist meine Aufgabe, sie zu beschützen, und sie wurde in meinem eigenen verdammten Haus angeschossen.

„Er war ein Dealer", sagt Carlo und schaut über seine Schulter zu Jazzy, die auf einem dieser beschissenen Plastikstühle sitzt. Er hat dem Kind ein Paar Kopfhörer mit Geräuschunterdrückung aufgesetzt und ihr ein iPad gegeben. Da sie sich von meinem Ausbruch nicht beeindrucken lässt, würde ich sagen, dass sie im Moment nichts hört.

„Ein Dealer." Ich schüttle den Kopf. „Alle wurden überprüft." *Wie konnte das passieren? Mit einem meiner eigenen Mitarbeiter?*

„Er war mit diesem verdammten Greggory verwandt. Cousins, soweit ich weiß."

„Wer zum Teufel ist Greggory?", grunze ich.

„Der Junge, den wir letzte Woche umgelegt haben, der, dem Justin den Abgabepunkt verraten hat", sagt Sammie.

Ich fahre mir mit den Händen durch die Haare. „Wo zum Teufel ist Emmanuel?" Ich habe ihn seit gestern weder gesehen noch von ihm gehört.

„Keine Ahnung", zuckt Carlo mit den Schultern. „Er ist untergetaucht."

„Verdammt noch mal. Wir sollen in drei Stunden eine Lieferung abholen." Ich kann dieses Krankenhaus nicht verlassen. Ich kann sie nicht allein lassen. Was, wenn sie aufwacht und ich nicht hier bin?

„Ich übernehme das", sagt Sammie zu mir.

„Du kannst nicht ohne Verstärkung gehen", erinnere ich ihn. „Vor allem, wenn wir nicht wissen, ob dieser verdammte Arsch allein gearbeitet hat. Was wissen wir noch über Greggory?"

„Nichts. Er hatte keine Verbindungen zu einer bekannten Familie. Er war bloß ein Straßengangster."

„Uns fehlt etwas. Finde es", zische ich. „Und bring das Kind nach Hause. Sie sollte nicht hier hocken müssen."

Ich seufze und schaue auf die Glasscheibe, die uns von der reglosen Gestalt meiner Frau trennt. Sie liegt ausgestreckt auf dem Krankenhausbett. Die Ärzte haben mir versichert, dass sie es schaffen wird. Sie haben die Kugel entfernt und gesagt, dass sie keine lebenswichtigen Organe getroffen hat. Das heißt, sie sollte bald aufwachen.

„Ich komme mit dir zum Treffpunkt", sage ich zu Sammie. Ich kann ihn nicht alleine gehen lassen. „Ich will, dass das ganze verdammte Krankenhaus umstellt wird. Ich will zehn Männer in diesem Flur, und ich will, dass sie alle gewarnt werden, dass sie mit ihrem Leben bezahlen, wenn ihr etwas passiert."

Die Türen öffnen sich und Emmanuel kommt rein. „Geht es ihr gut?"

„Wo zum Teufel warst du?", knurre ich.

War er es? Hatte er was damit zu tun, dass der Junge abgedrückt hat? Die Kugel hätte eigentlich mir und nicht meiner Frau gelten sollen.

„Ich habe einen Kontaktmann aufgesucht. Ich habe gehört, was passiert ist, und bin zurückgekommen", sagt er.

Die Türen öffnen sich erneut und Charlottes Freundin kommt den Flur entlanggerannt. Dieselbe, die eigentlich mit dem Flugzeug von hier wegfliegen wollte. „Wo ist sie?", schreit Evie. „Was zum Teufel hast du getan?" Sobald sie mich erreicht, schlägt sie mit den Fäusten gegen meine Brust.

Emmanuel packt sie um die Taille und zieht sie zurück. „Hey, er war es nicht", sagt er zu ihr.

„*Ohne ihn* wäre ihr nichts passiert. Wo ist ..." Evie hält inne, als sie Charlotte durch das Fenster sieht. „Nein!"

„Sie wird wieder gesund", sage ich. „Sie wird gleich aufwachen."

Evie starrt mich an, befreit sich aus Emmanuels Griff und geht ins Krankenzimmer.

„Hast du einen Kontakt aufgesucht oder du eine ahnungslose Frau gestalkt?", fragt Sammie nachdenklich.

„Halt die Klappe", zischt Emmanuel ihn an.

„Wir bekommen eine Lieferung. Ich muss sie abholen", sage ich zu Emmanuel. „Bleibst du hier?"

„Ich gehe. Du bleibst hier", sagt er. „Ich weiß, was du denkst. Aber ich war es nicht, Louie. Du musst wirklich deine Komplexe überwinden. Ich habe nicht vor, dir in den Rücken zu schießen. Wir wissen beide, dass ich es nur tun würde, während du mich direkt ansiehst."

„Meine Frau liegt bewusstlos in einem verdammten Krankenhausbett. Verzeih mir, dass ich dir nicht vertraue!", schreie ich ihn an.

„Denk dran, das ist die beste Freundin deiner Frau. Du kannst sie nicht umbringen." Er grinst. „Ich komme wieder. Los geht's, Sammie."

„Wie beschissen, dass du dein eigenes Produkt einsammelst", erwidert Sammie.

„Weißt du, was noch beschissen ist? Der Klang deiner verdammten Stimme", wirft Emmanuel ihm hinterher, als sie hinausgehen.

„Onkel Louie, als meine Mama im Krankenhaus

war, habe ich ihr immer Musik vorgespielt. Das hat sie immer glücklich gemacht. Vielleicht kannst du Charlotte Musik vorspielen." Jazzys kleine Stimme lässt mich nach unten schauen.

„Deine Mama war im Krankenhaus?", frage ich, und das kleine Mädchen nickt. Carlo hat aus dem Kind nichts über ihre Mutter herausbekommen. Das ist echt komisch. Die meisten Kinder würden zumindest versehentlich einen Namen oder so verraten. „Danke für den Tipp. Ich werde es versuchen."

„Ich bringe sie nach Hause." Carlo sieht mich an. „Kommst du hier klar?"

„Ja, schnapp dir das Arschloch. Ich will wissen, ob er allein gearbeitet hat oder nicht", sage ich ihm.

„Klar", antwortet er, hebt Jazzy hoch und geht raus.

Ich gehe in den Raum und setze mich neben Charlotte. Dann ziehe ich mein Handy raus. Ich will ihr was vorspielen, habe aber keine Ahnung, welche Musik sie mag. „Scheiße!"

Ich balle die Faust. Sie ist meine Frau. Ich sollte wissen, welche Musik sie mag. Warum habe ich ihr nicht mehr Fragen gestellt?

„Geht es dir gut?", fragt Evie.

„Meine Frau wurde angeschossen. Also nein,

mir geht es verdammt noch mal nicht gut", grunze ich sie an.

„Was ist passiert?"

„Sie hat sich vor eine Kugel geworfen, die für mich bestimmt war." *Ich sollte hier liegen.*

„Sie liebt dich", nickt Evie. „Du hättest dasselbe getan ... wenn du es kommen gesehen hättest. Oder?"

„Natürlich hätte ich das." Ich fahre mir mit den Händen durch die Haare. „Ich weiß nicht, welche Musik sie mag. Ich will ihre Musik vorspielen, aber ich weiß nicht, was für welche sie mag."

„Charlotte, wenn du nicht aufwachst, werde ich ihm sagen, dass du Tay-Tay liebst, und das ist alles, was du hören wirst, bis du aufwachst", sagt Evie zu Charlotte, die sich verdammt noch mal nicht rührt. Evie sieht mich wieder an. „Warum wacht sie nicht auf?"

„Sie haben gesagt, sie wird aufwachen, wenn sie bereit ist."

„Nun, dieser Zeitpunkt könnte jetzt sein." Evie nickt, als wäre es beschlossene Sache. Obwohl wir beide wissen, dass das nicht so ist. „Sie mag Country. Leg einfach irgendeinen Country-Mix auf, und sie wird es lieben."

Verdammte Countrymusik. Klasse. Ich hasse

Country. Aber ich werde sie mir anhören, bis mir die Ohren bluten, wenn sie dadurch aufwacht.

„Glaubst du, sie kann uns hören?", frage ich Evie.

Sie schüttelt den Kopf. „Ich weiß nicht ..."

Vier Stunden später verlässt Evie den Raum, um Kaffee zu holen. Ich kann nicht weggehen. Meine Hand umklammert Charlottes fester. Ich habe ihr nach der Operation wieder ihre Eheringe angesteckt. Ich wollte nicht, dass all diese Ärzte und Krankenschwestern herumstehen und denken, sie sei nicht verheiratet. Ich hätte Paulie ihr das Tattoo stechen lassen sollen. Vielleicht mache ich es selbst, wenn sie aufwacht.

Charlottes Finger bewegen sich. Ich schrecke hoch und mein Blick trifft ihren. „Du bist wach." Ich atme erleichtert aus. „Gott sei Dank. Ich hatte solche Angst", sage ich zu ihr und beuge mich vor, um meine Lippen auf ihre Stirn zu drücken. „Es tut mir so leid."

„Träume ich noch?", fragt Charlotte mit verwirrtem Gesichtsausdruck.

„Nein, Schatz. Du träumst nicht, es sei denn, ich tue es."

„Ich hatte einen Traum. Ich habe jemanden geheiratet. *Dich.* Aber das ist nicht real. Männer wie du verlieben sich nicht in Mädchen wie mich, also träume ich definitiv noch." Sie lächelt mich an.

„Ich habe mich nicht nur in dich verliebt, Mrs. Giuliani. Ich bin ohne Seil über diese Klippe gesprungen. Das lässt sich nicht rückgängig machen. Ich liebe dich."

„Ich liebe dich", sagt sie. „Geht es dir gut? Du hast dich doch nicht verletzt, oder?"

„Ich bin vor Sorge mindestens fünfzig Jahre gealtert. Mach das nie wieder. Du darfst dich für niemanden in Gefahr bringen", sage ich zu ihr.

„Mmm, du bist nicht mein Vater. Du kannst mir nicht vorschreiben, was ich zu tun und zu lassen habe", sagt sie. „Ich brauche ..."

„Was? Was brauchst du?" *Mist!* Ich drücke den Rufknopf für die Krankenschwestern oder Ärzte oder wen auch immer. Sie sollten wissen, dass sie wach ist.

„Wasser", krächzt Charlotte, und ich greife sofort nach einem Plastikbecher. Ich fülle ihn mit

Eiswasser aus dem Krug, stecke einen Strohhalm hinein und halte ihr den Becher an den Mund.

„Beweg dich nicht", sage ich ihr.

Charlotte nippt am Strohhalm, bis eine Menge Ärzte und Krankenschwestern in den Raum stürmen. Ich muss zur Seite treten, während sie sich alle um sie kümmern.

Kurz darauf kommt Evie zurück. „Oh mein Gott, du bist wach. Warum hast du mir nicht gesagt, dass sie aufgewacht ist?" Sie starrt mich an. Ich werde dieses Jahr wohl nicht auf der Weihnachtskartenliste dieser Frau stehen. Das ist mir aber egal. Deshalb antworte ich ihr auch nicht.

„Was machst du hier? Du bist doch nach Hause geflogen", fragt Charlotte Evie.

„Ich ... äh ... bin auf ein kleines Hindernis gestoßen. Wir reden später darüber. Ich bin nur so froh, dass du wach bist. Du hast mir eine Heidenangst eingejagt. Mach das nicht noch mal", sagt Evie zu ihr.

Nachdem der Arzt Charlotte strengstens verboten hat, sich aus dem Bett zu bewegen, geht er. Sobald die Tür wieder ins Schloss fällt, schaut sie mich an. „Was ist passiert? Mit dem Typen?"

„Die Security hat ihn erwischt, kurz nachdem er geschossen hat", erzähle ich ihr.

„Aber warum hat er versucht, dich zu erschießen?“

„Keine Ahnung. Wir checken das gerade.“

„Okay. Aber du bist doch in Sicherheit, oder? Niemand versucht aktiv, dich umzubringen?“ Charlotte sieht mich flehentlich an.

„Ich gehe nirgendwo hin“, versichere ich ihr.

Charlotte nickt und wendet sich dann an Evie. „Und was ist mit dir? Warum bist du zurück?“

„Mist, das ist meine Mutter. Ich muss da rangehen.“ Evie winkt uns mit ihrem Handy zu, das nicht einmal klingelt, und rennt zur Tür hinaus.

„Emmanuel hat sie hergebracht“, erkläre ich.

„Louie?“

„Ja?“

„Ich will nach Hause“, sagt Charlotte.

„Ich bringe dich nach Hause, sobald der Arzt es erlaubt“, verspreche ich ihr.

„Bleibst du bei mir?“, fragt sie.

„Ich geh nirgendwo hin.“

„Danke.“ Sie lächelt und gähnt.

„Danke dir. Du hast mir heute buchstäblich das Leben gerettet, Schatz, aber mach das nicht noch mal.“

„Das ist die Aufgabe einer Ehefrau“, sagt sie und schließt die Augen. „Ich bin gerne deine Frau.“

Kapitel Vierunddreißig

Es ist eine Woche her, seit ich angeschossen wurde, und endlich darf ich nach Hause. Ich habe das Personal immer wieder gefragt, wann ich entlassen werde, aber ich glaube, Louie hat den Arzt angewiesen, mich so lange wie möglich in diesem verdammten Krankenhaus zu behalten. Er ist nicht besonders glücklich darüber, dass ich entlassen wurde.

Das Auto hält vor dem Royal Flush. Ich weiß, dass ich es kaum erwarten konnte, nach Hause zu kommen, aber wieder durch das Casino gehen zu müssen ... Da ist mir mulmig zumute. Ein leichter Schweißfilm bedeckt meine Stirn und mein Herz schlägt schneller bei dem Gedanken daran.

„Louie, ich ...“ Ich schaue ihn an. Ich weiß nicht, was ich sagen soll.

„Ich bin für dich da. Hier bist du sicher, Charlotte. Das verspreche ich dir“, sagt er.

„Aber bist *du* es auch?“, frage ich ihn.

„Ja.“

„Ich weiß nicht, ob ich da reingehen kann“, gebe ich zu.

„Wir nehmen den Personaleingang. Du musst nicht durch den Casino-Bereich gehen“, sagt er. „Komm.“ Er öffnet die Tür, springt aus dem SUV, greift nach mir und hebt mich hoch.

„Was machst du da? Lass mich runter. Ich kann laufen“, sage ich zu ihm.

„Nein“, sagt er, geht ins Casino und biegt dann schnell nach links ab.

„Was meinst du mit *nein?* Ich kann laufen, Louie. Lass mich runter“, wiederhole ich.

„Und ich kann dich tragen. Ich *möchte* es", sagt er.

Ich merke erst, wie fest ich mich an ihn klammere, als wir sein Penthouse betreten und er mich auf das Bett setzt. Er muss meine Hände von seinem Hemd lösen, damit er aufstehen kann. Allerdings scheint er das nur ungern zu tun.

„Beweg dich nicht", weist Louie mich an, bevor er sich umdreht und aus dem Zimmer geht.

Ich stehe auf und folge ihm. Der Schmerz schießt mir direkt in die Schulter, aber ich beiße die Zähne zusammen. Ich werde nicht noch eine Woche im Bett sitzen bleiben.

„Was machst du da? Du musst im Bett bleiben", ruft Louie entsetzt.

„Nein, muss ich nicht. Ich setze mich aufs Sofa", sage ich und gehe ins Wohnzimmer.

Er bringt mir eine Flasche Wasser und setzt sich neben mich. „Hast du Schmerzen? Brauchst du irgendwas?"

Ich schüttle den Kopf. „Ich brauche nichts. Nur dich."

Wie versprochen, hat Louie mich die ganze Woche, die ich im Krankenhaus verbracht habe, nicht allein gelassen. Manchmal ist er aus dem Zimmer gegangen, um mit Sammie oder Carlo zu reden, aber er ist immer vor dem Fenster stehen geblieben, wo er mich sehen konnte. Wo ich *ihn* sehen konnte.

„Ich weiß es wirklich zu schätzen, dass du bei mir bleibst. Ich weiß, dass du viel zu tun hast", sage ich nach einem Moment der Stille.

„Ich wäre nirgendwo anders, Charlotte. Du bist meine Frau. Das macht dich zu meiner obersten Priorität. Wenn du mich brauchst, bin ich da. Immer", sagt Louie.

„Du musst jetzt nicht bleiben, wenn du was zu erledigen hast. Ich komme schon klar."

„Ich lasse dich nicht allein."

„Evie und Rachel sind hier", erinnere ich ihn.

„Evie und Rachel sind nicht ich", antwortet er. „Ich glaube nicht, dass ich schon bereit bin, dich zu verlassen."

„Dann tu es nicht." Es ist mir egal, wie lange er an meiner Seite bleibt. Ich mag es. Zumindest weiß ich dann, dass er in Sicherheit ist und niemand versucht, ihn umzubringen.

Die wenigen Male, die ich Louie nach dem Typen gefragt habe und danach, was als Nächstes passiert, hat er mich mit vagen Antworten abgespeist. Ich weiß, dass er nicht will, dass ich mir Sorgen mache, aber ich weiß nicht, wie ich ihn aus der Tür gehen lassen kann, ohne mir Sorgen zu machen. Ich war mit einem Polizisten verlobt und habe mir nie Sorgen gemacht, dass Owen nicht nach Hause kommen könnte, obwohl ich immer wusste, dass die Möglichkeit besteht, dass er es nicht tut. Es hat mich nicht beunruhigt. Aber der Gedanke, dass Louie aus der Tür geht und nicht zurückkommt, lässt mein Herz schneller schlagen und meine Handflächen schwitzen.

Ein paar Minuten später kommen Sammie und Carlo herein. „Boss, auf ein Wort", sagt Sammie und nickt in Richtung des Flurs, der zu Louies Arbeitszimmer führt.

„Bin gleich zurück", sagt Louie und gibt mir einen Kuss auf die Stirn.

Carlo kommt und setzt sich neben mich. Er sieht nervös aus. *Was zum Teufel ist hier los?*

„Ich habe eine Frage. Es geht um Mädchen", sagt er.

„Ich bin mir ziemlich sicher, dass du dieses Thema hinter dir hast", lache ich. „Was ist los?"

„Nicht diese Art von Frage. Es geht um Jazzy. Sie bittet mich ständig, ihr die Haare zu flechten. Ich habe keine Ahnung, wie man Haare flechtet, und egal, wie viele YouTube-Videos ich mir anschaue, ich kriege es einfach nicht hin. Wie sollte ich auch?", sagt er.

„Okay, erstens sind Zöpfe nicht nur was für Mädchen. Zweitens ist es ganz einfach. Ich bringe es dir bei." Ich fahre mit den Fingern durch mein Haar bis zu den Spitzen. Ich lege es über meine Schulter, bevor ich die Strähnen teile. „Du musst mit drei Strähnen anfangen und sie einfach so übereinander-legen." Ich zeige ihm ein paar Mal, wie es geht, bevor ich ihm mein Haar gebe. „Hier, mach du weiter."

Carlo schaut hinter uns und dann wieder zu mir. „Wenn ich sterbe, habe ich dich und Louie zu Jazzys Vormündern gemacht", sagt er und nimmt meine Haarsträhnen in die Hand.

„Du stirbst nicht." Ich verdrehe die Augen.

„Vielleicht ... in ein paar Minuten." Er lacht und seine Finger fummeln herum, während er versucht, meine Haare zu flechten. Er ist echt schlecht darin. Ich hätte nicht gedacht, dass Haare flechten so schwierig ist.

„Gibt es einen Grund, warum du die Haare meiner Frau anfasst, oder willst du einfach nur deine verdammten Hände verlieren?", knurrt Louie – ja, knurrt – und stürmt auf uns zu.

„Entspann dich. Ich habe ihm gezeigt, wie man flechtet. Für Jazzy. Aber es könnte eine aussichtslose

Sache sein." Ich schaue von meinem Mann zurück zu Carlo. „Bring sie einfach her, ich mache ihr eine schöne Frisur."

„Kauf dir eine verdammte Puppe und übe damit, aber fass meine Frau nicht an", knurrt Louie. Dann dreht er sich zu mir um, und sein ganzes Auftreten wird sanfter. „Schatz, ich muss kurz nach unten gehen und mich um etwas kümmern. Kommst du hier zurecht?"

Ich möchte nein sagen. Ich möchte ihm sagen, dass er mich nicht allein lassen soll. Aber er muss arbeiten. Er ist ein vielbeschäftigter Mann, und ich darf nicht anhänglich sein. „Mir geht es gut. Evie und Rachel kommen vorbei."

Die beiden wohnen in der Suite nebenan. Rachel ist sofort hergeflogen, als sie gehört hat, was mir passiert ist. Ich dachte, Louie wäre schon überfürsorglich. Aber eine echte Ärztin als beste Freundin zu haben? Ja, sie stellt diesen Mann in den Schatten.

Die Mädels mussten mir versprechen, niemandem von meiner Verletzung zu erzählen. Mir fehlt gerade noch, dass meine Eltern hierher geflogen kommen, weil ich angeschossen wurde. Außerdem geht es mir gut. Ich will ihnen keine Sorgen bereiten.

„Carlo, hol die Mädels und sag ihnen, dass sie

rüberkommen können", sagt Louie. „Eine von ihnen ist Ärztin." Er sagt das leise, als wolle er sich selbst davon überzeugen, dass er mich allein lassen kann.

„Mir geht es gut. Geh arbeiten. Mach, was du tun musst." Ich hätte nie gedacht, dass ich das einmal sagen würde, aber ich vermisse die Arbeit. Ich frage mich, ob ich im Casino aushelfen kann. Aber dann versetzt mich der Gedanke, tatsächlich nach unten zu gehen, in Panik.

In Gedanken zähle ich bis fünf und atme so tief wie möglich durch. Ich will nicht, dass Louie denkt, ich würde in Panik geraten. Das tue ich nicht. Mir geht es gut.

Sobald Carlo mit den Mädchen zurückkommt, geht Louie. Wir setzen uns zusammen auf das Sofa, und ich lasse Evie durch Netflix scrollen, um zu entscheiden, was wir uns ansehen wollen. Ich döse weg, bis mich ein lauter Knall aufschrecken lässt. Ich schreie, rolle mich zu einem Ball zusammen und schlinge die Arme um meine Beine.

„Entschuldige, das war nur mein Handy", sagt Rachel. „Charlotte, du bist in Sicherheit. Es ist alles okay." Ihre Hände streichen mir über den Rücken.

„Mir geht es gut", sage ich leise. Ich mag keine plötzlichen Geräusche. Wenn ich die Augen schließe, höre ich immer noch die Schüsse. Ich schaue zur Tür. Ich brauche Louie. „Glaubst du, es geht ihm gut?"

„Ihm geht es gut", sagt Evie. „Dieser Mann ist furchterregender als der Teufel selbst."

„Sagt diejenige, die mit einem Kartellboss rumhängt." Ich schaue sie finster an. „Apropos, wo ist dein Schatten heute?"

„Er ist zurück nach Mexiko gereist", sagt sie. „Er ist nämlich nicht mein Schatten."

„Anscheinend nicht." Ich schaue kurz zur Tür, bevor ich mein Handy zücke. „Ich muss es wissen."

„Willst du ihn anrufen? Charlotte, er ist gerade erst vor zehn Minuten gegangen", erinnert mich Evie.

„Ich weiß. Du hast recht. Ihm geht es gut." Ich lege mein Handy wieder auf den Tisch. *Ihm geht es gut. Gut. Gut.*

Ich weiß nicht, wie viel Zeit vergeht, aber ich zittere. Meine Hände zittern regelrecht. Mein Herz pocht und ich kann nur an Louie denken, der blutüberströmt auf dem Boden liegt. Ich bekomme das Bild aus nicht aus meinem Kopf. Egal, wie sehr ich es auch versuche. Tränen laufen mir über die Wangen und ich wische sie weg.

„Scheiße. Charlotte, Schatz, was ist los?", fragt Rachel, springt auf und lässt sich vor mir auf die Knie fallen.

„Ich kann nicht ... Ich weiß nicht ..." Ich finde einfach keine Worte. „Louie ..."

„Ich hole ihn." Evie schnappt sich mein Handy und hält es mir vor das Gesicht, um den Bildschirm zu entsperren. Ich höre weder, was sie sagt, noch, was meine beiden Freundinnen auf mich einreden.

„Verdammt noch mal, was ist denn passiert?" Das ist das Einzige, was ich höre. Louies Stimme. Ich drehe den Kopf und sehe, wie er auf mich zustürmt.

„Sie hat eine Panikattacke", sagt Rachel.

„Warum?", fragt Louie sie. Seine Arme gleiten unter mich und er hebt mich hoch. Ich höre nichts mehr, als er mich ins Schlafzimmer trägt. Er setzt sich auf das Bett und drückt mich an seine Brust. „Es ist okay. Atme einfach, Charlotte. Ich bin bei dir. Dir geht es gut. Ich liebe dich."

Er flüstert mir weiterhin sanfte Worte ins Ohr, während er mit seinen Fingern durch mein Haar streicht. Meine Finger klammern sich an den Revers seiner Jacke. „Es tut mir leid", bringe ich hervor.

„Es ist okay. Du musst dich nicht entschuldigen", sagt er mir.

„Ich konnte nicht aufhören, an dich zu denken. Ich habe es gesehen, Louie. Ich sah dich auf dem Boden liegen, voller Blut", erkläre ich. „Und ich war nicht da, um dich aus dem Weg zu schaffen."

„Ich bin hier, Charlotte. Mir geht es gut. *Uns* geht es gut", sagt er und küsst mich sanft auf den Kopf.

„Es tut mir leid", wiederhole ich. Ich will nicht so sein, dass ich es nicht aushalte, von meinem Mann getrennt zu sein. Ich will nicht von Angst zerfressen sein.

„Wir haben ihn gefunden", sagt Louie.

„Was? Wen habt ihr gefunden?", frage ich ihn.

„Sammie hat den Typen gefunden, der den Anschlag organisiert hat", erklärt er. „Es war eine rivalisierende Familie, und man hat sich um sie gekümmert."

„Was meinst du mit rivalisierender Familie?"

„Eine andere Familie, die in der Gegend tätig ist. Sie wollten mich übertrumpfen. Das ist ihnen nicht gelungen, und jetzt zahlen sie den Preis dafür. Der Typ, der das organisiert hat, ... ist weg. Er wird kein Problem mehr sein."

„Woher weißt du, dass diese Familie es nicht noch mal versuchen wird?"

„Weil wir uns geeinigt haben. Es wird eine Hochzeit geben", sagt Louie zu mir. „Mach dir keine Sorgen. Wie ich schon sagte, die Sache ist geregelt. Du musst dir keine Sorgen um mich machen, Charlotte. Ich verspreche dir, dass mich nichts jemals von dir wegbringen wird."

Ich klammer mich fester an ihn, während mir eine weitere Träne über die Wange läuft. „Ich liebe dich mehr, als ich es für menschlich möglich gehalten hätte."

„Ich liebe dich auch, Schatz. Du hast keine Ahnung, wie sehr ..."

Kapitel Fünfunddreißig

Eine Stunde zuvor

Tief in meinem Inneren weiß ich, dass Charlotte nicht damit einverstanden war, dass ich sie verlassen habe. Aber sie ist nicht allein. Sie hat ihre Freunde bei sich. Und wenn ich mich nicht um das Chaos kümmern müsste, aus dem unsere Welt besteht, wäre ich auch nicht gegangen.

Sammie und Carlo haben den Typen gefunden, der den Anschlag auf mich organisiert hat. Es war ein Mitglied der Marciano-Familie. Das sind italienische Mafiosi, die versuchen, hier am Strip Fuß zu fassen. Meinem verdammten Strip.

Weil ich ihren Don respektiere, habe ich zugestimmt, mich mit ihm zu treffen. Das heißt aber nicht, dass ich den Typen, der meiner Frau in die Schulter geschossen hat, nicht zur Rechenschaft ziehen werde. Ich werde ihn abschlachten und ausbluten lassen, wie es sich gehört. Ob er es nun selbst war oder nicht, er ist der Grund, warum Charlotte in Gefahr geraten ist. Der Grund, warum sie angeschossen wurde und nicht ich. Der Tod ist das Beste, was ich für ihn tun kann.

Joey Marciano sitzt mir gegenüber. Ich erwidere seinen finsteren Blick. „Mach schnell. Wir wissen beide, dass ich ihn nicht am Leben lassen werde. Meine Frau wurde angeschossen, weil irgendein Arschloch dachte, es wäre eine gute Idee, sich in mein Casino zu schleichen. Also, was auch immer du dir einreden musst, um damit klarzukommen, dass einer deiner Männer von mir ausgeweidet wird, ich schlage vor, du tust es jetzt."

„Ich bin nicht hier, um einen Krieg mit dir anzufangen, Giuliani", sagt Joey.

„Warum dann?"

„Ich habe ein Geschenk für dich." Der alte Bastard lächelt. „Ein Zeichen des guten Willens." Er winkt mit der Hand, und sein Unterboss öffnet die Tür. Ein Mann wird hineingeworfen, schlägt mit einem deutlichen *Rumms* auf dem Boden auf und krabbelt dann auf die Knie. „Der Typ, den du suchst." Joey nickt in Richtung des Arschlochs.

„Wo ist der Haken?", frage ich, ohne mich von meinem Platz zu bewegen. Egal, wie sehr ich diesen Mistkerl auch in die Finger kriegen will. Ich bin nicht dort, wo ich heute bin, indem ich aus Emotionen heraus gehandelt habe. Deswegen werde ich jetzt auch nicht damit anfangen. Ich habe noch so viel mehr, wofür es sich zu leben lohnt.

„Was? Boss, nein, tu das nicht! Ich habe nichts getan! Ich schwöre!" Der Typ schreit, während er versucht, aufzustehen. Eine schwierige Aufgabe, wenn deine Knöchel und Handgelenke noch gefesselt sind.

„Ich will einen Deal machen. Einen, der unseren beiden Organisationen zugutekommt", sagt Joey. „Einen, nach dem dieser Vorfall hier ..." Er deutet mit der Hand auf seinen Mann. „... vergeben und vergessen sein wird."

„Meine Frau wurde angeschossen. Das werde ich niemals vergessen. Oder vergeben", sage ich zu Joey.

„Verständlich." Er nickt.

„Trotzdem wäre es unhöflich von mir, dir nicht wenigstens zuzuhören." Ich lehne mich in meinem Stuhl zurück. „Um was für einen Deal geht es?"

„Eine Fusion. Von Familien", sagt Joey. „Ich habe eine Tochter, Antonia. Einundzwanzig, im heiratsfähigen Alter."

Ich blinzele. Dieser Typ kann das doch nicht ernst meinen. Er will seine Tochter verheiraten? An wen? So läuft das bei uns nicht.

„Wir arrangieren keine Ehen", erinnere ich ihn.

„Das würde Frieden zwischen unseren beiden Organisationen bringen, Louie. Denk mal drüber nach", sagt er. „Antonia wird sowieso heiraten. Entweder einen deiner Männer oder jemanden aus einer anderen Familie." Joey lehnt sich zurück und ahmt meine Haltung nach, indem er ein Bein über das andere schlägt.

Ich verstehe die versteckte Botschaft. Entweder wir oder sie. Eine der anderen Verbrecherfamilien in Vegas. Was mich betrifft, kann er sich *ihnen* anschließen. Es ist mir egal. Ich will nur, dass dieser Arschloch sich auf dem Boden windet.

„Ich mach's." Carlo tritt hinter mir hervor.

Ich drehe mich zu ihm um. „Wie bitte?" Ich blinzele.

„Ich mach's. Ich heirate sie. Für die Familie", sagt er. „Das ist eine gute Idee."

„Du willst eine arrangierte Ehe eingehen?", frage ich ihn.

„Warum nicht." Er zuckt mit den Schultern.

„Okay." Ich wende mich wieder Joey zu. Um Carlo kümmere ich mich später. Ich verstehe nicht, warum jemand, der so darauf besteht, niemals zu heiraten, plötzlich eine lebenslange Verbindung mit jemandem eingehen will, den er nicht einmal kennt. „Deal." Ich strecke meine Hand aus.

Der ältere Mann erwidert die Geste mit einem Lächeln. „Das wird eine sehr vorteilhafte Beziehung zwischen unseren Familien", sagt Joey.

Ich nicke und warte, bis Marciano und sein Unterboss den Raum verlassen haben, bevor ich mein Geschenk annehme.

„Bringen wir ihn in den Keller", sage ich zu Sammie. Ich stehe auf, um meine Jacke zuzuknöpfen, und gerade als ich nach meinem Handy greife, blinkt Charlottes Name auf dem Display auf. Ich wische, um den Anruf anzunehmen, und halte das Gerät sofort an mein Ohr. „Liebling? Alles in Ordnung?"

„Ich bin's, Evie. Du musst zurückkommen, Louie. Sofort!"

„Was ist passiert?", frage ich und gehe schon zur Tür.

„Sie fragt nach dir. Komm einfach zurück", sagt Evie und legt dann auf.

„Scheiße!" Ich ziehe sofort meine Waffe aus meinem Hosenbund. „Ich wollte, dass das noch viel mehr wehtut, aber ich werde woanders gebraucht", sage ich zu dem Arschloch auf dem Boden, bevor ich ihm eine Kugel in den Kopf und dann zwei weitere in die Brust jage.

Dann renne ich zu den Aufzügen, während mir die schlimmsten Szenarien durch den Kopf gehen. Ich wusste, dass ich sie verdammt noch mal nicht hätte allein lassen dürfen.

Als ich in der Wohnung ankomme, finde ich Charlotte auf dem Sofa. Sie ist schweißgebadet und Tränen laufen ihr über die Wangen. Ich war eine Stunde weg. Eine verdammte Stunde.

Ich nehme sie in die Arme, trage sie in unser Zimmer und schließe die Tür. Sie braucht niemanden sonst. Sie braucht nur mich. Ich werde sie nicht wieder verlassen. Es ist mir egal, ob ich den Rest unseres Lebens rund um die Uhr an ihrer Seite verbringen muss. Ich werde einen Weg finden, damit es funktioniert, denn ich will sie nie wieder so sehen.

Nachdem ich sie beruhigt habe, versichere ich ihr, dass ich sie liebe, und lege sie neben mich auf das Bett. „Ich gehe nirgendwo hin, Schatz."

Sie klammert sich an meinen Anzug, als hätte sie Angst, ich könnte verschwinden. „Es tut mir leid." Charlotte lässt meine Jacke los und schüttelt die Hände aus.

„Ich werde aufstehen und mich ausziehen. Dann trage ich dich ins Badezimmer und wir duschen zusammen", erkläre ich mit ruhiger, gleichmäßiger Stimme.

„Können wir baden? Oder zum Pool gehen?", fragt sie mich.

„Du kannst noch nicht schwimmen. Aber wir können die Badewanne füllen und unser Bestes tun, damit deine Schulter nicht zu nass wird", schlage ich vor, während ich meine Jacke ausziehe. Als Nächstes entledige ich mich meines Hemdes und hebe sie dann hoch.

„Louie, wer heiratet denn?", fragt Charlotte, nachdem wir uns in der Badewanne eingerichtet haben.

„Carlo", sage ich. „Er hat sich freiwillig bereit erklärt, die Tochter der anderen Familie zu heiraten."

„Warum sollte er das tun?"

„Keine Ahnung. Vielleicht hat er gesehen, wie gut unsere Ehe funktioniert, und möchte das Gleiche", überlege ich.

„Vielleicht denkt er, dass er eine Ersatzmutter für Jazzy braucht", entgegnet Charlotte.

Das klingt logisch, aber ich glaube trotzdem nicht, dass das der Grund ist. Er schien ... sehr darauf erpicht zu sein, dieses Mädchen zu heiraten. Er weiß nicht einmal, wie sie aussieht. Zumindest glaube ich das nicht. Andererseits... soweit ich weiß, könnten sich ihre Wege irgendwann gekreuzt haben. Vegas ist nicht so groß, wie manche vielleicht denken.

Epilog

Charlotte

Zehn Jahre später

Manchmal starre ich meinen Mann voller Bewunderung an – okay, eigentlich starre ich ihn ziemlich oft voller Bewunderung an. Dann kneife ich mich meist in den Arm, um sicherzugehen, dass ich nicht träume. Denn selbst nach zehn Jahren mit Louie habe ich immer noch das Gefühl, im Lotto gewonnen zu haben.

Alle hielten uns für verrückt, weil wir geheiratet haben, obwohl wir uns erst seit etwas mehr als einem Wochenende kannten. *Ich* dachte, ich wäre verrückt. Aber wenn ich jetzt zurückblicke, wird mir klar, dass ich es schon wusste, als ich ihn zum ersten Mal sah. Ich wusste es, als er mich mit auf die Dachterrasse nahm und mir beim Schwimmen zusah.

Ich habe diesen Mann vom ersten Moment an geliebt. Damals war ich verwirrt. Eigentlich hätte ich untröstlich sein müssen, nachdem ich meinen Verlobten mit meiner Schwester im Bett erwischt hatte. Stattdessen war es das Beste, was mir je passiert ist.

Ich drehe mich um und schaue zu, wie Melanie meine Tochter auf der Schaukel anschubst. Es hat Jahre gedauert, bis ich bereit war, meine Schwester wieder voll in mein Leben zu lassen. Wir haben nicht mehr die gleiche Beziehung wie früher und auch nicht mehr das gleiche Vertrauen zueinander, aber sie ist meine Schwester und ich *vertraue* meinem Mann. Außerdem ist Melanie eine tolle Tante für meine Kinder.

Ja, *Kinder*, Plural. Louie und ich haben drei. Unser ältester Sohn ist neun. Ich wurde kurz nach unserer Hochzeit schwanger. Alfie ist eine Kopie seines Vaters. Dann haben wir noch Hudson, unser mittleres Kind, das alles ist, was man von einem mittleren Kind erwartet. Er ist sieben. Frankie, unsere Jüngste und einzige Tochter, ist fünf. Sie ist klug, stark und sehr unabhängig. Außer wenn sie in der Nähe ihres Vaters ist, dann wird sie zu einer kleinen Prinzessin, die ihn herumkommandiert.

Ich habe das Leben, von dem ich immer geträumt habe. Eine Familie voller Liebe, Glück und endlosen Abenteuern. Mein Herz platzt vor Freude, wenn ich meine Kinder dabei beobachte, wie sie in unserem Garten herumtollen und mit ihren Cousins spielen.

„Schatz, alles okay?" Louie setzt sich neben mich auf die Sonnenliege. Wir grillen heute. Alle sind da. Carlo mit seiner Frau und seinen Kindern. Sammie und seine Frau. Und meine Schwester, die entschlossen ist, für immer unverheiratet zu bleiben. Rachel und Evie sind auch mit ihren Familien gekommen.

„Ich weiß nicht, wie du es geschafft hast, alle zur gleichen Zeit an einem Ort zu versammeln." Ich lächle meinen Mann an. „Aber ich finde es toll, dass du dir solche Mühe gegeben hast."

„Das war ganz einfach. Ich habe gedroht, sie alle umzubringen, wenn sie nicht kommen." Er grinst.

Das Leben mit Louie ist nie langweilig. Mache ich mir immer noch jedes Mal Sorgen, wenn er das Haus verlässt? Ja. Aber ich habe gelernt, mit dieser Sorge umzugehen. Denn ich möchte nicht ohne ihn leben.

Er hält mich so weit wie möglich aus seinen Angelegenheiten raus. Allerdings stelle ich auch nicht mehr allzu viele Fragen. Ich weiß, was er tut. Ich versuche nicht, das Gute und das Schlechte in meinem Kopf zu rationalisieren. Ich liebe diesen Mann. Mehr noch, ich werde *von ihm* auf eine Weise geliebt, wie ich noch nie zuvor geliebt worden bin.

„Du machst mich komplett", sage ich.

„Ich liebe dich." Louie beugt sich vor und drückt seine Lippen auf meine.

„Eklig." Hudson spritzt uns mit einer Wasserpistole nass. „Ihr beiden müsst euch mal abkühlen." Er lacht, bevor er davonrennt.

„Der Junge kann gut zielen", sagt Louie stolz lächelnd.

„*Der Junge* wird mehr Ärger machen als die anderen beiden zusammen." Ich lache.

„Ja, wahrscheinlich. Aber wir werden da sein, um ihn rauszuboxen." Louie nimmt meine Hand.

„Wir sollten das öfter machen. Alle zusammenbringen", sage ich. „Es ist schön, alle hier zu haben."

„Das stimmt", stimmt Louie zu.

„Papa, Papa, fang mich auf." Frankie rennt auf uns zu und springt Louie direkt in die Arme. „Du hast es geschafft!", ruft sie.

„Ich werde dich immer auffangen, Prinzessin", sagt Louie zu ihr.

„Ich weiß", sagt Frankie, als gäbe es gar keine andere Möglichkeit.

„Okay, komm. Wir müssen den Nachtisch aus der Küche holen. Du kannst mir mit den Keksen helfen", sage ich zu Frankie und nehme sie aus Louies Armen.

„Ich habe leckere Kekse gebacken, Daddy. Du wirst schon sehen", sagt Frankie, bevor sie ins Haus rennt.

Ich lächle ihr nach und schaue wieder zu Louie. „Bin gleich zurück."

Epilog

Zehn Jahre pure Glückseligkeit. Ich hätte nie gedacht, dass das Leben so sein könnte. Ich wusste nicht, dass man jemanden lieben kann und dieser jemand einen tatsächlich mit seiner ganzen Kraft zurückliebt. Ich habe Charlotte gefunden, als ich gar nicht nach ihr gesucht habe. Sie ist mein Geschenk Gottes, ein Geschenk, von dem ich sicher bin, dass ich es nicht verdient habe.

Aber sie gehört zu mir. Und nichts wird das jemals ändern.

Sie sagt mir ständig, dass ich sie vervollständige. Aber da irrt sie sich. Sie hat mich aus einer Welt voller Dunkelheit gerettet. Sie hat mir Licht geschenkt, etwas, zu dem ich jeden Abend nach Hause kommen kann. Und sie hat mir eine Familie geschenkt.

Unsere drei Kinder sind unglaublich. Ich weiß, dass alle Eltern denken, ihre Kinder seien die besten. Aber unsere sind es wirklich. Sie sind zur Hälfte Charlotte, und sie ist der beste Mensch, den ich kenne. Da ist es nur logisch, dass unsere Kinder genauso unglaublich sind wie sie.

Charlotte redet schon seit Monaten davon, ein Barbecue zu veranstalten. Endlich habe ich es geschafft. Ich habe sogar die Jets losgeschickt, um alle abzuholen, die sie liebt. Mir persönlich wäre es völlig egal, wenn es für immer nur uns und unsere Kinder gäbe. Ich brauche sonst niemanden. Aber sie liebt diese Idioten.

„Boss, hast du die Schlagzeilen gesehen?", fragt Sammie und reicht mir sein Handy.

„Mutmaßlicher Unterwelt-Boss Louie Giuliani

will sechstes Casino auf dem Las Vegas Strip eröffnen", lese ich laut vor.

Ich habe Charlotte gesagt, dass ich für jedes unserer Kinder ein Casino kaufen werde. Ich möchte, dass sie etwas haben, das nur ihnen gehört. Das neueste ist für Frankie, und wenn sie fünfundzwanzig wird, wird es vollständig auf sie überschrieben.

„Ihr redet doch nicht über die Arbeit, oder?" Charlotte taucht wieder neben mir auf.

„Bei einem Familienfest? Das würde mir im Traum nicht einfallen." Ich lege meinen Arm um sie.

„Und das ist mein Stichwort." Sammie steht auf und geht zu seiner Frau, während Charlotte ihre Hände hinter meinem Nacken verschränkt.

„Du bist ein schlechter Lügner. Gut, dass du das Haus bist, denn am Pokertisch würdest du dein ganzes Geld verlieren."

„Ich bin zufällig super im Pokern." Ich grinse. „Ich kann dich nur nicht anlügen."

„Gut. Denn wir spielen heute Abend. Wenn du mich schlägst, versuchen wir es mit dem vierten Kind, das du dir wünschst", sagt sie.

„Und wenn du gewinnst?", frage ich sie.

„Dann versuchen wir es mit dem vierten Kind, das *ich* mir wünsche." Sie lächelt.

Wir hatten vor einiger Zeit darüber gesprochen, noch ein Kind zu bekommen. Charlotte wollte aber warten, bis Frankie wirklich aus dem Babyalter heraus ist. Das war vor ein paar Jahren, und dann wurde es wohl einfach zu stressig. Das ist es immer noch. Aber das werde ich ihr nicht sagen. Wenn meine Frau noch ein Kind will, dann bekommt sie auch noch ein Kind.

„Ich kann es kaum erwarten, dich wieder zu schwängern", grinse ich.

„Das liegt daran, dass du auf schwangere Frauen stehst, du Spinner."

„Nein, ich stehe auf dich, Mrs. Giuliani. Weil du *meine Frau* bist." Ich lege meinen Arm um Charlottes Nacken und ziehe ihren Mund auf meinen. Meine Zunge taucht ein und vertieft den Kuss.

Ich werde diese Frau immer küssen wollen. Selbst nach zehn Jahren, kann ich nicht genug von ihr bekommen.

Bücher von Kylie Kent

German Titles

Merge Series

Merged With Him

Fused With Him

Entwined With Him

McKinley Ranch Duet

Sie zu ruinieren

Ihn zu ruinieren

Valentino-Imperium

Teuflischer König

Bescheidene Königin

Gemeinsame Herrschaft

Tempter-Reihe

Following His Rules

Following His Orders

Following His Commands

De Bellis-Verbrecherfamilie

Das Versprechen eines Sünders

Die Lügen eines Sünders

Die Tugend Eines Sünders

Die Heilige Eines Sünders

Das Wahrheit Eines Sünders

Vancouver Knights

Angiff

Ausgleich

Tor

Puck-Block

Herrscher über Vegas

Sein Königreich

Sein Spielplatz

Sein Versteck

English Titles

Merged With Him (Zac and Alyssa's Story)

Fused With Him (Bray and Reilly's Story)

Entwined With Him (Dean and Ella's Story)

2nd Generation Merge Series

Ignited By Him (Ash and Breanna's Story)

An Entangled Christmas: A Merge Series Christmas Novel (Alex and Lily's Story)

Chased By Him (Chase & Hope's Story)

Tethered To Him (Noah & Ava's Story)

McKinley's Obsession Duet

Josh and Emily's Story

Ruining Her

Ruining Him

The Valentino Empire

Devilish King (Holly and Theo's story)

Unassuming Queen (Holly and Theo's story)

United Reign (Holly and Theo's story)

Brutal Princess (Neo and Angelica's Story)

Reclaiming Lola (Lola and Dr. James)

Sons of Valentino Series

Relentless Devil (Theo & Maddie's story)

Merciless Devil (Matteo & Savannah's story)

Soulless Devil (Romeo & Livvy's Story)

Reckless Devil (Luca & Katerina's Story)

A Valentino Reunion

The Tempter Series

Following His Rules (Xavier & Shardonnay)

Following His Orders (Nathan & Bentley)

Following His Commands (Alistar & Dani)

Sick Love Duet

Unhinged Desires (Dominic McKinley and Lucy Christianson)

Certifiable Attraction (Dominic McKinley and Lucy Christianson)

Legacy of Valentino

Remorseless Devilette (Izzy and Mikhail)

Vengeful Devilette (Izzy and Mikhail)

Vancouver Knights Series

Break Out (Liam and Aliyah's Story)

Know The Score (Grayson and Kathryn's Story)

Light It Up Red (Travis and Liliana's Story)

Puck Blocked (Luke and Montana's Story)

De Bellis Crime Family

A Sinner's Promise (Gio and Eloise)

A Sinner's Lies (Gabe and Daisy's Story)

A Sinner's Virtue (Marcel and Zoe's Story)

A Sinner's Saint (Vin and Cammi's Story)

A Sinner's Truth (Santo and Aria's Story)

Seattle Soulmates

Her List

9 781923 642041